女學生奇譚

じょがくせいきたん

川瀬七緒

張筱森 譯

不可閱讀本書。

讀過的人當中已有五人發狂，兩人繭居，三人失蹤。

這是「僅限敝人能掌握」的數字，實際數字不明。

無法知曉之後他們的生死與行蹤——

取得本書後發生的所有狀況，敝人亦無法負責。

再次警告，立刻闔上本書。

不要閱讀本書。

目錄

出版緣起

恐怖（Horror）是絕佳的娛樂

獨步文化編輯部

人類爲什麼愛讀恐怖小說，愛看恐怖電影？

一手打造二十世紀之後最廣爲人知的恐怖小說世界觀「克蘇魯神話」的美國作家H. P.洛夫克萊夫特曾經說過，「人類最古老而強烈的情緒，是恐懼；最古老而強烈的恐懼，是對未知的恐懼。」可是在畏懼的同時，我們卻又忍不住要去揣摩想像，那未知的彼端究竟有些什麼在蠢蠢欲動。也因此，人類自古以來，就不停地講述恐怖、描寫恐怖、觀看恐怖，乃至於享受恐怖。就像「百物語」這個耳熟能詳的遊戲，明知講完一百個鬼故事，吹熄一百根蠟燭後，可能會有某種未知的存在到訪，人們仍然熱中於此，樂此不疲。這種害怕並期待著、恐懼並享受著的複雜情緒，不正是恐怖永遠是絕佳娛樂的證明嗎？

許多作家長年以來持續地描寫這股「古老而強烈」並且十分複雜的情緒，成爲了歷久不衰的文學類型，當然在日本也不例外。從歷史悠久的江戶時代怪談，到現在的小說、漫畫，從電影到電玩，各種恐怖（Horror）相關產品不停出現，持續演化，成爲日本大眾文化重要的組成元素，和推理小說並列爲日本大眾文學的台柱。許多台灣讀者熟悉的作家，如：京極夏彥、宮部美幸、小野不由美等等，也都發表過許多精采絕倫、引人入勝的恐怖小說。藉由他們的努力，恐怖小說也不斷進化、蛻變，展現出各種不同的風貌。

將好看的小說介紹給台灣讀者，一直是獨步文化最重要的經營方針。早在創社之初，獨步便有經營日本恐怖小說的計畫。和推理小說同樣有著長遠歷史以及多元發展的日本恐怖小說，所帶來的樂趣完全不遜於推理小說。在數年的努力之下，多采多姿的日本推理小說在台灣獲得許多讀者的喜愛與肯定，我們認爲現在正是邀請台灣讀者來體驗另外一種同樣精采迷人的閱讀樂趣的好時機。

經過縝密的規畫，獨步推出全新的恐怖小說書系——「恠」。引介最當紅的日本恐怖小說家，非讀不可的經典恐怖小說，期望帶給你一種宛如夏夜微風，輕輕拂過頸後的閱讀體驗。

總導讀

你的後面或許有人，那又怎樣呢？

曲辰

且讓我假設你現在是獨自一人坐在房間裡翻看這篇導讀，那麼，我懇求你，暫時放下這本書，閉上眼睛，傾聽你所能聽到的最細微的聲音。

想像一下，那些爬搔聲、撞擊聲、腳步聲或是隱隱的呼吸聲究竟來自哪裡。你真的確定那些聲響來自窗外嗎？或者，你以爲是浴室的漏水聲，其實是某人緩緩潛入你家，躡手躡腳地企圖闖進你的房間呢？

H. P. 洛夫克萊夫特說：「人類最古老而強烈的情緒，是恐懼；最古老而強烈的恐懼，是對未知的恐懼。」這邊的未知可不僅止於你從未去過的歪扭小鎮，畢竟你怎麼知道閉上眼睛，你的房間到底還是不是原來的樣子？

於是，爲了探索你閉上眼睛後這個世界的樣貌，恐怖小說誕生了。

裸體美婦脫掉了那層皮，成爲一個骷髏

有人認爲，小說源自古代人們圍坐在火堆邊講故事的形式。想像一下那個畫面，似乎很容易理解爲什麼小時候參加營隊，總會有個晚上莫名其妙輪流講起鬼故事，然後在

一陣戰慄中結束彼此嚇自己的行為。恐怖小說的起源或許就是這樣的。

在西方文類而言，恐怖小說（horror fiction）一般都是自哥德小說（註）（gothic novel）開始劃分，畢竟具備「不斷探索邊界」意義的哥德小說，本身就有展現未知之境的功能，進而演化出「讓人感到恐怖的虛構小說」這樣的定義。也因此，我們可以說西方的恐怖小說誕生於「一個威脅性的祕密，一個古老的詛咒，以及奇妙的大宅，與纖細的女主角」這些哥德式的要素，從而構成日後西方恐怖小說的基本條件，也就是你總是要「觸犯」某個結界似的空間，你才遭遇到恐怖。

要在此說明的是，「恐怖小說」如果我們稱之為一種文類（literary genre），似乎是一種外來的類型文學，但就像奇幻小說（fantasy）先以外來文類的姿態進入華文世界（如《龍槍編年史》、《魔戒》等西洋文本），讀者在理解這些文本是被劃分到「奇幻」的文類範疇的同時，也針對某種內在特徵相符的概念（如「超現實」、「人神共處」）繼而回溯到如《封神演義》、《西遊記》這類的中國古典小說脈絡中。但在台灣，講到「恐怖小說」，應該所有人都會聯想到如《聊齋誌異》之類的中國特有文學類型。

日本也是一樣，早在「恐怖小說」（ホラー）這個詞出現之前，屬於日本自身的恐怖形式就已存在。

撬開棺材，一個嬰兒正蜷縮在母親屍骨上沉沉睡去

註：Gothic最早是指日爾曼民族中的哥德人，後逐漸變為中古時期的形容詞。十八世紀，理性主義與啓蒙運動影響英國，文學作品多半具有強烈的現實性，這時哥德小說成為對抗那種理性主義的存在，於是，不管是不是把背景設定在中世紀，都可看見如同夢魘般的恐懼感，裡頭充滿對異世界的探討與渴望。

日本恐怖小說的前行脈絡大致可分爲三種。

一是日本從室町幕府以來就有的「百物語」傳統，大家聚集在一起講鬼故事，據說講滿一百個鬼故事就會有不可思議之事發生，後來更進入通俗讀本中，並轉進歌舞伎、落語等等大眾娛樂發展；一是佛教的傳入，僧侶們爲了講述艱澀的教義，因此擷取佛經中的譬喻，結合日本原有的風土民情，創作出屬於日本在地的教喻故事（註一），特別是佛教的因果思想與日本原有的泛靈信仰（註二）合流，許多帶有靈異色彩的口傳故事逐漸流傳開來；最後是文人創作，如淺井了意《伽婢子》或上田秋成《雨月物語》，他們一方面承襲佛教的因果輪迴觀點，一方面改寫中國的志怪小說，將之書面化、在地化，催生出屬於日本的恐怖書寫形式。

但眞正在二十世紀初對這樣的恐怖脈絡進行總整理的，則是一個希臘人Patrick Lafcadio Hearn，他比較爲人所知的名字是「小泉八雲」。他以一個外來者／異邦人的視角，敏銳地發現上述脈絡，於是對當時盛行的恐怖書寫形式進行整理，結合書面與口傳文學的特色，「翻譯／改寫」成英文發表出去。而後翻回日文，進而對日本自身的恐怖小說傳統造成影響。

也就是在他的總結中，怪談有別於歐美恐怖小說的部分被凸顯，除了西方未有的強烈因果信仰與「靈」的形式外，與歐美恐怖小說總是喜歡讓主角「誤觸險地」不同，日本怪談中洋溢著日常性，恐怖本來就存在我們生活周遭，並非人刻意闖入，只是「剛好」碰觸到現世與他世的邊界。更重要的，或許是怪談中那種強調「氣氛」而非實質暴力或恐怖行爲的恐怖描寫，日後甚至透過日本恐怖電影（J-horror）反過來影響歐美的恐怖電影，成爲日本難得「文化逆輸入」的範例。

吃完牛排打開冰箱，男友的頭擱在裡頭正瞪著我

在小泉八雲對江戶以來的怪談傳統進行總整理後，明治末期受到歐美心靈科學流行的影響，怪談又掀起一波熱潮，只是這時怪談逐漸受到理性的壓抑，於是建立了「尋找解釋」的模式，改變怪談原本不需理由就遭遇恐怖的敘事方法。而後七〇年代流行的心靈節目、靈異照片等等，更讓怪談本身的「怪異」爲理性籠罩。

於是，雖然這段時間流行怪談，但多以鬼故事形態的「百物語」形式出現，幾乎沒有稱得上是虛構文類的「恐怖小說」。這段期間恐怖小說得依附推理小說生存，或反過來說，推理小說成爲培植恐怖小說的土壤。

同樣是恐怖文本的恐怖電影史，曾經被人形容爲「在本質上就是二十世紀的焦慮史」，恐怖小說也是，這個文類其實準確地反映當代人的集體恐慌。所以，九〇年代初期，由於泡沫經濟與當時的社會主義大崩壞，那個「解決可能性」（一切社經相關問題皆有可能解決）的時代已經過去，取而代之的則是「解決不可能性」（一切問題皆不可能解決）的時代逐漸顯露。加上八〇年代史蒂芬·金的作品被翻譯進入日本，在某些閱讀族群中獲得相當熱烈的歡迎與反應，日本才開始書寫「現代恐怖小說」。

日本文藝評論家高橋敏夫認爲，我們在「搭乘現代社會這個交通工具時，偶然與恐

註一：這種形式在中國唐朝時期就有了，我們稱之爲「講唱」，後來更成爲宋朝時期的「說話」。

註二：一種信仰形式，並非一神或多神，而是相信凡物皆有靈，凡靈皆可成妖怪或神。

怖小說共乘」，恐怖小說中描繪的非眞實場景正巧形成一個相對於現世的參照系統。於是，日本現代恐怖小說在承襲怪談傳統的同時，也針對現代人的感性結構反映出現代社會的情況。描寫那些潛伏日常生活的細節、在習以爲常的城市角落發生的恐怖，過去從未見過的人際疏離、科技恐慌、對宗教與心靈的質疑，在這個時候都陸續進入恐怖小說中。

一九九三年，角川成立恐怖小說書系以及恐怖小說大賞，「恐怖小說元年」正式成爲宣傳詞，從此，日本恐怖小說開始在出版市場有著一席之地。

地球上最後一個活人獨自坐在房間裡，這時響起了敲門聲

如今，二十一世紀都過了第一個十年了，日本恐怖小說的類型也益發多樣化。

怪談方面，由京極夏彥與東雅夫在《幽》雜誌上提倡的「現代怪談」運動正如火如茶，京極不僅積極賦予傳統怪談現代風味與意義，也積極創作「在日常的都市縫隙中遇到非常的怪異」的現代怪談；木原浩勝與中山市朗則復古地學習「百物語」，到處收集鬼故事並改寫成「新耳袋」系列，兩邊可說是從不同方向延續怪談這種日本文類的命脈。

現代恐怖小說方面，角川的恐怖小說大賞則繼續挖掘具現代感性的優秀恐怖小說（註），不僅有帶科幻風味的貴志祐介、小林泰三、瀨名秀明，強調日式民俗感的岩井志麻子、坂東眞砂子，走獵奇風格的遠藤徹、飴村行，或是強調現代清爽日式風格的朱川

湊人、恒川光太郎。創作遊走在各種類型之間的恐怖小說家也愈來愈多，三津田信三在推理與恐怖之間架起高空鋼索，走在上面展現他精湛的說故事技巧；藤木稟則是將日式奇幻的華麗色彩，結合西方的哥德原鄉，進而開創屬於自己的風格。到這階段，日本的恐怖小說可說是應有盡有。

講鬼故事有一個基本技巧，就是在聲音愈壓愈低的時候，要忽然拔高，喊著「那個人就在你後面」，用氣勢震駭聽眾。可是如今的恐怖小說，早就沒那麼簡單了，「你的後面有人」是前提，接下來會發生什麼事，才是重點。

就像在名爲恐怖小說的森林地上長滿眞菌一般，乍看陰沉而茫濛，但當你習慣夜色、找到對的觀看角度，才會發現他們款擺出誇張、陰濕、幽微、鮮豔、各式各樣不同的顏色與姿態，而那些東西加總起來，便是我們內心不欲人知的另一半世界。

猜猜看，閉上眼睛後，你的世界會變成怎樣？

曲辰，現爲中興大學中文系博士生（應該不需要提醒各位關於這個學校的傳說故事了），認爲推理小說與恐怖小說剛好是現代文明的一體兩面，所以都要攝取以保持營養均衡。不過被恐怖電影嚇到時，會惱羞成怒的抱怨導演技巧拙劣，看到太可怕的恐怖小說會在晚上的夢中把結局扭轉，這樣才能保持身心的健康。

註：其實這個獎本身就有很傳奇的事件，從第一屆起，就有「單數屆的恐怖小說大賞一定會首獎從缺」的都市傳說，直到第十三、十四屆連續從缺才打破紀錄。不過到第十八屆又從缺，不知道之後會不會變成偶數屆從缺。

第一章　陰影裡的落魄者

1

這是住商混合大樓的一戶，香菸煙霧繚繞的室內，亂得連老鼠都會倒退三步。壓扁的紙箱高高堆起，幾乎要塞住走道，並列的兩排辦公桌面積著一疊疊文件。眼看就要倒下的紙山頂端，放著塞滿菸屁股的菸灰缸，用來代替紙鎮。菸灰缸的位置和一個月前一模一樣，完全沒變。

八坂駿跨過地板上的雜誌堆，走到室內深處，在窗邊的皮沙發坐下。遭擠壓的沙發彈簧發出宛如低音大提琴的聲響。陽光晒得焦褐色皮革變色，到處都有裂痕。這張沙發明明是唯一的接待處，卻成爲編輯的睡床，扔著枕頭，黃色毛巾邋遢垂掛。

這是具體呈現「不健康」狀態的空間。八坂將窗戶打開一條縫，深吸一口涼快的風，清淨香菸和塵埃侵襲的肺部。在這裡工作的人沒有換氣的概念，無論何時造訪都緊閉窗戶，老舊的空氣重重沉滯。望向拱著背在桌前工作的兩個男人時，身後傳來低沉的話聲：

「抱歉，臨時找你過來。」

回頭一看，一個臉孔細長的男人，帶著親切的笑容從室內深處走近。對方穿深紫毛衣搭棉絨外套，繫著大紅圍巾。他總是這身衣裝，和雜亂到極點的空間實在很不搭。打扮完全不輸英國紳士的男人，沉默地在沙發坐下。

「最近怎麼樣？景氣如何？」

「我從以前就不管景氣好還是不好，或者該說，我過著不為俗世左右的日子。」

「哦，今天是『俗世』嗎？」

男人摸著嘴邊修剪整齊的鬍子，竊笑著說：

「你這番話，簡直是和尚念經。所謂的寬鬆世代實在有趣，字斟句酌，乍聽之下彷彿有所見地，實際上根本一片空虛。」

總編輯火野正夫以手梳過白髮斑駁的大背頭，將金屬框眼鏡往上一推，八坂不禁苦笑。

「我不過說了一句，有必要窮追猛打嗎？況且，我今年已三十四歲，跟寬鬆世代扯不上關係。」

「那是在合理的誤差範圍內。你們這一代沒野心，也沒欲望。對金錢和女人都很消極，始終浸泡在溫水裡不肯出來，偏偏最會詭辯，只想開開心心地搬弄權利、自由、平等、個性之類的詞彙。」

「你老把這些話掛在嘴邊，實在是明擺著的偏見。寬鬆世代的人給你吃過什麼苦頭嗎？」

「沒欲望的人最會逃避現實。反正辦不到，不如放棄比較輕鬆。日本不該毫無意義地美化謙虛或協調性，而是該教育人民貪心是必要的。」

火野的性格仍舊扭曲。八坂也仍舊回以相同的建議，要是不說，便無法結束這段交談。

「如果在網路上說這些，絕對會引發一場大戰。建議你別再用公司帳號發言。」

年約六十的火野總編發出滿意的笑聲，接著立刻一臉正經地說著「好冷」，用力關上窗戶。他打開歷史悠久的黑皮檔案夾，流暢地遞出一張紙。

「抱歉有點趕，如同電話裡談過的，希望你幫忙採訪寫稿。我想做《月刊史代納》的特刊。」

「特刊？」

「沒錯。快點結束你手邊不值一提的工作，就算幫了我大忙。」

「不值一提……是啦，的確都是些不值一提的工作。」

「這個題材很有味道(註)，熏得我眼睛都睜不開了。」

總編的薄唇揚起微笑，指頭敲著桌上的紙。八坂從興奮過頭的男人身上移開目光，拉近那張紙。那似乎是一張影印的手寫備忘錄，字跡很淡，看不清楚。

「我認為你一定能找到些什麼料，哎，我真的是非常想看你寫關於這個題材的報導。請盡其所能地行動吧。」

「該不會其他寫手都拒絕了吧？」

「你在說什麼？」總編哼一聲，似乎覺得有點掃興。「你是我最優秀的寫手。萬一你拒絕，我才會把工作交給別人。唔，不過你也不曾拒絕就是了。只要能換錢，不論什麼工作都接，這不是你的原則嗎？」

火野的雙眸宛如發燒般充血，八坂與他對望。看似舉止斯文，其實火野最會向人施加壓力，難以猜測他的實際想法，有時八坂甚至會毫無來由感到不舒服。火野以冷血性格出名，八坂聽過他各種毫不留情的工作安排。

總編從上衣內袋掏出菸盒，敲了敲盒角，抽出一支菸，熟練地將鍍金打火機湊近。八坂再次看向那張紙，「這是什麼？」

那是一段以「不可閱讀本書……」起頭的短文，顯然是一種警告。八坂的目光反覆梭巡那段文字。

「上週四有個女人打電話來，說是古書裡夾著這張紙，問有沒有相關情報。」

「哦，是那方面的人嗎？畢竟你們是從宗教到超自然，一手包辦不可思議現象書刊的出版社嘛。那女人曉得你們這裡收集了全日本的情報嗎？」

「如今的世界是張大情報網。由於電子書的普及，市場一口氣擴大。不論哪國的狂熱愛好者都會注意遙遠國家發生的怪事，進而提供自己國家的情報。數量多得驚人，網路確確實實縮小了世界的距離。」

火野總編抬起裂成兩瓣的下巴，朝天花板吐出菸圈。

註：原文爲臭う，意爲味道，是指事情有可疑之處。

「話說回來，打來的女人非常緊張，似乎被逼得走投無路。總之，我請她先影印那張紙給我，但她堅持不交出古書。而且，她遵從警告，對書中內容一無所知。」

「是不是有不能交出書的理由？」

「好像是。看過那段文字你有什麼感想？」

「她捏造的。」

「果然如此。」

伴隨著吐出的菸圈，火野繼續道：

「幹這一行經常得奉陪腦袋有問題的傢伙，不過我也摸不清打來的女人是怎麼回事，她確實有些不對勁。反正釐清疑團是你的強項，聽起來她是能溝通的人，等見過面再進行判斷吧。只是……」

總編微微抿唇，迎上八坂銳利的目光。

「直覺告訴我這絕對是超級大的題材，別說是特刊，搞不好會震撼全世界。我聞到非常誇張的礦脈氣味。我在這方面的預感從未失靈，拜託你，千萬別惹委託人生氣，我要完全包下這個題材。關於這件工作的經費，全由我們公司來出。」

火野那被香菸染黃的手指夾著菸，溼潤的瞳眸閃閃發亮。這個小氣的男人難得如此慷慨，八坂感受到火野前所未有的異常熱情。

傳聞是這個男人將都市傳說推廣到文化領域，透過書籍和雜誌讓全日本認識何謂

「都市傳說」。雖然出版社僅有三人，但無疑擁有敏銳得詭異的嗅覺和影響力。

火野摸著鬍子，八坂注視著他回道：

「這張紙條的確有點詭異。不管是誰，看到這種東西都會怕得發抖，無法保持沉默吧。不過，我頗在意打電話來的女人，怎會不曉得古書的內容？一般情況下，會不確認內容就買下古書嗎？還是，她是爲了封面買書的裝幀迷？」

「我問過她，那本古書是她哥哥的。」

「原來如此。」八坂點點頭，拿出記事本寫下。

「然後，三個月前，那個哥哥忽然失蹤，至今行蹤不明。」

八坂反射性地抬起頭。

「請等一下。呃……委託人的哥哥無視警告，讀了那本古書，然後失蹤了？」

「單純解釋起來，就是這樣吧。至少對方是這麼想的。」

火野總編慎重捻熄還頗有長度的香菸，在警告紙條上貼一張便箋，寫著疑似委託人的女性名字和電話。竹里綾女，二十七歲。輪流看著警告文和名字，八坂一陣惡寒，渾身顫抖。他很久沒有這種奇怪的感覺，僞裝成興奮和好奇心的未知情感，從一個個毛孔滲出……當這種感覺造訪，他無法預測接下來會發生什麼事。一股不曾體驗的感受，搶先傳來氣息。

「眞想喝一杯。」

「你不是不能喝酒嗎？」

「現在有無酒精啤酒這種便利的商品啊。」

八坂隱藏住內心的亢奮，將警告紙條夾入記事本。此時，房門打開，響起尖銳的聲響。

「怎麼會有人在公司出入口擺垃圾桶啊……」

篠宮由香里重新戴好黑色棒球帽，撿起鐵製垃圾桶，將四散的紙屑粗魯地丟進去，接著大步走向窗邊的沙發。她身高將近一百八十公分，身形纖瘦，體脂肪顯然低到不行，視線高度和八坂幾乎沒差。宣稱不管怎麼吃都不會胖的篠宮，驅使著水黽般的細長手腳，靈巧避開堆積如山的雜誌。

「在馬喰町那邊有人臥軌，導致電車停駛。」

篠宮說著遲到的理由，在八坂身旁坐下，從迷彩外套裡掏出皺巴巴的香菸盒，再以快用完的打火機手忙腳亂地點菸，深吸一大口。她抬起尖下巴吐出細長紫煙，火野鄭重其事地望著她的舉動。

「百忙之中找妳過來，眞是不好意思。」

「火野先生，你在挖苦我嗎？」

篠宮嘴角叼著菸，蹺起一雙長腿，露齒一笑。

「我和忙碌無緣很多年了。」

「聽說最近可不是如此。」

「那是跟著八坂，撿點菜屑吃罷了。啊，這次主題是發現土龍，理所當然會全彩刊登吧？我信奉不用電腦修片主義，會全副武裝上陣。」

「篠宮小姐，很抱歉，岩手縣的土龍傳說採訪工作目前先暫停。」

篠宮粗魯地彈了彈菸灰，催促火野似地歪歪頭。

「我要拜託二位別的工作。」

「別的工作……這麼臨時？」

「是的，這幾天才決定的。對了，最近M運動新聞的那張照片眞是厲害。在命案現場徘徊的受害者黑影，那是篠宮小姐拍的吧，畫面看起來挺復古。」

火野總編以食指將眼鏡往上推，窺探著篠宮細長的雙眸。

「那是故意用發霉的鏡頭和舊底片拍的，是改裝過的哈蘇500EL，裝上明膠濾鏡強調顏色和影子後，惡靈就那樣出現了。」

「不愧是篠宮小姐。八坂先生的報導、篠宮小姐的相機，果然如我所料，是這個業界最天不怕地不怕的搭檔。這次也要麻煩你們。」

「假新聞就交給我們吧。」

總編從容微笑著，大致說明警告紙條的來龍去脈。篠宮眉間擠出一條皺紋，側耳認眞聆聽後，抽一大口菸，執拗地在素燒的菸灰缸中捻熄。

「瞭解，希望不會是個瘋女人。」

篠宮的意見和兩人一樣。她很清楚這個領域容易牽扯上怪人。

「反正，只要有天不怕地不怕的八坂同行沒問題。畢竟他是開開心心住在曾有四名房客自殺的凶宅裡的怪人。雖然我不信這種事，還是只能說他腦袋絕對有洞。」

「位於代代木的２ＤＫ（註）只要五萬圓，不租的人才奇怪。」

「不，是你太奇怪。」

篠宮的菸嗓迅速蓋過八坂的話尾：

「你想想目前為止的狀況。雖然是取材，但那張傳聞坐下就會死掉的椅子，你坐得十分自在，還有住在全家自殺的廢墟裡。我和你搭檔，淨是危險的工作。不，這些到底能不能稱為工作……」

篠宮摸著帽緣，努力隱藏滲出體內的憂慮。面對不時露出這種表情的搭檔，八坂極力拉遠距離，冷眼旁觀。萬一捲入對方的傷感，除了直覺會變得遲鈍之外，更重要的是，他自認沒有接納她的弱點的能耐。不過，篠宮也不期望他做到這一點。

於是，總編臉上仍舊掛著笑容，毫不留情地說：

「篠宮小姐，只有這裡是妳的容身之處。盜用公款遭到公司放逐的人，沒其他地方可去。尤其在這種狹小的業界，妳根本無法踏入想涉足的建築攝影領域，趁早放棄吧。」

「不用你說，我早就放棄了。我曉得只剩死在路邊，和賣身給裝神弄鬼的雜誌兩條路。火野總編，感謝你總是給我這麼棒的工作，沒有你我活不到現在。」

篠宮板著臉說完，頭幾乎抵到茶几，向火野行一禮。總編一臉好笑地看著，露出無所畏懼的微笑：「不客氣。」

剛滿三十六歲的篠宮，曾擔任大報社的攝影記者。她在第一線表現出色，眾人都相信她未來會一帆風順。可惜，她沉溺於和爛男人的外遇，一切亂了套。背負大筆債務，生活一團混亂，由於盜用公款，一夕失去工作與社會地位。之後，她靠打工和自由攝影師的案子，領日薪過生活，聽說是認識的人介紹火野給她。

這裡是遭社會排擠的人聚集的場所，而火野就是能操控這群落魄者的人吧。

火野總編闔起皮革檔案夾，宣布談話結束。

「那麼就麻煩你們和對方接觸了。八坂先生，請仔細讀完那本會令人發狂的書。」

收到，八坂面無表情地頷首。篠宮茫然地凝視八坂半晌。

2

這家位在神保町巷弄裡的紅磚咖啡廳，給人一種拒生客於千里之外的感覺。除了老舊的外觀之外，架上塞得滿滿的黑膠唱片，安靜地壓迫著不是黑膠迷的客人。店裡總是

註：二房一廳一廚。

播放著充滿倦怠感的法國香頌，咖啡香味和紫色煙霧混合，飄蕩在陰暗的室內。在追求緩緩流逝的時間，排斥外人的常客眼中，應該難以忍受篠宮的手忙腳亂吧。

「篠宮姊，拜託妳，要吃咖哩飯，等見完委託人再吃啊。」

坐在店內深處的八坂看著隔壁，大大嘆氣。

「居然還吃大盤的，實在莫名其妙。」

「五分鐘，不，三分鐘內我就吃完了，不用擔心。來這裡不吃咖哩飯，你才奇怪。老咖啡廳賣的咖哩飯一定好吃啊。」

「我知道，這裡的咖哩粉加了茴香，帶出些微苦味，是一大特徵……」

「你講的那些知識我都聽不進去。」

篠宮毫不留情地打斷八坂的講解。

「反正能向火野申請經費，這項莫名其妙的委託搞不好還不錯，我也順便省點餐費。」

篠宮將醬汁、白飯和福神漬(註)混在一起，撈起一大湯匙，不停吃著。她不是現在才這麼粗魯沒品，八坂明白她會如此誇張，是不想讓男人瞧不起。她將一頭紅色鬈髮剪成帶著弧度的短髮，總穿工作褲和美軍流出的厚重軍靴。由於身高的關係，她經常被誤認為男性軍武迷，也不時遭巡邏員警盤問。

篠宮灌下一杯水，不停對八坂說：「雖然超辣，但超好吃！」她完全沒放慢速度，逐漸清空大盤咖哩飯。每當聽到常客警告似的咳嗽聲，八坂就會以手肘撞一下這個與眾不同的搭檔。

此時，入口鈴聲大作。回頭一看，一名神情緊張的女人走進來。

「大概就是她，妳趕緊吃完。」

篠宮端起盤子，將剩下的咖哩飯塞入嘴裡，頓時嗆到，於是一口氣喝光開水。拿餐巾紙擦拭嘴邊，篠宮把盤子推到桌邊。八坂朝站在門口的女人招手，對方注意到八坂，下定決心般迅速走近。只見她不安地環視店內，略顯緊張地推了好幾次黑框眼鏡。

「妳是竹里綾女小姐，對吧？」

八坂盡力和藹地問，她只答一聲「是」，便佇立在桌旁。她再次望向店內，表情仍舊僵硬。她留到背部中間的長髮綁成兩束，穿著釦子扣到領口的白襯衫、灰色開襟外套，及半長不短的黑裙。雖然五官秀麗，卻是一張宛如能劇面具，讓人毫無印象的臉孔。她沒化妝，樸素到令人懷疑真的活在現代嗎……連八坂和篠宮遞出名片，她也沒打算笑一下。

綾女在對面的位置坐下，對來點單的老闆淡淡地說：

「我要礦泉水。」

「等一下。」篠宮間不容緩地插嘴：「礦泉水？妳眼前明明擺著杯水啊。這是咖啡專門店喔，不過我剛剛也點咖哩飯就是了。」

註：日式醃漬物的一種，經常用來搭配日式咖哩。

「我是不攝取咖啡因主義者，也不相信免費的水能喝。而且，我盡量不在外面飲食。」

「哦，是嗎？」

篠宮歪著頭叼起一根菸，綾女立刻嚴厲地制止：

「請不要抽菸。對了，這家店沒有禁菸區嗎？」

「又不是家庭餐廳，才沒那種設計。」

「就是這樣，我才說要去編輯部拜訪，爲什麼突然改地點？」

「大概不想害委託人死掉吧，編輯部充滿這裡完全不能相比的毒氣。如果妳覺得用沾滿茶垢的茶杯，喝有漂白水味道的茶也無所謂，我們馬上轉移陣地。」

「不用了。」

綾女皺著眉，輕輕搖頭。話語中帶著八坂沒聽過的腔調。

篠宮將銜著的香菸放回菸盒，好奇地盯著對面的女人，而且是初次見面不應該有的嚴厲視線。八坂也反覆觀察著綾女那張白得像上漆的臉孔。綾女從托特包取出手帕按住嘴角，明白表現出不快。見送來的礦泉水已打開，她感到十分驚訝，彷彿懷疑內容物有問題，頻頻嗅聞。

眞是有夠麻煩的女人。八坂望向篠宮，眼神中半是覺得有趣，或許要和對方保持比以往更遠的距離，以策安全。

八坂準備好錄音筆，攤開採訪用的筆記本。

「那麼，接下來的談話請讓我錄音。我大致聽《史代納》的火野總編說過，是古書裡夾著疑似警告的紙條，不過在拜見實物前，我想先請教竹里小姐本人的一些事。」

八坂拿著筆，由下往上窺探綾女的臉色。她咳了幾聲，從嘴邊移開手帕。

「有必要談我的事嗎？」

「是的。所謂『不可思議的怪事』，往往不曉得發生的原因。原本以爲無關的事其實非常重要，這種情況很多。」

「可是……」綾女欲言又止，思索片刻後，輕輕嘆一口氣。她握著手帕迎向八坂的目光。

「呃，之後是兩位一起採訪嗎？火野先生只告訴我八坂先生的名字。」

「篠宮負責攝影，會和我同行。」

「我在場有什麼不便之處嗎？」

篠宮隨即問道。「不……」綾女應一聲又閉上嘴，思考一陣。委託物眞的那麼可怕嗎？她的戒心極爲強烈，甚至隱含恐懼。

綾女重新振作般挺直背脊，抬起光滑的臉，開口：

「我住在西雅圖。」

「華盛頓州的西雅圖？」八坂反問。

「是的。我父母到美國工作，我是出生在那裡的第二代日本人。」

難怪她會有特殊口音。八坂點點頭，寫下筆記。

「那麼，只有令兄住在日本？」

「不……我們是同母異父的兄妹。母親生下哥哥後離婚，和再婚對象，也就是我父親，一起搬到海外。她放棄哥哥的監護權，所以哥哥一直住在日本。最近我才得知有個哥哥。」

綾女的視線游移，仍一口氣說完。她將礦泉水倒入玻璃杯，喝一口後，繼續道：

「二十歲時我得知有個哥哥。之後，我們開始往來，幾乎都是在網路上聊天。」

「這樣啊。對了，竹里小姐目前從事哪一行？」

「我在美國的環保團體工作。」

「原來如此，就是那些只在意鯨魚和海豚的人吧。」

「不是的。」

綾女立刻不滿地反駁。篠宮忍著笑意，肩膀震顫不止，終於大笑出聲。她企圖掩飾失態，解釋道：

「抱歉，他沒別的意思。這人有時會這樣講話，實在很搞笑，請原諒他。」

八坂並非在搞笑。綾女說話像背誦劇本台詞，太過條理分明，八坂只是想測試她的反應。由於篠宮笑個沒完，他又冒出多餘的話。

「如果和鯨魚無關，就是護樹團體嘍。完全不讓人砍樹，手牽手圍成一圈保護樹木的那種？然後還舉著牌子抗議，我經常看到這類團體在工程現場和工人大叔吵架。」

「我就說不是了。」

身爲委託人的綾女，交互瞪視八坂和篠宮，再度將礦泉水杯舉到嘴邊。

「我是ＮＰＯ（註）的義工。主要是社會服務活動，有時也參與協助更生人的計畫。」

「更生人？妳是心理治療師嗎？」

「不，民間團體基本上是站在協助的立場，我也只能做到這樣……」

綾女的話聲漸弱，似乎不太有自信。她嘴巴動個不停，低喃著什麼。

「聽說美國的ＮＰＯ是道窄門。許多大學畢業生理想的工作就是大型非營利組織，捐款金額也高出日本好幾倍。竹里小姐突破難關進入這樣的組織，眞厲害。」

「要當義工，這點努力是理所當然。」

綾女毫無感情地加上一句。看來，雖然外表是純粹的日本人，還是當她是文化大不相同的美國人相處比較好。與其說她有各種堅持，不如說她習慣在任何場面都有自我的主張，才會顯得有些過時。總之，是個堅持自身原則，極爲固執的人。

八坂在筆記上寫下對綾女的印象。

「那麼，進入正題吧。」

註：Nonprofit Organization，非營利組織。

聽到八坂的話，綾女嚥下口水，有所覺悟般抿緊雙唇，從黑色托特包拿出一個以大方巾包裹，像是便當盒的物品。接著，她將收在檔案夾裡的紙條放上桌面，那是原版的警告文。篠宮從相機包裡取出佳能牌的單眼相機，對準焦距，起身按下快門。將照片傳到小型電腦上確認畫面和數值後，又起身繼續拍攝。

「等我一下……在這家店拍攝真是太適合了……滿是傷痕的桌子、橘色照明、喝到一半的水杯……讀者會喜歡這種老舊雜亂的感覺……比起在攝影棚拍漂漂亮亮的靜物照，彷彿日常生活延伸出來的雜亂感，真的是表現恐怖氣氛不能缺少的一環。」

篠宮看著觀景窗，話聲含糊地說明，改變角度拍了好幾張。

「對了，綾女小妹，妳露臉ＯＫ嗎？我能不能拍？」

「絕對不行。還有，請妳不要直呼我的名字。」

「那真是失禮了。」

篠宮放下相機，刻意露齒一笑。趁著拍攝告一段落，八坂拿起警告紙條仔細檢視。那是一張印著紅色直行底線的老舊便條，紙張發皺變黃，大小和直式便籤一樣。

「看得出寫的人相當慌張。」

八坂對錄音筆說著，湊近放在檔案夾裡的紙條。看似鋼筆寫下的文字十分潦草，乾拖的筆畫滲著墨水。

「沒有日期和署名，也沒有消除的痕跡。」

八坂自言自語般低喃，將紙條放到白熾燈下。他仔細檢查表裡兩面，沒發現任何隱藏的小花招或草稿之類的跡象。接著，他盯著紙條，懷疑或許是惡作劇。若是性格惡劣的閒人，在古書裡夾入看似有問題的便條也不奇怪。以前採訪過夾著詭異照片的古書，但眞相就只是無聊的惡作劇。此外，還不能捨棄綾女自導自演的可能性。

八坂再次念出紙條上的文字。

「不可閱讀本書。讀過的人當中已有五人發狂，兩人繭居，三人失蹤。這是『僅限敝人能掌握』的數字，實際數字不明。無法知曉之後他們的生死與行蹤──敝人亦無法負責取得本書後發生的所有狀況。再次警告，立刻闔上本書。不要閱讀本書。」

「哇，好刺激，受不了。」

瞄了全身顫抖、雙眼發亮的篠宮一眼，八坂推開紙條。綾女拿起長年使用的皮革記事本，認眞地寫著。八坂拉過方巾包裹的物品，緩緩解開。綾女嚇得肩膀一震，篠宮傻眼般轉向八坂說：

「八坂，別在這裡翻開書吧，我還沒準備好要發瘋。」

「我知道，我也不能馬上失蹤，只是要大致確認一下。況且，妳得拍這本書吧？」

篠宮停下動作，盯著八坂半晌，沉默地拿起相機連拍。即使她虛張聲勢，八坂很清楚搭檔害怕這種東西。他早看穿篠宮那大得和登山包沒兩樣的相機背包裡放著護身符，每年都會固定拿去神社化掉。

八坂拿起終於現出眞身的古書。幾何學風格的版畫，搭配深紅色的封面，印著意義不明的書名。

「書名是『女學生奇譚』，沒標明作者，看起來非常老舊。」

八坂對著錄音筆說道。封面遍布傷痕，四角嚴重磨損，褪色得十分厲害，狀況頗差。篠宮稍微保持距離注視著書，發出沙啞低沉的話聲：

「書的尺寸好怪……」

「是啊，可能是所謂的菊版吧，將一張紙折成四乘四大小再裁切的版型。不管怎樣，都是小說鮮少使用的尺寸。」

篠宮朝八坂手上的書按下多次快門。八坂翻開封底，看著版權頁。

「昭和三年（一九二八）六月出版。這邊也沒寫作者。發行人和出版社是位於日本橋的兔書館，沒有審查章，半年後再版第二刷。」

八坂讀出版權頁上的資訊，接著從口袋拿出智慧型手機。上網檢索出兔書館的地址，得知現在是停車場。

八坂闔上書，對熱心做著筆記的綾女說：

「妳找到書時，裡頭就夾著書籤嗎？」

「對。第一頁就出現警告的紙條，我便沒繼續翻下去。」

八坂點點頭，抽起夾在最後一頁的紙。那是紅藍兩色的短箋，角落以原子筆寫著書價兩百圓。八坂在燈泡下反覆查看，試著確認有無線索。

「這張紙是新的，約莫是用來代替定價標籤。」

「看起來是包裝紙，至少顏色和圖案頗像。」篠宮拍攝的同時，出聲插話：「大概是個人經營的古書店，或古董市場、跳蚤市場販賣的東西。由賣家自行標價。」

「然後，竹里小姐的哥哥買下？」

很有可能。八坂以手機拍下包裝紙當場檢索，找到大量類似的圖案，不過多半一眼就看得出不一樣。篠宮拿起包裝紙專注地查看，沉吟道：

「唔，沒見過這種包裝紙，應該不是什麼有名的店，不過確實很新。外縣市的部分超市至今仍會用包裝紙，想從這條線找出蛛絲馬跡，恐怕十分困難。」

篠宮將紙條放在桌上，抬起尖下巴。

「這種作法挺老派，我認爲是出自老人家的手。」

見搭擋盯著手工定價單敘述感想，八坂不自主地笑出來，他也有同感。綾女疑惑地歪起頭。

「哪裡老派，請簡單說明一下。」

「瞧，包裝紙是不是有毛邊？大概是拿尺壓著徒手撕開，不是用剪刀或美工刀。我去世的祖母常以尺壓著，撕開廣告和包裝紙，當成便條紙重複利用。不用定價標籤這一點，不覺得很像老人家會做的事嗎？」

在美國長大的綾女似乎無法理解，但仍認眞地將篠宮的話寫在記事本上。八坂檢查完，將書放在桌上。

「令兄跟妳提過這本書嗎？」

「沒有。」

「之前他沒有任何不對勁的地方嗎？」

「是的。從六月底就一直聯絡不上，他忽然不回信。第一次發生這種情況，我擔心他發生意外。雖然約定十月在東京見面，但我實在坐立難安，於是趕回來。以爲去他家，便能曉得是怎麼回事……」

綾女不時覷著兩人，顯然是期待八坂他們替她找出哥哥的下落。她蒼白的臉孔面對著他們，緊張地握住手帕。八坂闔起記事本，關掉錄音筆。

「竹里小姐，我們的工作是調查這本書，搜尋令兄是警察的工作。」

「我當然知道。我向警方報案，也帶著這本書，可是他們根本不打算調查。」

「令兄的失蹤不見得和這本古書有關係。從警方的角度來看，令兄僅僅是幾萬個失蹤者之一。」

八坂老實不客氣地指出。綾女頻頻推著眼鏡，硬喝下變成常溫的礦泉水。

「你們不幫我找哥哥嗎？」

「是的。抱歉，我們無法接受這項委託。」

「拜託，連八坂先生都拒絕我，我眞的不曉得該怎麼辦。我在日本沒有朋友，什麼都不知道。」

「就算妳這麼說……」八坂盤起雙臂，一旁的篠宮插嘴：

「如果妳有預算，不妨請偵探尋找令兄。我可以替妳介紹。」

綾女額頭冒汗，咬著下唇，神情苦惱。雖然能解釋爲她很洩氣，但八坂頗在意劍拔弩張的緊張氣氛。從踏入店裡，綾女的緊張程度便不斷攀升。

綾女回視始終在觀察狀況的八坂，彷彿要強調自己才是老大，口吻中帶刺：

「我知道了。總之，麻煩先告訴我這本書的內容。我還沒授權把這件事寫成報導，也沒簽下任何合約。請你們務必注意這兩點。」

她粗魯地將記事本和手帕塞進托特包，迅速起身，隨便點點頭，便走向出口。篠宮望著綾女搖晃著長髮的背影，刻意搖搖頭：

「性情好激烈的大小姐啊。」

「她是在提出交換條件，如果要把這件事情寫成報導，就幫她找哥哥。」

「一個不小心，她恐怕會眞的告我們，謹愼些比較妥當。」

篠宮瞥一眼那本看都不想看的古書，卸下鏡頭收到相機包。

「這個怎麼辦？你要帶回家看嗎？」

「當然，首先要知道裡面寫什麼。」

「在死過好幾個人的屋裡，讀不能讀的書，然後委託人是在喜歡告人的美國長大。我愈來愈覺得這是一門背負業障的生意。」

八坂同意篠宮的說法，接著以方巾裹起古書和警告紙條，放入提包。

「妳怎麼看？」

「她乍看像是昭和年代的土包子中學生，我嚇一跳，但搞不好是尚未打磨的鑽石原石。」

八坂噗哧一笑。

「我不是問那種印象。何況，假如是鑽石原石，就算沒打磨也藏不住。」

「八坂，你眞的很過分。取下綾女的黑框眼鏡，染上你的顏色再來評價她吧。」

「我放棄。」

八坂拿起帳單回答，篠宮繼續道：

「先不提什麼原石，我覺得綾女有種壓迫感，至少她不像腦袋有問題，外表也不像什麼宗教信徒。她顯然是毫無保留地拚了命，把我們當成最後一根稻草。」

「是啊。無論如何，她都想找到哥哥的下落吧。」

「一定是個好哥哥。妹妹那麼拚命找他，實在令人羨慕。我是老么，非常希望有個可愛的妹妹。」

篠宮深深戴上黑色棒球帽，叼著香菸站起。她拱著背點燃香菸，順勢揹起看似沉重的相機背包。

「那就麻煩你搞清古書的內容，之後以白色背景拍照。雖然我覺得你不會發瘋或失蹤，不過遇到麻煩的狀況，早點打電話給我。」

「我會的。」

八坂回答時，搭檔已走向店門口。

3

從代代木上原車站徒步十五分鐘，在新舊混雜的公寓高度密集區一角，就是死過四個人的八坂住處。

他提著超市塑膠袋，走進狹窄的電梯。不知哪來的沒水準傢伙，拿香菸燙焦七樓按鍵的數字。一按下那個焦黑的地方，電梯便發出喀噹一聲，上下搖晃，接著慢呑呑上升。一隻大得驚人的飛蛾繞著蒼白的日光燈轉，在電梯中落下形狀複雜的陰影，陰暗的空間一如往常沒有任何變化。

八坂的住處位於最上層的七樓邊角。每個自殺者都是從室外樓梯最上方跳下去。嚴格來說，是從緊鄰住戶的樓梯間跳下去，七〇三室沒理由被視爲凶宅。然而，據傳透過寢室的L型窗戶，可能和跳樓的自殺者瞬間四目相對。這麼一來，等於被迫接收對方瀕死之際的情感，在另一種意義上，確實比真正的凶宅還糟糕。

這樣的謠言傳遍街頭巷尾，於是受詛咒的七〇三室找不到房客，租金便宜得離譜。八坂在此住了十年，目前還沒碰到來尋死的人。

搭著慢到誇張的電梯抵達七樓，八坂走到陰暗走廊的最深處。進屋後他立刻步向廚房，從冷凍庫拿出兩個冰塊，接著打開客廳的燈，將冰塊放入裝水的玻璃睡蓮缽。

「我回來了。」

八坂扶著木茶几，在木地板坐下，對著缽裡說。從纏在一起的水草縫隙間，可看見鋪在底下的白砂。上方漂蕩著兩個像深綠毛線球的物體，那是毬藻。八坂養了它們超過十年，目前直徑三公分左右，非常可愛。明明是不會動的植物，卻和貓狗一樣惹人憐愛。

只要水降低到適當的溫度，毬藻會明顯變得非常活潑。細線狀藻類柔軟地包成一團球的模樣，不就像穿馬海毛衣般溫暖嗎？八坂從各種角度觀察毬藻一番後，感到十分療癒，開心地笑著走向洗臉處。

然而，一照鏡子，心情頓時變得惡劣。他不小心正面直視自己，大大嘆一口氣。鏡中的自己恨恨地盯著八坂。劉海垂落眼前，燈光增添臉上陰影，讓他的五官看來異常立體。深黑髮色顯得十分沉重，缺乏表情的外表只能以陰沉形容。整張臉散發出一種會令人心生警戒的氛圍。

「眞受不了……」

八坂轉開水龍頭，洗完手再次望向鏡子。弟弟仍在鏡子裡，嘴角略微上揚，露出看透一切的微笑。雖然一肚子氣，但也不能怎麼樣，畢竟他是以同卵雙胞胎哥哥的身分出生。

超過十年未曾見面的弟弟，擁有和八坂一模一樣的臉孔。光是這麼想，八坂就不快到極點。聽說雙胞胎的一方死亡，另一方會直覺感受到，然而，八坂至今都沒察覺異狀。看來，他的分身還在某處賴活著。

「你一定也這麼想吧。」

他對著鏡子說：

「我不會讓你稱心如意。」

八坂脫下襯衫丟進洗衣籃，換上洗好的T恤。

儘管是同卵雙胞胎，兩人不是彼此需要的關係。這年頭，家人之間存在糾葛並不稀奇，不過八坂認爲對他們來說，連互相憎恨這種複雜的情感都太奢侈。爲此異常煩惱的時期早就過去，八坂已徹底看淡。

八坂走到廚房，將買來的食材放進冰箱。瞥一眼時間，即將下午五點。原本他打算吃完晚餐再對付那本古書，但偶遇弟弟的緣故，他改變心意。做菜是他的興趣，也是最大的樂趣來源，不過他今天失去做頓好吃的念頭。

八坂環視寬敞的屋內，只見細長茶几和牆上的書架，及附抽屜的小櫥櫃。他一向沒有物欲，極少增添家中物品。唯一不斷增加的，只有並排在廚房流理台上的小瓶香料。他的廚房媲美專業廚師，堆滿各種小東西。

篠宮看不過去，曾給他一個淡黃褐色座墊。他往那張座墊坐下，從提包拿出方巾包裹的書。將毬藻缽推到茶几角落，打開記事本，接著解開方巾，翻開書封。

首先是從〈第一天〉到〈第三十天〉排得緊密的目錄，這是一種紀錄嗎？而且還是超過兩百頁的長篇。八坂忍耐著老舊紙張散發的臭味，仔細檢查有沒有任何線索。單就外觀來看，只是一本沒有任何特殊之處的普通書籍。

好，開始吧。八坂將閱讀起始的時間寫在筆記本上，一鼓作氣翻到〈第一天〉。

第一天

我名叫佐也子。請原諒我如此失禮，無法稟明姓氏和出身。至於理由，接下來會慢慢告訴您。一切猶如老婦臉上交織的皺紋，十分錯綜複雜。將自身的遭遇化爲一字一句，也會在我的腦中整理得清清楚楚，「那一位」這麼提點我。

是的，我從以前就擅長寫文章，才會被挑中成爲敘述這件事情的人吧。學校老師常誇獎我，因此我稍稍感到得意應當無傷大雅。透過我親眼所見，再由我的內心進行過濾，日常生活便宛如清水，不疾不徐自筆尖流出。

然而，那一位會嚴格檢視我的文章，我也不曉得自己究竟寫得如何。那一位檢視完文章，會仔細到令人暈眩地提出指謫及要求重寫，有時冰冷的怒氣甚至會凍結我全身。不，與其說發怒，不如說是對於我的粗心大意感到失望吧。無法達到那一位的期待，我會哭得全身顫抖，無法握筆。我不斷落淚和想起母親，要求自己吞下這些痛楚。

我想回家，我想回家——

我試著透過稿紙安撫心中翻騰的思緒。身爲「柊之會」最年長的成員，我不能不停暴露情感。來到這裡後，我最先學會的便是封閉內心。無關我的意願，這是必須遵守的原則。

據說當我寫完，原稿將會製作成書。那一位如此告知，我無法猜測他眞正的想法，只能像木偶般茫然聆聽，不過心中的驚滔駭浪很快平息。要是能夠出書，我不就形同作家嗎？

其實，我相當憧憬寫作的人。雖然也憧憬打字員這份職業，但小說家或思想家之類，難以掌握實際狀況的工作相當吸引我。我腦中描繪的作家之路，起點是投稿到少女雜誌《千金小姐的花園》。在雜誌最後的頁面設有讀者投稿園地。擅長創作的讀者，會競相投稿小說、詩、短歌等等。大家都頗優秀，令我感到焦躁之餘，也刺激我的創作欲望。

我不喜歡主角是模範生，充滿教育意義的作品，決心寫出受命運操弄的主角如何安身立命、嶄露頭角的故事。毫不溫柔婉約的主角和男性針鋒相對，間或交織著甜美浪漫的劇情，歷經眾多苦難和挫折，終於獲得成功。

如果在雜誌的讀者投稿園地闖出名號，最理想的下一步，就是奪得報社舉辦的小說比賽頭獎。而後，終於踏入文壇的我，在名士聚集的沙龍裡大聲疾呼必須提高女性的地位，穿著時髦和服在咖啡廳談笑等等。屆時，應該會有自稱書迷的少女向我索取簽名。我偷偷練習筆名的簽法很久了，會以賽璐珞鋼筆在少女遞出的記事本流利地簽下筆名。螺旋狀勾勒的英文草寫體，像浮在雪地上的滑雪板痕跡。我再以笑臉回應害羞的少女握手的請求。

啊，又來了。光是這樣想像未來，我就會鼻頭一酸，眼前一片模糊。一旦放鬆，便會落下不合時宜的眼淚。我描繪的夢想全像泡沫般接二連三消失。如今，那一位是通往外界唯一的門，然而，這道前往外界的門也緊緊關上。

當我寫完這個故事，會搭配新藝術風格的美麗封面嗎？會替我加上可愛的插畫嗎？書名是什麼？書籤又是什麼顏色？作者近照呢？幻想不斷擴大，可惜我無法拿到那本完成的書。

談到書，妹妹和表妹從小就經常纏著我說故事給她們聽。那時，我往往來不及從書架上抽出童話，只好當場編出一些故事。讓戴珍珠皇冠的美麗公主登場，孩子們就會雙眼發亮、圓臉泛紅。

現在回想，我仍覺得她們可愛。孩子們充滿好奇心、興致勃勃的神情，清楚浮現眼前。我想看見天使喜悅的臉孔，於是不斷讓公主在故事裡登場。公主會在純白野菊盛開的花園裡跳舞或打盹。當時聞到的秋草氣味，吹拂在身上的涼風，及妹妹們身上飄散出甜美的焦糖點心味道。這些只會害我心痛的回憶，我也好懷念、好懷念、好痛苦、好懷念、好痛苦……

糟糕，我老毛病又犯，眞是讓您見笑了。閱讀故事的您，想必會感到不快。此刻，我腦袋一片混亂。這樣盯著文字，回憶就像幻燈片在眼前播放，我旋即陷入夢境。又是懷念又是激動，我的胸口一陣翻騰。接下來，或許還會發生類似的情況，容我在第一天再次向您致歉。

前言說得太長了。

我今年虛歲十七，來到這棟宅邸已過一年。我出身於六人家庭，包括雙親、祖父母和小我四歲的妹妹。我就讀某高等女學校（註一）。東京都內的女學校制服雖然是水手服，但我不適合穿洋裝。因爲我稍嫌豐腴，穿和服或褲裙更好看。祖母也這麼說：

「佐也子的皮膚比較黑，如果穿花色特殊的銘仙（註二）衣物，看起來不僅有氣質，也更能襯托你的臉。個子嬌小，但眉眼鮮明，非常適合大大的市松花紋，或是大朵芍藥花的圖案。」

註一：日本二戰前的舊學制下的女子學校。

註二：大正、昭和初期（1912—1930）出現的材質輕薄、色彩豔麗的絣織布料。

性格剛強、氣質凜然的祖母，不知是否無恙？她的氣管不好，一直在靜養。我始終擔心著，聽到我的消息她的病情會惡化。

至於父親，想必他一定以我爲恥。好不容易讓我就讀女學校，我卻毫無徵兆地失去蹤影。比起擔憂我捲入驚動社會的案件，他更在意家族的面子。

結婚在家相夫教子是女人的天職，這是父親的口頭禪。他毫不留情地斥責我不該懷著成爲文筆家的夢想。儘管認爲女人擁有知識只會製造麻煩，父親仍讓我就讀女學校，不爲別的，只是想提高他的身價吧。要默默讓人知道他有優秀的經濟能力，與受過教育的聰明子女，最好的方法就是供我去上女學校。我也知道，他打算以政治聯姻的方式把我嫁出去。

我的……不，女人的人生到底算什麼？所謂的「賢妻良母」，不過是男人爲了將女人綁在家裡製造出的名詞罷了。我們被放入籠子豢養，即使望見藍天，也不允許深入思考。

「我看見籠子外有好藍、好寬廣的景物，可是我不曉得那是什麼。」

最多只能這樣想吧。

我似乎淨寫些怨言，讀到這裡您約莫覺得很無趣吧。雖然我與父親的想法有不少相異之處，但他給予我從小到大的優裕生活，我對他的感謝實在是筆墨難盡。

在如此嚴格的家庭環境下成長，我愈來愈渴望自由。即使在女學校，也會不自覺地注意到言行舉止洋溢著自信的人。其中，最閃亮的莫過於多美子同學。

多美子同學留著短髮，是品味洗練的摩登女郎。後面的頭髮稍微往上推，劉海斜斜往下的髮型，非常能夠襯托她美麗的側臉。她私下總是打扮華麗，然而她確實擁有適合鮮紅色的現代長相。

女學校裡，一半學生和我一樣留著長髮，一半是短髮，但多美子同學經常前往銀座的美容院整理髮型。像我們其他人，由母親幫忙剪髮是理所當然的事，居然有同學固定前往美容院，我驚訝不已。多美子同學的雙親，居然允許她當摩登女郎？甚至給她零用錢，讓她穿著惹人注目的洋裝在外自由行動？雖然難以理解，我卻感到相當新鮮。

多美子同學將眉毛往上剃得細長整齊，全身上下的衣物都是在三越百貨買的。她還將水手服上衣改短，更強調出纖細的腰圍，我備受衝擊。儘管覺得她不像話，充滿活力的她卻非常耀眼。

雖然嚮往摩登女郎，但眞做那種打扮，父親一定會氣急敗壞。而且，部分男性揶揄這樣的女性爲「毛斷蛙」(註)，老實說我也感到十分羞恥。

然而，我會受到走在流行最前端的女性吸引，不光是她們的打扮，而是她們絲毫不在意其他人的閒言閒語與世俗的眼光，堂堂正正貫徹自身價值觀的緣故。這實在太堅強、太優秀，跟只會看旁人臉色，隨波逐流的我宛如平行線。多美子同學能坦然地和其他男性，甚至是老師吵架。

註：日文中，摩登女郎（モダンガール）的發音和「毛斷蛙」相近。

無論是性格或外表，我的一切都和多美子同學相反，但以她投稿插畫到《千金小姐的花園》爲契機，我們成了好朋友。彼此許下約定，如果我當上小說家，處女作的裝幀和插畫就交給多美子同學。這個故事的插畫本該是多美子同學的出道作，如今已是無法實現的夢想。

個性大而化之，但充滿正義感的多美子同學，也會爲我感到心痛吧。我們曾每天談論夢想，卻一年未能相見。

她的打扮和思想都非常先進，現在或許仍在銀座或人形町發傳單給行人。是的，比男人強悍的多美子同學一定會這麼做。她舉發過玩弄女服務生的咖啡廳老闆，在店門口發起拒絕消費的活動。

若能像蝴蝶在空中飛舞，我想立刻飛到多美子同學身邊……

啊，不行，必須改成「像鳥兒一般在空中飛翔」，我最討厭蟲子。色彩鮮豔的蝴蝶也令我不舒服，上下搖晃展翅的模樣，完全不適合美麗之類的形容詞。

話說回來，其實我不是惦念友情才想再見多美子同學一面。我擔心多美子同學會擅自將我們之間的祕密告訴老師、同學、父親，多次在深夜爲這份任性自私，不安地醒來。「S」是我絕不能讓任何人知曉的祕密。

爲我取名「裏葉柳」(註)的姊姊，認爲我很適合這個柔嫩的淡綠色，於是這麼喚我。祖母說我適合濃豔的顏色，兩人想法完全相反，我十分驚訝。實際看過裏葉柳色的紙片，我覺得成熟又有氣質，就像我憧憬不已、優雅自立的女性。我這才發現，姊姊看透了我的內在，對她更是敬仰。

姊姊的肌膚白皙，外貌楚楚可憐，卻也高貴端麗。她留著一頭柔順富光澤、長及腰部的黑髮，綁成辮子，垂在水手服的胸前。辮子繫著黑色天鵝絨的復古蝴蝶結，益發襯托出她沉靜的美，又帶著一種寂寞清冷，像是難以掌握的冬日朝霧。

當時我偷偷稱呼姊姊爲「蒼月之君」，暗自傾慕她，爲思念她而煩惱。姊姊相當受歡迎，其他女學校，甚至大學生都知道她。除了擅長鋼琴和小提琴之外，她還會說流利的外文。

我總是遠遠望著她，連出聲攀談都不敢。毫無可取之處的我，不過是在陰影處綻放的無名花朵。我身材肥胖，當不成摩登女郎。因此，在室內鞋櫃發現那封散發鈴蘭香味的信封時，我驚訝得差點尖叫。鈴蘭香水，就是姊姊的香味……蒼月之君居然會注意到我。

這就是我的故事，《女學生奇譚》的開端。

我的語氣彷彿在敘述過往，您想必感到很不可思議吧。因爲，我已不在這世上。寫完這個故事，我就必須面對死亡。

請您……求求您，不要在途中拋棄我，陪我走到最後，好嗎？在我的心跳愈來愈微弱之前，請陪在我身邊。這是我現在唯一期待的幸福。

註：帶著微黃的淡綠色，形容柳葉背面的色彩。

遠處傳來女傭阿米嫂嘶啞的話聲，約莫是晚飯準備好了吧。我沒發現格子窗外的天色暗下。四照花的葉子形成詭異的影子，搖搖晃晃，沉鬱的暗夜再度來臨。

即使如此，我仍好奇今晚的菜單。料理的香味從門縫飄進來，那道引發食欲的濃郁香味，從剛才就在我的鼻尖繚繞不去，眞是困擾。

昨天是烤兔肉和鯉魚生魚片，之前是搭配茴香醬汁的鴨肉和鰻魚凍。那一位精通美食，這座宅邸裡常駐幾位一流的廚師。

我抱著下流的覺悟在此告白，我已成爲這些料理的俘虜。只要至今未曾嘗過的夢幻菜肴在桌上一字排開，我的痛苦便瞬間消失無蹤。

我到底會變成怎樣？明明死亡迫在眉睫，卻仍不停寫下和料理有關的文字。我想聽聽您的意見。

「這是什麼跟什麼？」八坂不自覺出聲。他的手肘拄在櫻木茶几上，翻閱〈第一天〉的內容。這是會害讀者陷入錯亂的書？八坂歪著頭打開筆記本，姑且寫下年代、地名和登場人物。他從提包取出錄音筆放在桌上，按下錄音鍵。他習慣錄下自言自語，再客觀審視。乍聽毫無意義，卻曾爲他帶來靈感。

內容是名爲佐也子的少女獨白，似乎是昭和初期女學生的故事。

「昭和三年六月發行」。

他再次審視版權頁，喃喃自語。打開手機，上網搜尋年號後，用計算機算一下。

「昭和三年佐也子是十七歲，等於是明治四十四年（一九一一）出生，還活著是一百零五歲。」

八坂對錄音筆淡淡說著，反覆讀了〈第一天〉好幾次。

目前，他還感覺不到和「不可閱讀本書」的警告相符的危險程度，不過，由於做了過度的心理準備，他認爲內容實在令人失望。然而，文中散見不少可稱之爲瘋狂的碎片。佐也子離家出走，住在別的房子裡。她沒告訴家人和朋友就消失行蹤。文中提到「驚動社會的案件」，老實按照字面解釋，她就不是自願離家。她目前確確實實想回家。

八坂緩緩起身步向廚房，然後拿著玻璃杯和無酒精啤酒走回來。他刻意用力倒酒，玻璃杯充滿泡泡，再將消了氣的液體一口氣灌進喉嚨。明明是無法接受酒精的體質，有時就是會非常想喝酒。背部竄過一陣寒意，在編輯部感受到的那股寒意，又在八坂體內蠢蠢欲動。

他將瓶中液體全倒進杯裡，一杯飲盡，視線又移往書本。

繼續往下讀之前，他想盡量掌握能從〈第一天〉找到的線索。雖然從詛咒或靈異相關的角度來看，他並不害怕這本古書，但若紙條上的警告爲眞，就不能完全排除造成精神負荷的可能性。比起鬼怪，這類情況更棘手。在潛意識裡植入某種暗示、令讀者在無意識下行動的文字串等等，他對會引起麻煩的小花招敬謝不敏。

不對，等一下……八坂緩緩讀著老舊的頁面，視線從左到右、從上到下、斜斜移動著，試圖尋找有沒有線索浮現。該不會隱藏著暗號吧？不過，假如針對言語的暗號不是一對一，作者要訂出多少法則都行，八坂不打算認眞考慮這一點。

「要是暗號難以解讀，誰都不會注意到吧。」

八坂露出苦笑，乾脆地拋棄暗號的推測。

即使如此，這眞的不是一本小說嗎？八坂習慣性地咬著筆桿，一發現在意的字眼，立刻念出聲、挑出來。這本書像是日記，也像意識到讀者寫下的故事，但其中又有太多回憶，整體不太安定。關於時間軸，只有最後略微提及佐也子的「現在」。她無法順利控制自身的情緒，卻無能爲力。她捨棄寄望未來，緊抓著昔日回憶悲嘆不已。

「可能是生病，醫生宣布她來日無多。」

八坂喃喃自語。不過，跟在病床寫下的回憶錄流露的悲壯有所不同。要是早知死期將近，應該不會單單爲每天的美味料理感到幸福。然而，她又說一旦故事結束，便必須迎接死亡。「那一位」的存在也不容忽視。那個人似乎以絕對的權威支配著佐也子，她卻明顯懷抱尊敬和思慕。此外，她稱呼看拿到這本書的讀者爲「您」，還有名爲「柊之會」的團體與奇怪的集會……

「回顧十七年來的人生，逐漸對於女性生存方式感到疑惑的少女。我決定無視警告，為死亡倒數計時，直接讀《女學生奇譚》的〈第二天〉。」

八坂關掉錄音筆，翻開新的一頁。

4

篠宮反戴棒球帽，將相機靠在臉旁按下快門。她以腳尖推開地板上捲成一團、妨礙行動的電線，彎下腰靠近拍攝對象。

「太太，非常好，再解開一個上衣釦子吧。對、對，就是這樣，妳眞是風騷，連女人都受不了。稍微往前一點，強調妳的事業線。沒錯，這個角度太棒了……」

充滿日常感的陰暗廚房裡，五十多歲的豐滿主婦靠著冰箱。那略顯鬆垮的肉體，反倒凸顯出她的包容力。她穿著酒紅窄裙搭白上衣，釦子開到看得見她的內衣。羽毛面具幾乎遮住她的臉龐，不過光是妖媚的嘴角，讀者便能看出是男人喜歡的長相。

「雙手請抓著水槽，伸長胳臂。對，就是這樣。腰再稍微轉一下，可以嗎？對，實在太性感了。太太，該不會妳當過模特兒吧？哦，猜對了嗎？以前在美大當過裸體模特兒？素描的模特兒嗎？妳身材眞好，什麼時候開始當外賣（註）主婦？」

篠宮按著快門問，又迅速踩上椅子，由上往下拍攝。她將佳能相機接上小型筆電，每次按下快門會發出尖銳的電子音，而後電腦螢幕上就會出現新照片。

註：原文為デリヘル，為delivery health的簡稱。指的是日本風俗業中，店家沒提供房間，由小姐直接前往客人所在旅館的性服務。

通常，女攝影師不會和拍攝對象開黃腔。可是，八坂的搭檔完全是以男人視角拍攝，口吻也徹底大叔化。篠宮是能夠一眼看出拍攝對象的特質，並在口頭上巧妙引導，不論對方是誰都能拍出最佳照片的專家。八坂不是內向的人，但像今天這種對象是素人的情況下，不免有點緊張。不過，不怕生的篠宮轉眼就和採訪對象混熟，同時營造出對方容易開口的氣氛。八坂非常感激，他只要徹底做好紀錄和錄音的工作。

移動過擺設的客廳，以蕾絲和蝴蝶結妝點各處，水晶花瓶裡的黃玫瑰散發出窒人的香氣。篠宮確認是否可映出拍攝地點，主婦的手指按著嘴角，露出思考的模樣。

「把我家原原本本拍出來，沒問題嗎？那麼，我不就白變裝了？」

「我們會進行調整，請不用擔心。鏡頭對焦在您身上，其餘地方都是模糊的。慎重起見，我們也會改變背景顏色。對了，您和先生是假面夫妻嗎？」

「對啊。我們快二十年沒上過床。他把我當成女傭，就算看到照片一定也認不出來。況且，我還戴假髮、點假痣，恐怕連父母都認不出來。」

「沒變裝的太太頗賢淑，嚇我一大跳。可是，忽視妻子需求的丈夫，完全沒有中年離婚的危機感。為了填補夫妻生活的寂寞，太太才選擇賣春嗎？」

佇立在蕾絲窗簾旁的女人回過頭，發出茫然的笑聲。機不可失，篠宮旋即按下快門。

「不是那麼鬱悶的理由。每個人都有才華，我的就是讓男人全身酥軟。」

「是、是，我懂。乍看您外表樸素，卻有種慢慢滲透出的性感。」

「我不是什麼美女，不過從以前就常有人這麼說。不是自誇，即使變成歐巴桑，還是有很多人追我，所以我想測試自己的價值。瞧瞧到死爲止，究竟能玩弄多少男人。」

「這也可說是對男人的復仇吧。」

八坂做了好久的筆記才出聲。女人在意著鏡頭，微微揚起嘴角，露出怪笑。

「沒那麼戲劇化，我根本沒有愛到想報復的男人。對了，這句話能不能不要寫進報導？孤獨又欲求不滿的家庭主婦，比較能刺激男人的保護欲和支配欲吧？」

「不好意思，這不是男性色情雜誌的專欄，只能將加賀太太的話原原本本寫出來。」

「那麼，寫成會惹男人生氣的內容如何？『爲了毀滅丈夫，你的妻子現在也活力十足地賣春』之類的。」

她故作滑稽地裝出嚴厲的口吻。

「我們會考慮一下。順帶一提，您先生似乎是在文部科學省工作，至今您曾和多少公務員上床？」

「單指文科省的人嗎？還是，包含警察廳之類的單位？」

看似瞧不起男人，個性難搞，不過八坂意外地不討厭這樣的女人。在這種情況下，通常普通人才眞正大膽。他望著露出惡意的笑容、扳著手指數的採訪對象，將她的話寫在筆記本上。

接下來又從對方口中聽到幾個在賣春、私生活中和性有關的插曲後，八坂和篠宮為招待他們咖啡和甜點道謝，從沙發起身。

「非常感謝。關於原稿的確認，方便以電子郵件寄給您嗎？」

「沒問題，我先生很討厭電腦，在家都不會碰。」

八坂說明完後續流程，行一禮，走向玄關。此時，有個東西闖入視野，他不禁停下腳步，跟隨在後的篠宮猛然撞上他的背。

「八坂，你幹麻突然停下？」

篠宮戴好撞歪的棒球帽，詫異地看著愣在一旁的八坂。裝飾著玫瑰花的下方櫃門開著一條縫，露出八坂眼熟的物品。

八坂踩著不好行走的毛茸茸拖鞋，步向客廳深處，拉出透過隙縫看到的紙張。那是折疊整齊的包裝紙。八坂從提包取出資料夾，將夾在「不可閱讀的書」中的包裝紙一角和那張紙重疊比對。紅藍兩色的波狀條紋完全一致。他轉頭拿給篠宮，她吹一聲口哨。

「突然就找到線索。」

看著篠宮豎起大拇指，加賀太太疑惑地偏著頭。

「線索？什麼意思？」

「抱歉，跟另一件工作有關。請問，這是哪裡的包裝紙？」

拿下面具後十分樸素的主婦，對上八坂的目光。不知何時，她恢復成有家庭的模樣，和拍攝時相比，簡直像一口氣蒼老十歲。她一臉不可思議，呆愣片刻，仔細盯著包裝紙。

「這個哪裡不對勁？我通常不會丟掉包裝紙，或是店裡的袋子，總是一次囤積那麼多，眞是窮酸性格。」

她找藉口般笑一下，打開櫃門，只見塞滿摺得十分漂亮的各色包裝紙。

「那是哪家店的包裝紙……囤積太多，我都忘了。紙上沒有店名，還是商標嗎？」

「沒有，只有像是波浪的花紋。還有，這是很舊的紙嗎？」

「不是。年底大掃除時，我還是會把這些包裝紙扔掉。然後，花上一年囤積再扔掉，想想眞是毫無意義。」

這麼一提，那是今年留下的，或許可從包裝紙上得到什麼情報。八坂和篠宮精神一振。

「今年您曾去旅行嗎？是當時購物的包裝紙？」

「我哪裡都沒去。跟朋友約定的溫泉旅行也因感冒取消，根本沒離開東京都內，搞得我壓力好大。」

「對了，您會買古書或古董嗎？」

她興趣缺缺地搖頭。

如果有留下包裝紙、紙袋的習慣，可能不會記得是在什麼店買的，也可能和夾在那本書中的手寫定價紙沒直接關聯。不過，這是不能忽視的線索。

「太太，不好意思，方便跟您借用這張紙嗎？」

儘管一頭霧水，她仍對認真的八坂投以無邪的笑容：

「雖然不曉得你要幹麼，不過想要就拿去吧。反正三個月後，又要丟掉。」

「謝謝。如果想起是哪家店的包裝紙，請打我名片上的手機號碼。拜託您這麼奇怪的事，眞是抱歉。」

向爽快答應的採訪對象再度道謝後，兩人離開加賀家。

這個充滿獨特建築的住宅區幾乎沒有行人，某處飄來茶梅的溫柔香味。由於缺乏日照，戶外有些寒意，加上帶著水氣的北風，或許很快就要下雨。

八坂仰望陰沉的天空。篠宮抱著裝著攝影器材之類的大件行李，軍靴踩出聲響，追過八坂。兩人之間有著不知何時達成的默契，就是不問篠宮需不需要幫忙提行李，不然她會生氣。搭檔嘴角叼著香菸，縮起背避免風吹熄打火機。點起菸後，她大大吸一口，朝陰天一股腦噴出。

「採訪二子玉外賣太太後，接著是麻布的ＳＭ太太，『官僚太太系列』的成員依舊誇張，不難理解這個連載受歡迎的理由。今天最後一項工作是臭臉綾女，好久沒這麼忙。」

篠宮回過頭，嘴角的香菸晃個不停。

「詛咒之書看到哪邊？」

「〈第十天〉。」

「有發瘋的預感嗎？」

「還沒。」

「是嗎？」篠宮認真盯著八坂，又轉回頭往前走。搭檔從一早就留心著八坂的狀況。看來，她真的對這次的委託相當警戒，一旦八坂決定抽手，她也會二話不說就同意。篠宮認爲那是一種直覺，遺憾的是，她的直覺尚未應驗。

兩人換車前往麻布十番，吃完遲來的午餐，結束第二個採訪後，移動到綾女指定的池袋咖啡廳。

篠宮一到店裡立刻點了披薩土司和可樂，八坂忍不住發出呻吟。

「你要吃嗎？」

「才不要。中午的炸豬排定食害我還在胃痛，都怪店家用酸化的舊油。肉質也是最差勁的，味噌湯鹹得要命，那些高麗菜絲一定是昨天剩下的。」

「年紀輕輕卻這麼囉唆。瞧瞧賣鰻魚飯的店是怎麼做的，那些醬汁用了幾十年，還堂而皇之地說什麼祕傳醬汁，有人抱怨那是過期醬汁嗎？油和高麗菜也都沒問題啦。」

「怎麼可能沒問題……」

篠宮將送上來的厚片土司對折，稍稍壓扁送入嘴裡，再灌下可樂，幾分鐘內就掃光披薩土司。雖然無法理解她的味覺和胃袋，不過她似乎不曉得什麼叫吃飽。反覆暴飲暴食卻完全沒變胖，也從未生病，健康得不得了。

在這幢以小木屋爲裝潢概念，到處裝飾著加拿大國旗的咖啡店裡，模擬火焰的燈在假暖爐裡閃爍。低聲播放的民謠音樂，害八坂很想睡。掛在牆上的鴿子時鐘，即將走到傍晚五點。篠宮拿餐巾紙粗魯地擦擦嘴，從迷彩工作服的口袋取出香菸。

「我說過不只一次，嫁給你的女人肯定很辛苦。把料理當興趣的瘦男人最難搞，不過你煮的臘人燉肉（註）超美味，就是那道用番茄燉肉的菜。」

「是獵人燉肉。」八坂迅速糾正。

「總之，我是在勸你，多少要有點破綻。既然你能當家庭主夫，就找個會賺錢的女人，這樣一來什麼問題都沒了。」

篠宮滿口感慨，像擔心弟弟的姊姊。雖然她總是如此雞婆，但八坂感到莫名貼心。

搭檔打算將把玩半天的香菸放進嘴裡時，一道毫無抑揚頓挫的聲音混在鴿子時鐘愚蠢的報時聲裡。

「店裡禁止吸菸，大門也貼著『No Smoking!』的警告標語。」

綾女的發音完美，颯爽地走到桌邊。她推一下黑框眼鏡，表情宛如指導者。她穿著釦子扣到領口的襯衫，搭配開襟針織外套，及樸素的暗褐色百褶裙，教人不由得聯想到禁欲的修女。

綾女在兩人對面坐下，默默盯著篠宮將香菸放回菸盒。搭檔煩悶地嘆了口氣。

「我讀國中時，有個英文老師跟妳一樣，完全不笑，宛如隨時都在不爽的老姑婆，嘮叨個不停。她戴眼鏡，特別喜歡深灰色、褐色之類髒兮兮的顏色。」

「那又怎樣？請不要用這種似乎是我不對的口氣，我只是講了該講的話。香菸是有害的，其他人也會受到不良影響。而且，這裡是禁菸的店。怎麼想都是篠宮小姐沒常識吧。還有，爲什麼沒事要笑？妳要我假笑嗎？更何況，以打扮或外表來評斷一個人未免太幼稚，妳自己明明穿得像軍人……」

「好了，我知道、我知道。抱歉，對不起，我不曉得店裡禁菸。」

篠宮摘下黑色棒球帽，打斷綾女的話，抓了抓鬈曲的紅色短髮。

「百分之百是我不對，綾女完全沒錯。抽菸等於犯罪，沒事亂笑就是變態。我喜歡打扮成軍人，八坂溺愛沒感情的小毬，純屬個人興趣，與別人無關。」

「請不要直呼我的名字。」

綾女毫不留情地批評，將綁成兩束的長髮撥到身後。

「對了，小毬是什麼意思？沒感情是生病了嗎？」

八坂沉默不語，篠宮毫不在意地回答：

「小毬是毬藻，是八坂唯一敞開心房的戀人。」

註：原文是カチャトーラ（Cacciatore），篠宮講成チャカトーラ。

「戀人毬藻？」

「英文好像是『Cladophora ball』，妳知道嗎？」

「咦，Cladophora ball？就是那種圓圓的水中植物？那是藻類吧？戀人？對不起，我聽不懂。」

綾女似乎是真的詫異，語尾上揚。向篠宮確認後，她望著八坂。見八坂沒否認的意思，她露出難以言喻的表情。篠宮才想著「就這樣嗎？」，綾女便從托特包取出記事本振筆疾書。

「等一下，妳在記錄我和毬藻的事嗎？」

八坂傾身向前，綾女曖昧地說「嗯……這個嘛……」，手卻沒停下。看著綾女，篠宮一副瞭然於心的口吻：

「她在收集能拿來跟我們談條件的弱點啦。」

「不是的。」

綾女抬頭瞪篠宮一眼，露出和剛剛相同的表情注視八坂。那表情隱含著同情，應該不是八坂想太多。雖然覺得不能跟這個人走太近，但還是盡量包容他……綾女恐怕是如此理解。八坂單手抹一把臉，硬轉回話題。

「那個……這裡離令兄住的地方很近吧？方便讓我們看一下嗎？」

八坂忽然提議，綾女嚇一跳。

「這表示你們願意幫我尋找哥哥嗎?」

「不,我們只是想親眼確認令兄的失蹤,和那本書是不是眞的有關係。搞不好屋裡留有相關線索。」

綾女沒有拒絕的理由。八坂目前雖然認眞讀著《女學生奇譚》,仍舊沒有捨棄自導自演這條線。世上確實有人會爲了合理化自身的妄想,大費周章建立起壯闊的世界。倘若綾女的哥哥眞的失蹤,讓旁人看看哥哥的住處,她不該感到心虛。

綾女窺探八坂意圖似地停下動作,再次望向記事本,思考好一段時間。果然還是想拒絕吧?她不可能帶他們去虛構的居所。當八坂幾乎就要這麼認爲時,綾女突然站起。

「我知道了,就麻煩你們看一下我哥哥的住處吧。」

這決定有些出乎八坂的預料,他和露出同樣表情的篠宮對望一眼。直覺不靈了,八坂暗暗想著,取過帳單起身。

5

隨著日落,氣溫跟著下降,猛烈的北風毫不留情地奪走體溫。再加上開始飄著霧雨,替鑲嵌在街上的燈火披上一層薄紗。雖然充滿幻想般的美感,但冷得不得了。八坂拉緊立領薄大衣的前襟,試著防止寒氣入侵。

一身迷彩軍服裝扮的篠宮走在前面，像在戰場上保護孩童的士兵。她深深戴著棒球帽，扛著大行李，不時瞥向一旁的小個子女人。她們的身高差距超過三十公分，爲了不落後大步前進的篠宮，綾女奮力加快腳步。八坂心想，她雖然是個爭強好勝的女人，搞不好很適合在慈善團體工作。那種不懂世事、不知變通的固執性格，想必是活在一個信念和正論能通用的小世界的緣故。如此有勇無謀的熱情，八坂有些羨慕。

從滿是街友的池袋西口公園徒步二十分鐘，可看見位在大學廣闊腹地後方的住宅區。這裡和車站前的喧鬧及混亂的氛圍完全無緣，靜靜沉沒在黑暗一角。綾女拉長針織外套的袖子蓋住手掌，走進狹窄的岔路後，回頭望向八坂。她的鼻頭冷得發紅，彷彿剛哭過。

「就是這裡，面對馬路最旁邊的一〇一室。」

這是一棟沒有自動上鎖之類的保全系統，常見的雙層木造公寓。不新不舊的外觀，給人一種房客多是學生的印象。

兩人尾隨十分在意頭髮濡溼的綾女，踏入公寓腹地。八坂先確認信箱，有披薩、壽司的外送菜單，及幾封給曾根秋彥的廣告信，包括錄影帶出租店的會員更新通知明信片、便當店的折扣券等等，郵戳都是這個月初。綾女將鑰匙插入玄關大門，目光中帶著一種決心，接著手伸向門把。她緊張到相當用力，篠宮的手也無意識地使勁。

八坂隨即提出疑問：

「妳從哪裡拿到鑰匙？這個年頭，房東不可能給保證人以外的人鑰匙。」

「我從信箱拿的。」

綾女的指尖露出袖子，指向走道入口。

「哥哥將備份鑰匙貼在信箱蓋子裡。我提醒他好幾次不安全，但他認爲在日本是很普遍的作法，根本不聽我的勸。」

「的確很不小心。不過，或許眞的很多人會將備份鑰匙藏在固定的地方。」

「我的備鑰放在屋簷上。小偷不會注意到那種地方，卻是烏鴉叼走，所以我就不再放了。」

篠宮說著，像在催促佇立原地的綾女，率先踏進屋內。八坂跟在後頭，將她粗魯丟在狹窄脫鞋處的軍靴推到角落。

屋裡飄散著一股衣物沒晾乾的臭味，感覺空氣中充滿不斷繁殖的細菌。蒼白的日光燈，照亮僅有六張半榻榻米大的西式套房。地板鋪著米色短毛毯，窗邊擺著處處剝落的鐵架床。廚房裝設熱水器，水槽狹窄，甚至沒放砧板的空間。

八坂站在入口環視屋內，大型物品只有床鋪、桌子和書架。房客和他一樣是不增加物品主義者嗎？全是最低程度所需的家具，而且很老舊。

篠宮晃了一圈，雙手插腰，停下腳步，反戴棒球帽，沉吟一聲。

「眞是寂寞的男人啊。未免太沒人味，彷彿看到八坂。不，至少你的廚房和餐館的廚房一樣，擺著一大堆有的沒的。雖然不曉得你收集那麼多乾貨到底要幹麼……」

「什麼乾貨，那些都是香料。」

「如果小毬死掉，你就晒乾供養起來吧。裝在瓶子裡，跟那些東西擺在一起。」

八坂瞪篠宮一眼，阻止她繼續開玩笑，接著問綾女：

「令兄今年幾歲？名字和這張明信片上一樣，對吧？」

「對，他叫曾根秋彥，今年三十四歲。」

跟八坂同年。綾女在床邊坐下，打開用舊的麂皮記事本，遞出一樣東西。

「這是哥哥的照片，我是抓網路聊天的畫面，所以畫質不太好。」

八坂接過印在A4大小紙張的相片，上頭是一個戴波士頓框眼鏡的男人。他有一張瘦骨嶙峋的長臉，隔得有點開的眼角下垂，看起來十分溫柔。頭髮半長不短，但並不邋遢，和圓臉的綾女不怎麼像。

八坂看著照片問：

「令兄的工作是什麼？」

「他是大學的研究員，似乎參與物理學系的研究計畫。」

「哪一所大學？」

「我沒問他……」

綾女摸著記事本邊緣，在床上如坐針氈。

「他只說在東京都內，但我沒仔細追究，哥哥也沒進一步透露。」

「在日本的職場狀況，的確沒必要特意告訴住在美國的妹妹。」

八坂附和，篠宮盯著照片冒出一句失禮的話。

「這麼講有點失禮……不過他的薪水很低吧。屋內完全沒有用錢的感覺，也不像有錢卻過著儉樸生活。」

「嗯，也對。如果是研究員，會是約聘的博士後嗎……就算是這樣，還是挺奇怪。」

八坂將照片放在桌上，手伸向書架，大致瀏覽過書背。

「說是物理系的研究員，卻沒收藏任何相關資料，甚至可說書籍太少。此外，也沒有筆記之類的物品，屋裡缺乏可供想像的線索。」

「或許沒放在住處。」綾女闔上記事本，從床上站起。「他曾因工作太忙，乾脆睡在職場，搞不好行李都搬過去了。」

「不無可能。」

話雖如此，和社會生活有關的物品實在太少。

八坂打開書架的抽屜確認後，打開釘在牆上的衣櫥。只見掛著幾件襯衫和外套，塑膠收納箱內隨便塞著幾件穿舊的內衣和襪子，屋主顯然生活窘困。冰箱只有瓶裝茶，餐具僅有盤子和飯碗，及沒手把的馬克杯。看到浴室裡吊著手洗過的皺巴巴T恤，八坂一陣心酸。

「竹里小姐過來時，也是這副情景嗎？沒有廣告信之外的郵件？」

「是的，我什麼都沒碰。那本書就放在桌上。」

綾女望向放著秋彥照片的玻璃茶几。屋內沒有筆電和手機，是主人帶走了嗎？明明隨時能和妹妹聯絡，哥哥卻一直毫無音訊。

八坂雙臂交抱，對正在拍攝的篠宮視若無睹。雖然覺得有點奇怪，卻沒有引起他注意的東西。不，應該說他不曉得究竟該留意什麼地方。若是什麼都不懷疑，連古書一併老實接受，等於是秋彥翻開不該閱讀的書，最後崩潰。他的精神狀態逐漸扭曲，痛苦不已。爲了逃離痛苦，他衝出住處。這裡眞的是他的據點嗎？八坂確認書架縫隙、床底下，連床墊裡都檢查一遍，沒發現任何東西，簡直平靜無波到詭異的程度……

「令兄有債務嗎？」

八坂提問，綾女搖頭表示不知道。

「房租怎麼處理？」

「不清楚。保證人似乎是哥哥的父母，不過我不曉得他們在哪裡，房仲也不肯告訴我。我認爲他可能回老家了，但沒有聯絡的方法。」

「一直維持這個狀況，房租和水電費是轉帳繳納嗎……」

「我看過這種住處。」

「我也看過。」篠宮盯著觀景窗，調整鏡頭。

「就是所謂的連夜潛逃。躲債逃亡的人，住處幾乎都是這種感覺。有的連電表、瓦斯表、水表都沒有，全被債主拿走。」

「拿走？爲什麼？」

「爲了確認目標對象多久回來一次，或是完全捨棄這邊的生活離開。從使用量看得出大概。總之，被逼到絕境的人猶如蒸發，僅有身體消失。」

「不可能，他什麼都沒跟我商量。」

綾女氣勢洶洶地否定，不過八坂毫不留情地繼續說：

「我不認爲令兄會將自身的經濟狀況，全盤告訴七年前才以妹妹身分出現的人。或許他想要帥，也可能是放不下爲人兄長的自尊。換成是我，也會這麼做。不然就是他欠下債務，等風聲過去，便會跟妳聯絡。」

「你的意思是，哥哥是爲了躲債或其他原因離開，和那本書無關嗎？」

「我還沒得到結論。就算是躲債潛逃，也有奇怪之處。」

「對，我也覺得哪裡怪怪的。」

篠宮放下相機，盤起雙臂。

「屋內沒有爲了躲債，連夜潛逃的氣氛。怎麼說呢，雖然有點類似，但就是很平常。」

「就是這樣。沒有催促信件，也沒有討債的人上門的跡象。如果他是在和竹里小姐失去聯絡的六月底失蹤，在那段時間前後，討債的人應該會將他逼得非常慘。」

「討債手法通常很誇張，會連按幾小時的門鈴，在家門口埋伏逮人。往信箱裡塞幾十張威脅信，或貼在大門上。當然也會毫不留情地追到工作場所，甚至葬儀社的人會上門，詢問『篠宮由香里小姐的遺體在哪裡？』，眞的是沒辦法過日子。會想拋下一切逃得遠遠的，自殺當然也是選項之一。」

「自殺……」綾女不自覺地吐出這個字，接著像是要甩開般，用力搖頭。

「篠宮小姐有經驗嗎？妳似乎對討債手法很熟悉。」

「聽起來是想隱瞞什麼，不過，我是百分之百的自我宣告破產者。由於在銀行黑名單上，不能申請信用卡，也不能貸款。我的存款、車子和住的地方都沒了，好不容易靠這個賴活著。」

不知爲何，篠宮抬頭挺胸宣言，朝沉重的攝影器材努努下巴。

「從我的經驗來看，這裡實在太乾淨。」

「篠宮姊的話眞有說服力。」

八坂一陣苦笑。

「包含存摺和印鑑在內，貴重物品全部不見，可能碰到什麼狀況，決定離家。或許是沒未來的研究員工作，將他逼入精神上的絕境。」

「所謂的研究員，也可能是大學員工吧？」

綾女不肯放棄地問，八坂搖搖頭。

「如果是助教，沒必要特地說是研究員。若是三十四歲的博士後，很難在大學裡找到工作。日本學術界到處是這種人，互相爭奪稀少的位置。況且，現今找外面的工作更困難，比如公務員，光第一關年齡就過不去。三十四歲的博士，要是不能在現實社會中活用專門知識，會活不下去，僅僅是毫無用處的萬事通。」

「哪裡都去不成，就是俗稱的高學歷窮忙族吧。研究工作也需要推薦信，就算要在專門領域闖蕩也不容易。」

綾女默默聽著兩人嚴厲的話語，緩緩抬起頭。她的臉頰到耳朵一片通紅，看得出她非常焦躁和憤怒。

「你們說來說去，就是要否定和那本書有關吧？」

「不，我的意思是，能夠下結論的線索不夠。目前看不出令兄是害怕那本書才離開。我不認爲陷入瘋狂的人，還能仔細收拾存摺，帶著手機和筆電出門。令兄的行動似乎經過計畫。」

「那、那麼，該不會是有人在追他吧？」

「誰？」

綾女的眼神游移，似乎找不到合適的答案。她不慌不忙地推一下眼鏡，硬是轉移話題。

「對了，你讀過那本書嗎？我們不是約好，你要告訴我一開始的內容？」

「約好？和命令搞混了吧？」

綾女無視篠宮的低語，不滿地在茶几前坐下，看著兩人說：

「要不要先坐下，我們談一談吧。總之，我討厭轉移焦點或是隱瞞。尤其是哥哥的事，我受夠被毫無根據的假設耍得團團轉。我們有必要多溝通，互相體諒。」

「體諒？」

看來一直在忍耐的篠宮，發出帶著警告的低沉嗓音。

「篠宮姊……」

八坂慌忙阻止，但篠宮已往前一步，俯視綾女說：

「跟整天臭臉的人有辦法溝通嗎？爲了避免讓人瞧不起而豎起一道高牆，只會帶來反效果，還要別人完全服從？這種狀況下，有必要搞上下關係嗎？假如是美國進口的作法，妳最好不要在日本來這套。」

「我沒那個意思……」

「妳到底在什麼環境中長大？一發現有機可趁，就會把妳推到谷底的傢伙，隨時監視著妳嗎？我快累斃了，又不是會拿命來玩的流氓，爲什麼要搞得殺氣騰騰，緊張得要命？」

篠宮粗魯地脫下棒球帽，誇張地嘆好幾口氣。她的確把八坂的內心話都講出來，只是率直的言論實在太刺人。講得再正確，一旦綾女鬧起脾氣，工作也不用做了，全心全意等待著古書眞相的火野總編八成會氣到發瘋。

八坂迅速衡量一番後，擺出笑臉，拉著低頭瞪視綾女的篠宮手腕說：

「稍微冷靜下來談談也好。我能理解竹里小姐多麼擔心失去行蹤的令兄，妳不要太勉強自己，照妳平常的樣子就好，不需要費心。」

「八坂，你在講什麼傻話？你認爲現在的狀況能順利工作嗎？而且什麼叫『照妳平常的樣子就好』？太噁心，我都要吐了。你那笑臉是怎麼回事？」

篠宮一頓痛罵，轉移發脾氣的矛頭，追打起企圖轉移話題的八坂。甚至從八坂平日的言行舉止講到他的息事寧人主義，最後還觸及八坂陰沉的性格。眞是倒楣的一天，八坂努力忍下反駁的衝動，想試著蒙混過去，篠宮卻不給他逃跑的機會。

篠宮就是這樣的個性。她厭惡只有表面的往來，希望和自身有關的人都能敞開心胸。對於不願如此的人，她會和對方正面衝突，期待藉由一場情感大戰，縮短彼此的距離。雖然是能信賴的對象，但有時她實在太熱血。

篠宮講太快噎住喉嚨，八坂拍著她的背。此時，綾女雙手按著茶几，猛然站起，一副狼狽不已，眼淚隨時都要落下的樣子。

「對、對不起。」

綾女深深行一禮，兩束長髮垂在身前搖晃著。眾人沉默不語，外頭狂嘯的北風傳進耳裡。她抬起頭，身體微微顫抖，臉色蒼白到令人擔心。

「害兩位不高興，實在抱歉。我……我不擅長和別人往來。我不懂別人的心情，工作也不順利，沒辦法成爲專業人士。爲什麼我總會變成這樣？爲什麼最後老是徒勞無功？像是專門讓人瞧不起的角色……」

「等一下，妳是怎麼回事？沒人瞧不起妳。美國人才不會這麼簡單就道歉。」

篠宮說著和前一刻相反的話，完全忘記直到剛剛都還在生氣，拉著簡直在懺悔的綾女坐下。八坂也盤腿坐在茶几旁，盯著陷入驚慌的委託人。

「我想拋下一切，快被孤獨壓垮了。我是個沒用的人，沒有未來，眞、眞的好害怕。」

「冷靜一點。我們不是要撒手不管妳哥哥的事。我知道在妳心中，他是唯一的哥哥。」

綾女咬緊下唇，垂下薄眉，一臉難爲情。

「總之，我明白綾女在美國過得很辛苦。雖然只是我的印象，但美國是個不堅決主張自我，便難以生存的國家。不是說什麼有火就烤棉花糖嗎？眞是莫名其妙。」

「有火就烤棉花糖……」綾女浮現疑惑的神色，但仍吐露著內心的軟弱：「每天我都很痛苦、很焦慮，腦袋一團混亂，往往會引發其他人的焦躁，沒辦法脫離這個惡性循環。」

「是吧。總之，待在日本時，保持妳原本的樣子就好。至少，我和八坂都不是表裡不一的人，妳不必擔心。」

綾女顫聲向篠宮道謝，擠出僵硬的笑。

「對了，先前提到的小毬……」

「怎麼又說起那玩意？」

篠宮伸出長長的手臂，粗魯地摸摸坐在對面的綾女腦袋，向八坂眨眼。雖然抱怨一大堆，篠宮終究不討厭人類。況且，綾女內心似乎有許多糾葛。她的性格顯然會造成人際關係的種種問題，自己卻無能爲力。如果哥哥是眞正能理解她的人，難怪她會如此依賴哥哥。

八坂拉過提包，慢慢取出包裹。外頭呼嘯的強風吹動遮雨窗，日光燈罩上的蜘蛛網猶如棉花。

「接下來，向妳報告那本書截至目前我讀到的內容。」

綾女以手背推一下眼鏡，勉強收起脆弱的表情。她翻開麂皮記事本，無聲地催促八坂說下去。

「首先，《女學生奇譚》是以〈第一天〉到〈第三十天〉的日記形式構成。我剛好讀到〈第十天〉，簡單說明一下內容。」

「稍等，我之前就覺得奇怪，警告文的意思是讀過這本書的人會發瘋，對吧？那麼，聽到內容的人不也是一樣？」

篠宮和從方巾中取出的書保持距離，視線盡可能避開那本書。

「關於這一點，我不清楚。依警告文來看，讀過書的人會發狂，就算有人聽聞內容後發狂，也不曉得後續情況。算了，這不是朗讀，不看文字就不會有事吧，不然根本沒辦法繼續。」

「這是你創造的『八坂規則』嗎？」

搭檔帶著有些僵硬的表情回嘴，深呼吸一口，擺出「請」的手勢。

「首先，這本書與其說是故事，不如說是一個叫『佐也子』的女孩的手記。當然也可能是手記形式的故事，不過還不能確定。時代背景和版權頁上的年代相同，都是昭和初期。佐也子是在都內高等女學校念書的十七歲女孩。」

「校園故事嗎……」

「透過佐也子的眼睛，寫下當時的思想和風俗之類的。」

「內容很奇怪嗎？」

綾女從記事本上抬起頭，透過眼鏡和八坂視線交會。

「家族、女學校、朋友、時尚、將來的夢想、喜歡的人、料理，內容以青春期女孩的想法為主，不過她的情緒顯然不太安定，寫著『這本書完成之際，佐也子就會死去』。」

「爲什麼？她在考慮自殺嗎？」篠宮傾身向前問道。

「理由不清楚，她的語氣十分沉重，但我不認爲這是遺書。雖然情緒不安定，不過我還沒看見讓她煩惱到自殺的事。她憧憬學姊，並且提到和她書信往來的『S』的關係。」

「S？昭和初期的女學校裡，學生之間的SM關係嗎？這個跟色情小說沒兩樣的設定是怎麼回事？難道是官能小說？」

「不是SM的S。我查了一下，發現是『sister』的暗語。當時的學姊和學妹之間，會衍生出保護者和妹妹的模擬關係，是一種屬於少女的抒情倒錯世界。」

「這不是愈來愈有色情小說的感覺嗎？我看過以教會寄宿女學校爲背景的色情小說，眞的很誇張。」

篠宮盤起雙臂說著，綾女臉頰微紅，坐立難安。

「這本書不是妳想像的那種內容。學妹和學妹避開旁人耳目交換信件，互相贈送禮物，以別名稱呼對方，在女學生之間相當流行。青春年華的少女總會想共享祕密。不少小說是以這種姊妹關係爲主題。」

「耽美的世界嗎……」

「對，而且是上流階級的事。戰前的學校制度和現在不一樣，當時的義務教育是只有六年制的尋常小學校，再上去就得考試入學。讀到中學、高中以上的男人都是菁英，前途無量。」

綾女急急抄下八坂的話，忙著翻動記事本。

「女孩更特殊。這個時代的女學校，分成實科高等女學校和高等女學校。所謂的實科高等女學校，會教導學生裁縫、料理等技能，接近家政學校。在女子無才便是德的時代，女學校本身就很少，每個月的學費也非常昂貴。」

「若是女人，就是千金大小姐。」

「對，不是出身良好、頭腦聰明的少女，不可能升學。寫這本書的佐也子，家應該在東京都內。而且，看她的文章就知道出身富裕，有一定的教育程度。」

接著，八坂簡單說明佐也子離家出走，住在某處的宅邸，非常想念家人和朋友。

「那麼，八坂的腦袋還正常嗎？」

聽到篠宮毫不客氣的質問，綾女抬起臉，將快滑下的眼鏡往上一推，彷彿要吃掉八坂般，緊盯著他。

「我目前讀到三分之一，幾乎都是佐也子的回憶。雖然情緒似乎不太安穩，但要說是瘋狂又差太遠。何況……」

八坂從檔案夾抽出警告紙條，默念一遍後，歪著頭說：

「我覺得奇怪的是，若要如此嚴正警告，立刻丟掉或燒掉書不就好了？畢竟已有五個人發狂，三個人失蹤。可是，最後居然賣到古書店去？」

「會不會那張紙條是惡作劇？」綾女認眞地問。

「不無可能。我當然會讀完這本書，不過我想徵詢第三者的意見。」

聽到這句話的瞬間，篠宮皺起眉。

「你該不會要去見『獨眼龍』吧？」

「沒錯，妳眞是冰雪聰明。在他眼中，這根本是家常便飯，我十分好奇他會說什麼。」

篠宮嘖一聲，露出嫌惡的表情。

「我提過不只一次，我和那男人不合。他是詐欺犯中的詐欺犯。除了是個色老頭，還是認眞以爲自己能暗中操控日本的傲慢傢伙。不，從另一個角度來看，根本算是邪教。」

「實際上，他的確也做了一些類似的事。」

「才沒有。」

「呃……請你帶上我。除了我哥哥的事之外，如果和書有關，我也想見見那位獨眼龍。」

「綾女，我說啊……」篠宮搭著綾女的肩，綾女似乎已接受篠宮這麼叫她，並未嚴厲地反駁。

「像妳這樣純潔的女孩（註），那傢伙對妳的精神層面很不好。世上有許多不該扯上關係的人，妳一定會覺得噁心。考慮到妳哥哥的事，妳還是老實等我們的消息吧。」

「ＯＢＯＫＯ？」

綾女的英語帶著奇特的腔調。篠宮熱心地解釋直譯為「未通女」這個名詞的意義，綾女又對篠宮發脾氣。

註：原文爲オボコ，念成OBOKO，有處女的意思。

第二章　極致的料理與S

1

臉頰凹陷、面色暗沉的男人，露出玉米般整齊的牙齒，放聲大笑。他戴著左眼罩，頭上僅有少許白髮，可明顯看到頭皮。約莫和火野總編一樣剛過六十歲，卻乾瘦到說是八十歲也沒問題。室內瀰漫著病人的臭味。

臼井三郎盤腿在破爛的和式椅坐下，要眾人隨便坐，篠宮仍一時移不開目光。四坪大的客廳幾乎形同垃圾屋，得避開物品才找得到落坐的空間。無數喝到一半的保特瓶包圍臼井般並排，後方的紫檀木佛壇早成爲垃圾堆，處方藥的藥袋多得離譜。雖然基本上都打掃過，沒有灰塵，但東西多到讓人覺得半規管都要失去作用了。

臼井保持著嚇人的笑臉，對篠宮說：

「由香里，妳還是這麼美。」

搭檔皺起眉，笑都不笑，將裝滿大量剪報的餅乾盒以腳尖推到旁邊。臼井熱中於收集各種報紙、雜誌、廣告傳單，屋裡的四面牆壁也貼得滿滿的。

「由香里，妳沒聽見嗎？我在稱讚妳漂亮。看到女人的細長手腳和緊繃的肌肉，早就枯萎的內心深處會一陣騷動。這就是所謂的性欲嗎？」

「誰知道。」

篠宮看都不看他一眼，立刻回答，接著對身後一臉錯愕的綾女說：

「我終於體會到被人直呼名字是多麼噁心。綾女，我要跟妳道歉，真是對不起。」

「呃，不，不客氣。」

綾女含糊地應一句，戰戰兢兢地環視四周。她踢到地上的枕箱，踉蹌好幾步。八坂他們原本不答應，最後還是讓打扮得和平常一樣樸素的綾女高高興興地跟來。

「八坂老弟打電話給我真是稀奇，想必是要跟我說什麼有趣的事。對了，火野還好嗎？」

「火野總編依然很有精神。不好意思，今天突然上門打擾。」

八坂在整年常駐的暖桌前坐下，一隻貓立刻從薄薄的暖桌被縫隙不停攻擊他。暖桌裡應該還有兩隻脾氣很差的貓。八坂忍耐著貓咪執拗的攻擊，催促一旁的綾女坐下。接著，篠宮在綾女身邊咚一聲坐下。

「對了，這位小姐是……？第一次見面呢。」

臼井的單眼以黏膩的目光緊盯著綾女不放，綾女難以忍受地轉移視線後，他還是看個不停。

「這位是竹里小姐。就是她將那個有問題的東西帶去火野總編那裡，是我們的委託人。」

「原來如此、原來如此。」臼井這麼說著，繼續以目光蹂躪綾女，他探出身享受著綾女在壓力下的反應。他徹底觀察坐立不安的綾女直到滿意，終於開口：

「妳爲什麼要戴眼鏡？」

「呃，我視力不好……」

「當然啦，不過妳平常不戴吧？」

綾女驚訝地睜大雙眼，反射性地推一下眼鏡。

「眼鏡壓過妳的臉。由於戴平常沒在戴的東西，臉拒絕了眼鏡。」

「我平常都戴著隱形眼鏡，只是出遠門的關係，才改戴眼鏡。」

「是嗎？還有，這身衣服和髮型也不適合妳，原本的魅力都不見嘍。爲什麼要那樣穿？立刻脫掉。妳的身體和心靈都吶喊著，想恢復與生俱來的模樣。總之，妳要多鍛鍊身體，穿上可展現手腳的緊身衣服。」

篠宮大大哼一聲，搭著綾女的肩膀說：

「綾女，好好告這個老頭吧。找個厲害的律師，就能告他性騷擾，輕鬆拿十萬美金。妳很喜歡上法庭吧？」

「我才不喜歡。」

綾女迅速反駁。不過，她似乎頗在意臼井，不停偷覷他詭異的笑臉。

「妳好像很在意我的眼罩，這可不是cosplay。」

「老頭，你那樣就是cosplay。」篠宮糾正他。

「我是糖尿病的併發症患者，拿掉左眼，牙齒也掉光，裝上假牙。不過能拿下來，倒也是方便。」

臼井以指甲敲了敲假牙。

「我的右眼靠著手術，免去失明之苦。眼珠開了三個洞，機器把血淋淋的水晶體吸出來，用雷射止血，再放入代替水晶體的矽力康。由於視網膜也剝落，得打瓦斯幫助膨脹，簡直痛得和拷問一樣，像是活生生被挖出眼珠。想像一下，十五世紀盛行的魔女狩獵，審問異端時，是拿著燒紅的針刺眼睛。許多針避開瞳孔，然後……」

綾女喉嚨咕嚕一聲，可能是心理作用吧，她看起來準備要逃跑了。篠宮從暖桌抓出一直攻擊她的那隻貓，硬是將牠抱在腿上。

「老頭子，嚇唬小女生也要有個限度，眞想拿燒紅的針刺你剩下的右眼。」

「如果是由香里，我非常歡迎。」

八坂聽著兩人的對話，從提包裡取出那本書。他先將裝在檔案夾裡的警告紙條遞給臼井。什麼都不用說，這男人就懂了。他打開檯燈，從筆筒抽起放大鏡，仔細檢視老舊的紙。充血的右眼浮現好奇的光芒，逐漸變成陌生的樣貌。八坂一解開方巾，臼井的右眼迅速轉移視線。

「書裡夾著這張？」

「是的，你有什麼想法嗎？」

「寫的人很認眞。」臼井冷淡地說：「不是抱持好玩的心態，非常認眞。先不管內容，總之寫的人不是開玩笑，肯定懷有目的。」

「呃，抱歉，爲什麼你會這麼說？或者，我應該先請教，你究竟是什麼人？屋裡收集這麼多報導，你是記者嗎？」

綾女神情惶恐，仍以一貫天不怕地不怕的口吻，如此插嘴。看似不喜歡篠宮大腿的虎斑貓，不知何時爬上綾女膝頭睡著。

「哎呀，沒人向妳介紹我嗎？實在是不親切。」

臼井將警告紙條還給八坂，瘦骨嶙峋的臉孔溢出笑容。

「我就是『都市傳說發起人』。」

「都市傳說發起人……」

「沒錯。我本來和火野一起活動，之後分道揚鑣，因爲我們個性不合。那傢伙爲了錢什麼都幹得出來。」

臼井將椅子往後轉，從佛壇用力抽出厚厚的檔案夾遞給綾女，饒有興味地窺看她的反應。那應該是八坂也看過很多遍的東西吧。他瞄一眼，上頭貼著密密麻麻的老舊剪報。

「妳知道裂嘴女嗎？」

「裂嘴？遭逢意外或其他原因受傷的女性嗎？」

綾女認眞地反問，篠宮噗哧一笑。

「那是會在深夜路上抓住人問『我漂亮嗎？』的女妖怪。她的嘴裂到耳邊，會拿剪刀將碰到的人嘴角剪開。妳在國外長大，所以不清楚，不過這是讓日本舉國上下陷入恐慌的都市傳說。」

「咦？」綾女發出驚呼，翻閱著剪貼簿。上頭都是與裂嘴女相關的內容，共有四本。臼井觀察著專心翻瀏覽剪報的綾女，看準時機般咳一聲。

「裂嘴女傳說，是我和火野傳遍日本街頭巷尾的。不，其實是傳說本身就這麼擴散了。」

臼井嘴角上揚，指節突起的修長手指在暖桌上交握。

「二十五歲時，我和火野開了雜誌社。說是公司，實際上只是有公共廁所的便宜公寓中的一戶。當時很流行相機，到處都是想拍照的傢伙。」

「柯尼卡C系列，當時確實非常流行。」

「不愧是由香里，情況如同妳所說。當初我們企圖做一本業餘者投稿的雜誌來賺錢，但完全不行。除了充滿老哏之外，我和火野都是相機的門外漢。內容太膚淺，根本沒人要看。」

「所以才會被視爲騙錢的雜誌。」

篠宮毫不客氣地吐槽，臼井笑得眉間擠出皺紋。

「投稿路線不行，正經報導路線也不行，不論怎麼做都不成，只有捏造的實錄雜誌還算不錯。尤其是裂嘴女大紅特紅。那是昭和五十九年岐阜某小鎮流出的傳聞，我們稍微加工後，便在日本各地傳開。」

「加工？」綾女歪了歪頭，臼井興致勃勃地繼續道：

「所謂的傳聞，最重要的就是留白。『好像是這樣，我朋友的親戚好像看到了。那個親戚似乎是在電車裡聽到的，他覺得看到了。』這種不確定性最能引起興趣和好奇心。留下一個尾巴，便會成長爲壯闊的故事。當時我流出的傳聞僅有『一頭長髮的裂嘴女，會隨著太陽下山出現……』而已，事態卻漸漸難以收拾，流傳範圍愈來愈廣，比方喜歡鼈甲糖、討厭髮蠟、跑一百公尺只要十秒等等，都是事後被加油添醋。在沒有網路的時代，這樣的繁殖力實在驚人。」

臼井打開放在一旁喝到一半的保特瓶蓋，倒了杯麥茶。他小口啜飲，然後攤開紙巾仔細擦嘴。

「爲了促使這個故事繼續繁殖，我們在各地花費不少工夫。例如，以社區和老舊住宅區爲中心，在住戶信箱裡放入奇怪的信函。」

「你們把家庭主婦和小孩當成傳聞的搬運工。」篠宮出聲。

「是啊，不過我們依然很注意『留白』。如果社區有三十戶住家，只在五、六個信箱裡投入信函。住宅區也是愈少愈有效果。情報愈少，人們愈渴望得知尚未看見的眞相。」

「這個比例是你們推估出來的嗎？」

綾女邊做筆記邊提出疑問。

「是啊。我們佯裝採訪，毫無遺漏地統計結果。總之，絕對不能小看口耳相傳的威力。實際上，裂嘴女已成爲社會現象，到達文化的範疇。要是妳有興趣，不妨找書來看。研究裂嘴女的書多得跟山一樣，不過多半些是搞不清狀況的理論。」

「你不寫書嗎？」

「怎麼可能，我不會自行亮出底牌。因此才像現在這樣，暗地裡支持日本。不，我根本是獨自戰鬥，到處都是我的敵人，混在我的生活裡。」

篠宮冷哼一聲。不知爲何，綾女卻露出拚命思考的嚴肅神情。

這話聽來有點誇張，不過臼井和火野確實是經過精密計算引導了人們的注意力。而且，不僅是裂嘴女，之後還有不少知名的都市傳說，他們都以「發起人」的身分參與其中。他們配合時代趨勢創造傳聞，然後搶先在自家雜誌做相關特集炒作話題，簡直猶如內線交易。於是，《月刊史代納》一舉成名。

最佳拍檔分道揚鑣，是因臼井的目的有所偏差。有一段時期，他自以爲無所不能，熱中於藉實驗的名義操縱人心。這麼一提，他還曾宣揚一種可防禦看不見的敵人的防身術，甚至打算成立類似邪教的組織。儘管他和火野都沒談及詳情，但每當八坂與這個男人見面，便會察覺他周遭的黑暗又變深。

臼井摸著如產毛般稀疏的頭頂，將茶杯端到嘴邊，與八坂對望。以此爲信號，八坂切入正題。他簡單說明收到古書的經緯、目前得知的情報，及綾女哥哥的失蹤。臼井停下動作，專心聆聽半晌，緩緩伸出青筋遍布的手。

「給我看那本書。」

「等一下，不要小看那一張警告。你剛剛不也提過？警告紙條不是寫好玩的。」

篠宮立刻高聲阻止。臼井望著她，笑容柔和幾分。

「只有妳會擔心我。」

「我才沒擔心你。」八坂的搭檔忌諱般揮揮手，「萬一你發瘋死掉，那天我會睡得很差。況且，如果你失蹤，誰要幫你收拾這個豬圈？」

「妳要照顧我到死掉啊，我好高興。」

臼井瞄一眼對討厭的男人冷言冷語的篠宮，笑容滿面地翻開那本書。搭檔睜大雙眼，抱著頭嚷嚷：

「啊啊，可惡，你這老頭居然眞的這麼做！今天開始死亡倒數！你和八坂一起下地獄是想怎樣？」

「別一直抱怨嘛。」

臼井將放大鏡放在紙面上，斜斜滑過後，翻開下一頁。爲了避免綾女看到內容，篠宮替她摘下眼鏡，接著拖出暖桌下的貓，將臉埋在貓的身上。

「絕對不准念出來。喂，聽見沒？」

臼井無視吵吵鬧鬧的搭檔，面無表情地追逐文字。他不斷隨意翻開內頁，最後花費一番工夫仔細檢視版權頁。

「看來確實是這個年代的出版品，紙張也一樣。對了，火野怎麼說？」

「他認爲會是震撼世界的大八卦。」

「原來如此，他的眼光依舊很準。」男人竊竊低笑。

「臼井先生怎麼看？」

「不好說，我也不清楚內容。畢竟只是稍微翻看，沒辦法得出結論。不過，世上根本沒有詛咒之類的靈異現象，我的話保證沒錯。」

「騙子。」

篠宮放下發脾氣的貓，從臼井手中抽回書，塞給八坂。

「剛剛你不是說那張警告紙條是眞的？你不是建議不要認眞讀這本書嗎？」

「對，我是這麼認爲。可是，世上沒有無法解釋的超自然現象。日本的恐懼是由我創造，並且一路支撐過來。隨我高興操縱人心，隨我高興讓人陷入恐懼。然後，隨我高興便能成爲傳說，隨我高興大賺一筆。萬一讀了會發瘋，必定是書中藏有讓人發瘋的機關。」

「你果然還是瘋了。」

篠宮粗魯地脫下帽子，再度抱著頭。綾女重新戴上眼鏡，將馬尾撥到身後，蒼白的臉十分僵硬。

「讀過那本書後，我哥哥失蹤了。」

臼井抬起下巴，瞇起右眼。以爲他在和眨也不眨眼的綾女互望，他卻表情一變，關掉檯燈。

「令兄眞可憐。」

「咦？」綾女訝異地反問，慌張地直起身，「你是不是知道些什麼？」

「不，我什麼都不知道。不過，如果是讀過會令人發狂的書，事情不會輕易解決。」

「臼井先生，請告訴我，你是不是眞的知道什麼？」

「抱歉，我不知道。只是，雖然不曉得作者在昭和三年動過怎樣的手腳，妳最好小心一點。八坂老弟也一樣。這與目前爲止的遊戲完全不同。」

「你的根據是……？」

八坂反問，臼井緩緩搖頭。

「至今我從未看過這種玩意，也沒聽過風聲。這是我的直覺。」他盯著牆上的剪報，「我和火野站在這個業界的頂端，連我們都不清楚來歷，這可能是眞貨。」

篠宮發出低沉的呻吟，八坂背脊竄過一陣寒意，和接下委託的第一天感覺相同。激動的情緒滲出毛孔，神經敏銳到讓他坐立難安。

「八坂老弟，如果你打算繼續前進，要留意大局。否則，你的人生將會改變。」

臼井詭異地揚起嘴角，輪流望著三人。

2

一踏出臼井家，八坂忽然非常想做菜。

回到住處，八坂立刻往毬藻缽裡丟冰塊，一邊對毬藻說話，一邊換上T恤，並繫上直條紋圍裙。他將鱸魚片放進微波爐解凍，接著瀝乾今天早上吐完沙的蛤蠣，再花費整整三十五分鐘烹調狂水鱸魚。這是以壓碎的蒜頭爆香的橄欖油煎熟鱸魚，加上蛤蠣和番茄燉煮的義大利料理。只需鹽巴和胡椒調味，最後丟進切碎的乾羅勒，可一口氣提升食材的風味。八坂用力吸一大口蒸騰的熱氣，一陣難以忍受的飢餓感襲來。

他將晚餐端到客廳，拿湯匙舀一口，美味到他忍不住拍膝讚嘆。

柔軟魚肉的湯汁滲入臟腑，難以言喻的滿足感充滿全身。如果將魚換成石狗公，改成日式調味，想必會有另一種滋味。八坂腦中浮現食譜，連忙寫在專用的記事本。雖然到死也不用煩惱菜單，但他絲毫沒有當篠宮口中的「家庭主夫」的打算。八坂經常需要直擊內心的刺激，唯有這樣的刺激才能讓他覺得自己確實活著。

他灌著冰涼的無酒精啤酒，決定用剩下的湯做宵夜要吃的燉飯。

很好。八坂解決晚餐，洗淨餐具，將書放在櫻木茶几上，備妥錄音筆和記事本。

「接下來，要開始讀《女學生奇譚》的〈第十二天〉。十月八日，星期四，晚上七點五十四分。」

八坂對錄音筆說完，翻開夾著書籤的那一頁。

第十二天

今天，又有一位新人加入「柊之會」。新人名叫道江，長得嬌小可人。她的肌膚白皙到令人誤會她是美日混血兒，瞳眸是偏紅的葡萄色。蓬鬆梳起的庇髮（註一）帶著我至今從未看過，非常不可思議的顏色。

該怎麼形容，您才能理解這種微妙的氣氛？我經常為此停筆，陷入苦惱。愣愣望著格子窗外流逝的暗紅雲朵之際，記憶彼端浮現一幕畫面。

道江的豐盈秀髮，像是長年被爐灶燻黑，又帶點紅的竹子。說是煤竹色（註二），您是否就能理解？童年時，我曾拜訪祖母的老家，看到燻得光潤的淡竹。雖然是未經加工，自然形成，我卻認為那丰姿猶如氣韻優雅的陶器。

道江罕見的外貌，非常吸引我。豐潤的雙唇好似淡粉色的求肥（註三），清澈的大眼清楚映出我的身影。有些豐滿的身軀，看起來相當柔軟，是個賞心悅目的少女。

然而，清純可人的道江不肯換上我挑選的衣物，眞是難以理解，不知該說些什麼。

時序剛進入九月，節氣來到白露。儘管今年夏天早早結束，陽光也帶著些許寒意，但要換上有內裡的衣物還嫌早了一個月。我仍穿著萩花圖樣的秋季衣物，道江居然已換上水仙和鴛鴦花樣的友禪（註四）。

除了水仙是只有寒冬時節才能穿上的花樣，我也難以理解道江選擇與黃土色外衣毫不相襯的內裡，那可是顯眼的桃紅色啊。更別提她腰際繫著清涼的流水圖樣細帶，與其說是俗氣，簡直像是廣告看板。請您想像一下喜劇演出時的舞台裝扮，沒有比這更滑稽的打扮了。道江究竟是怎麼回事？有什麼必須打扮得如此不協調的苦衷嗎？

一問之下，原來她是福島山村長的女兒，我恍然大悟。若是借用摩登女郎多美子同學的辛辣評語，道江正是不折不扣的鄉下人。雖然擁有奪人心神的外貌，卻不曉得該如何打扮，連搭配衣物的常識都沒有。

我對純樸內向的道江愈來愈感興趣，心中充滿將她當成妹妹的支配欲望。我想放下那過時的庇髮，以漂亮的梳子替她梳頭，綁起辮子。在柊之會，允許我們吐露違背社會常識的想法，也允許我們要求任何高價物品。這般和我們的身分毫不匹配的奢侈與任性，總有一天得拿我們微不足道的性命交換吧。那一位的禮物總會讓我心生擔憂。

道江看起來約莫十歲或十一歲，聽到她十五歲，就讀高等女學校時，我驚訝不已。

註一：ひさし髪，爲大正、昭和初期流行的年輕女性髮型。

註二：暗褐色。

註三：一種麻糬，通常用在大福之類的和菓子上。

註四：指以澱粉質的防染劑，手繪染色的和服。

柊之會的眾人也相當訝異。

然而，我不經意察覺道江有著和年齡不相稱的笨拙，是對大都市的奔放不知所措的緣故。是的，每次看見摩登女郎或摩登青年，我也會有種抬不起頭的感覺，所以非常能理解道江的心情。雖然多美子同學在我心中是特別的，但憧憬著大大方方提出自我主張的人的同時，我仍會膽怯不安。當她們違反校規帶我去舞廳時，我擔心遭到逮捕，緊張到幾乎昏厥。

道江離開位於山村的老家，住進女學校的宿舍，想必非常懷念故鄉。何況，此刻身處完全無法想像的困境中。在雙親不知情的狀況下，悄悄寄身在這個遠離老家的地方，她該有多麼難受、多麼恐懼啊。正在閱讀這本書的您，請試著想像這樣的心情吧。如同季節在不知不覺間遞嬗，我們生命的燈火也在無人聞問中漸漸熄滅。只要有人吹一口氣，我們便會消失！

我想回家！我想回家！我想回家！

請您讓我回家吧。啊，難道不能至少帶我走嗎？能不能有人替我向那一位進言呢？那一位明明說過我是特別的，如果以正確的方式提出請求，或許那一位便會應允我的願望。

——啊啊，我真是太膚淺、太沒有教養了。

我的內心再度陷入混亂。不論再怎麼壓抑，只要一有縫隙，焦躁就會撬開心房探出頭。一想到我又這樣不知羞恥地懇求，便會哭泣到難以呼吸，邪惡的情感不斷在胸口膨脹。

然而，我何必抵抗這股惡意？只要自己活得好，只要自己獲救就行。縱使放棄包含道江在內的三名少女也無所謂，我只想離開這裡。

我擔任領導者的「柊之會」，是由被囚禁在此的少女組成的互相安慰團體，不曉得是誰命名的。由最年長的成員負責處理會裡的大小事，當她離開後，後輩便接下這個名字。究竟經過多少年，又有多少人離開柊之會？這麼一想，我不由得震顫不止。目前，我正是接下這個名字的最年長成員。

如此唐突的告白，您一定很錯愕吧。我一直無法冷靜下來，至今仍無法進入正題，我衷心向您道歉。我到底浪費多少頁面呢？

不，這一切都沒白費。是的，全都有所必要。爲了讓您理解我的內在，我會毫無保留地傾吐出身、思想、夢想和嗜好。今後我將留在您的心底一輩子，這就是我送給您的小小禮物。

讀到這裡，您恐怕會露出難以接受的表情。我幾乎能想像出您的模樣。困惑地皺起眉，沒多久便滿臉厭惡地追逐著文字的您。

然而，請記住，若您害如此懇求的我失去棲所，即使是您也不能原諒。請讓我像瘀痕般黏附在您心底，攀附在您的全身各處。然後，我會成爲您的血肉，在體內不停監視您，千萬不要忘記這件事。

哎呀，我眞是太不知羞恥，一定是受到多美子同學的影響。她耿直坦率，從不隱藏自身欲望，想必我是在不知不覺中被她感化。請原諒我的無禮。

一如往常，我又離題了。

包含我在內的四名少女，被囚禁在某棟宅邸深處。以十七歲的我爲首，還有一名十五歲，及兩名十六歲的少女。雖然透過小說和祖母的故事，得知世上有所謂的座敷牢（註一），但怎會料到自己眞的被關在這裡？

這個房間不見天日，但非常寬敞。由於一年至少會換一次榻榻米，經常飄散著青草的氣味。壁龕依季節搭配掛軸，擺放著以鮮豔的綠釉與金漆繪製的花唐草圖案的花瓶。那便是知名的九谷燒（註二）吧。花瓶裡會插上從庭院摘下的鮮花，此時正値醉芙蓉盛開。

儘管相當風雅，入口卻設置沉重的木格子門，並漆成鮮紅色，宛若遊廓（註三）。我厭惡下流的紅色格子門。上頭掛著我從未見過的巨大南京鎖，鎖住我們，眞是令人痛恨到極點的格子門……

被囚禁的少女可在用餐時間、入浴、解手和到庭院散步時離開座敷牢。除了用餐之外，一次只能出去一個人。然而，女傭阿米嬸及傭人黑炭鬼會嚴密監視我們，一刻也無法放鬆。

對了，黑炭鬼並非本名，而是我們偷偷取的綽號。那晒得漆黑的臉孔簡直像是在山裡燒炭的人，加上他是個超過六尺（註四）的高大中年人，您應該能輕易想像出他的模樣。絕對不會有人誤認他是高大威武的出色男子。他的嘴邊總掛著毫無意義的笑容，粗俗無禮地盯著我們，以視線蹂躪我們。遭到那混濁的雙眼從頭到腳打量，我無法以言語表達有多不舒服，而且教人恐懼不已。

我看過他搬運一俵（註五）的米袋和蔬菜袋。他的胳臂強壯，猶如鋼鐵，單手就能擰斷我們的脖子。從我寫作的這個房間，可眺望優美的白樺樹林，然而，黑炭鬼卻不時搬著蔬菜袋出現，害我頗爲鬱悶。眞希望他去別處，我的雙眼和心靈才能獲得療癒。噁心的黑炭鬼頻繁出現在我們四周，都是阿米嬸的指示。這一定是她要我們屈服的手段，實在教人厭惡。

當我感覺黑炭鬼礙眼到極點之際，三奈居然冒出難以置信的話。

「阿米嬸和黑炭鬼有肉體關係嗎？」

她如此認眞，反倒顯得滑稽，如今想起我仍會笑到不可遏抑，眞是困擾。阿米嬸是跨越四十大關的中年女子，對象還是黑炭鬼，未免太可憐。

三奈性格活潑，總會逗我們開心。她會模仿態度高壓的阿米嬸說話，或是故意將在日本橋的白木屋百貨公司訂製的豪華櫻花圖樣的振袖（註六）穿得邋裡邋遢。只要她在場，座敷牢立刻變成氣氛明朗的女學校教室。

註一：私人的軟禁設施。「座敷」在此指擁有寢室與客廳機能的房間。
註二：石川縣九谷出產的高級瓷器。
註三：江戶時代的妓院設有紅色格子門。
註四：一尺約爲三〇・三公分。
註五：一俵爲六十公斤。
註六：年輕未婚女性穿的和服。

明明這麼愉快，我卻淚流不止。一向讓我們咯咯發笑的三奈，在今年一月消失身影。她和我一樣，都是十七歲，負責柊之會的大小事。她頭腦聰明又嚴以律己，我不曾聽她吐出喪氣話。

然而，我很明白。由於太過恐懼，三奈才不得不表現得開朗。她早我一年囚禁在此，眼睜睜看著同伴逐一消失。

沒人曉得三奈究竟去哪裡，我們也被禁止向那一位詢問，三奈恐怕已不在人世。不，或許是被賣到某處，日日遭受凌辱。無論如何，在我們眼中，那無異於死亡。

玄關大廳裝飾著以家紋設計的彩繪玻璃，還擺置比人高的大型座鐘，鐘面是螺鈿點綴的希臘數字。當這座鐘在下午三點響起時，阿米嬸會來打開格子門的鎖。

「三奈小姐，老爺要您去見他。」

對我們來說，沒有比三點的鐘聲更可怕的事物。阿米嬸在此時露面，代表我們即將和一名少女分離。自從我來到這裡，已有兩個同伴離開。一月的三奈和五月的葉子，兩人都一臉茫然，離開之際，回頭環顧座敷牢。她們臉色蒼白，毫無表情，緊抿雙唇佇立原地。或許是擔心她們情緒崩潰，黑炭鬼會在座敷牢裡待命。然而，兩人看也不看傭人一眼，默默轉過身。

「眞是風采凜凜的完美淑女啊。」

阿米嬸讚嘆著拍起手，甚至要求我們跟著拍手。別開玩笑了，什麼完美淑女？自以爲是地勸誡「身爲女性，即使在生命的盡頭也要表現得沉穩又可人」，我們才不可能認同。奪走我們未來的同時，又大言不慚地闡述淑女該有的樣子，到底是何種心態？做出這麼多醜惡至極的行爲，卻一臉無所謂，未免太不知恥。

是的，就是這樣。待下午三點的鐘聲響起，輪到我時，我會號啕大哭，演出一場沒人能制止的崩潰大戲給他們瞧瞧。我要戳爛阿米嬸的雙眼，最起碼挖出她的左眼。她就抱著覺悟等著吧。

由於太憤慨，寫了這麼多粗言穢語，那一位想必會刪除這些部分。然而，那一位讀過我的稿子後，居然笑著說有趣。他神情十分溫柔，稱讚佐也子是眞眞正正的摩登女郎。雖然爲自身的沒品感到羞恥，卻也有著奇妙的自傲感，這是我初次能夠直視那一位褐色的雙眸。

我每天執筆的房間，並非大家聚集在一起的座敷牢，而是和面對庭院的女性專用房間相連的小休息室。雖說是小休息室，但也有八張榻榻米大。地板是類似寄木細工（註）的幾何學花紋，中間是蝴蝶的圖案，鋪著黃綠色長毛地毯，幾乎高達腳掌，彷彿行走在棉花糖上。大理石暖爐上有精美的雕刻，牆壁上貼著織有蝴蝶圖樣的絹布。我稱呼這裡爲「蝴蝶廳」。這並非我的本意，因爲我討厭昆蟲。

隔壁的女性專用房間擺著大型全身鏡，想必是出身高貴的女性才能出入。不管是裝飾華美的吊燈，或裝上格子的石灰天花板，我從未見過如此精雕細琢的宅邸，甚至遠遠

註：箱根的傳統工藝，運用木片的天然色澤拼圖紋。

超出世間的常識，不禁一陣膽怯。既然那一位能藉享用不盡的財產將我們囚禁於此，想必沒有他辦不到的事。

然而，那一位罹患重病，無法站立，只能臥床休養。他的視力也十分糟糕，必須借助放大鏡閱讀我的稿子。

症狀中最嚴重的是全身痙攣，簡直像電流通過般劇烈震顫，手腳僵直地倒下。我一度目睹那一位發病的模樣，完全不知所措。雖然母親曾教導我，必須將筷子放入痙攣發作的人嘴裡，我卻無法動彈，連呼喚阿米嬸都辦不到。

那一位總是坐在大型輪椅上，若是無人幫助，他便和嬰兒沒有差別。然而，即使過著這麼不自由的生活，他依舊打扮得一絲不苟。以海外進口布料製成的時髦三件式西服，從背心鈕釦孔垂下長長的純金鎖鍊。擦得晶亮的黃金懷表，則是一直收在腰間的口袋裡吧。

——此處刪除。

一旦描述那一位的容貌和年齡，就會遭到刪除，透露所在地也一樣。雖然可寫下批判和壞話，但絕對禁止寫出這些細節。

格子窗外的天色變黑，瓦斯橋燈搖晃著模糊的光暈。約莫是在小窗下築巢的燕子離巢遠去，我感到前所未有的哀傷。隨著玄關大廳裡通知六點的鐘聲響起，我不禁坐立難安，無法冷靜。

此時，阿米嬸會來敲門，告知用餐時間到了。我放下筆，和阿米嬸一起穿過鋪紅地毯的走廊。步下曲線優美的大樓梯，前往餐廳。大理石長桌上，幾支燭光搖曳，充滿幻想風情，令我心蕩神馳。新藝術風格的黃銅燭台，是不論看多少次都不會生厭的藝術品。

今天的晚餐完全不輸這些裝飾品，極爲豐盛。前菜是雞白肝醬搭配醃漬黃瓜。湯是金色的法式清湯。主菜是菲力小羊排，醬汁中摻入馬德拉酒，這是我在此第一次嘗到的菜色。馬德拉酒充分發揮作用的微甘醬汁，入口後會慢慢帶出些微苦味，是非常不可思議的味道，和柔軟的羊肉實爲絕配。我甚至覺得盛到盤中的分量太少。

眞是難以啓齒，然而，我每天都期待著用餐時間。至今從未見過的料理之美，令我大爲感慨，每道菜都像出現在夢中般可口。我根本不懂西方的餐桌禮儀，全仰賴那一位親切教導。

難道我陷入瘋狂了嗎？被囚禁在座敷牢，互相安慰的同伴逐一消失，我竟冒出這種念頭：

「要是每天都能享用這樣的料理，被關在這裡也沒什麼不好。」

您怎麼想呢？我並非出身貧窮，從來不須爲三餐發愁。然而，我卻如此卑賤，滿腦子都是食物，還會悄悄要上菜的女傭多給我一點，只能說我品格低劣了。於是不知不覺間，柊之會的夥伴成爲食物的俘虜。

只要滿足食欲和物欲，人類就會變得毫無骨氣吧。前些日子，我央求那一位替我訂製一襲淡綠色外出服。那是一眼就看得出質料上乘，沉穩的素色和服。明知再也不可能外出，我卻還是提出請求，欲望眞是可怕。

我心底有兩種情緒在拉扯，一種是想離開這棟宅邸，另一種是留在這裡。企圖逃亡的熱情，日復一日消耗殆盡。

對您而言，最難以理解的，恐怕是女學生爲何會被囚禁在此吧？這些女學生中，包括我無法比肩的千金大小姐，根本不可能在沒人發現的情況下，從街角拐帶回來。之前我見機提過，不曉得您記得「蒼月之君」嗎？那位替我取名「裏葉柳」，跟我以姊妹相稱、交換信件的美麗女性？若得知是蒼月之君帶我過來的，您會作何感想呢？

哎呀，我今天寫得太多，超過不少頁數。我會繼續告訴您後續發展，請再陪我一些日子吧。

3

八坂走出都立圖書館時，雨好不容易停歇。圖書館外的桂花盛極凋零，以致隨處可見橘色水窪。逐漸腐爛的花朵散發出的甜香，令人感到噁心。他走向元麻布的十字路口，不知爲何身後傳來兩次短促的喇叭聲。

回頭一看，像是要躲在樹枝斜斜延展的吉野櫻後方，一輛八坂沒看過的銀灰色ONEBOX車停在那裡。從車窗伸出一隻穿著迷彩外套、高高舉起的胳臂，粗魯地向他揮手，不管怎麼看都是篠宮。八坂轉身，朝雙黃燈閃個不停的車子跑去。後座是綁著安全帶，坐得很安穩的綾女。

「出租車啊……」

八坂坐上副駕駛座時，喃喃低語。他瞥向一身單調色彩的綾女，只見總是綁起的兩束長髮解開，日本人偶般筆直垂落胸前。給人的印象雖然有點不同，但比起之前更鬼氣森森。她的黑眼圈十分嚴重，好似恢復狀況很糟的病患。篠宮兩腳抖個不停，顯然又犯菸癮。

「真虧火野總編答應讓妳租車。」

「他還沒答應，可是綾女如此請求，只好租車。」

「我才沒說要租車。」

像是要打斷篠宮的話，後座的綾女插嘴：

「我不過是提到，篠宮小姐的攝影器材那麼重，下雨還要揹腳架，有車會比較輕鬆。」

「看吧，火野總編重要的委託人這麼希望，我會堂堂正正向他報帳。」

篠宮一邊下車，一邊拿起夾在耳朵的香菸，迫不及待地丟到嘴裡，點火的同時大大吸一口，很快抽完一支。

篠宮沒和八坂商量就租車，應該是綾女看起來狀況很差的緣故。沒公事公辦地送綾女回旅館，而是盡量配合她，這是篠宮的作風。不過，這也是爛人容易纏上她的關鍵因素。

篠宮往攜帶式菸灰缸拈熄第三支菸，依依不捨地坐回駕駛座。

「從傍晚開始有兩場拍攝，所以今天的行李很重，加上又下雨。總之，我以偷拍的風格，從樹叢間拍了圖書館，之後或許能派上用場。」

「眞是滴水不漏。坦白講，我並不期待能在圖書館找到蛛絲馬跡，卻發現有趣的東西。」

「所以你才急著找我們嗎？看你的神情，是挖到寶了吧。」

從腳底竄起一陣微微的顫抖，八坂不自覺地竊笑。這次的工作中，有種讓他震顫不止的奇妙預感。篠宮狐疑地望著笑容滿面的八坂，警戒著收下一疊影印資料。綾女解開安全帶，從後座探出身。

「昨天我讀到那本書的〈第十二天〉。和至今爲止的內容不同，作者談起眞正要述說的事。可能是終於要進入正題，她的情緒變得益發不穩定。」

「原來如此。雖然我想從頭開始聽，不過你沒問題吧？」

「應該沒問題。」

安撫眼神老是游移不定的篠宮後，八坂按照順序說明佐也子的告白。雖然害怕著座敷牢和下午三點的鐘聲，然而她最害怕的是，女學生接二連三遭到誘拐囚禁。篠宮沉默地聆聽，不時皺起眉，或深深嘆息。綾女在筆記本寫下重點，經常一副思考著什麼的嚴肅表情，望向八坂。

聽完八坂的敘述，兩人仍若有所思。車外的冷風益發強勁，逐漸染上顏色的吉野櫻枝晃動不已。篠宮盯著落在擋風玻璃上的黃葉半晌，似乎終於整理好想法，緩緩開口：

「這本不可閱讀的書，是設定為遭到綁架監禁的被害者撰寫的。下午三點的鐘聲是執行死刑的信號，不，還不確定她們是不是眞的死了。」

「沒錯。除了負責記錄，佐也子亦是『柊之會』的領導者。她的筆觸看似平靜，卻隱含著痛楚，精神狀態相當危險，有時會毫無意義地恐嚇讀者。起初是希望有人讀她的書，變成半帶威脅地要人繼續讀下去。」

「她終於開始失控了嗎？可是，這種內容怎會製作成書，拿出來賣？」

篠宮低頭望向剛剛收下的影本，努力讀起又小又模糊的鉛字，臉色漸漸產生變化，愣愣地半張開嘴。不久後，八坂以為她要撥掉頭上的棒球帽，沒想到竟湊到他眼前。

「等一下，這是什麼？」

「昭和三年的新聞報導。」

「我知道，但這是眞的嗎？不，記者應該不會搞錯……冷靜一下！不對，發現這種消息誰能保持冷靜？萬一這是眞的，就是前所未有的大八卦啊。」

篠宮太過激動，劇烈咳嗽起來，綾女面無表情地拍著她的背。篠宮將害她備受衝擊的報導全遞給綾女，大口喝下礦泉水。此時，她從後照鏡看見一群穿綠色制服的停車監視員，立刻睜大雙眼，粗魯地拉起手煞車。八坂早就習慣篠宮豐富多變的表情。

「眞是的，專門趁人在忙時來亂。」

她喃喃抱怨著，俐落地發動車子。綾女慌張地繫緊安全帶，八坂依樣畫葫蘆，靠著副駕駛座繼續道：

「從大正十五年（一九二六）到昭和三年，東京確實發生過稱爲『神隱』的少女失蹤案。就目前所知，共有十一人。」

「十、十一人！」

篠宮高聲驚呼，右轉開往廣尾方向，在大樓林立的一角再度停車。

「當時消失的少女，從十五歲到十七歲都有，全是女學校的學生。雖然調查過後續報導，但當時已進入戰爭狀態，失蹤案的報導盡數消失，成爲懸案。出版那本書的『兔書館』，確實是戰前的出版社。我在圖書館檢索系統裡，找到幾本該社出版的文藝書籍。」

「喂喂，這可是懸案。失蹤少女下落不明，皆是某天突然失去蹤影，之後就沒下文。那家出版社竟出了這本書？」

「還不曉得是不是案件。調查當時的社會情勢後，我發現由於家父長制，戰前的殉情和私奔案件多得離譜。那是必須完全服從家長，無法自由和喜歡的人結婚的時代。好人家子女的殉情，甚至被美化到拍成電影。因此，這個『神隱』，不一定是同一案件。看來也不是綁架勒贖，總之半點情報都沒有。」

「怎麼回事……」綾女放著滑落的眼鏡不管，反覆低語：「到底是怎麼回事……」

「那本不可閱讀的書，是在昭和三年六月出版，和那些神隱案件的報導幾乎是同一年。之前提過，有錢人家的女兒才能上女學校，要是有十一個女孩失蹤，應該會造成很大的騷動。在此期間出版這種告白內容，無疑是火上加油。然而，我完全找不到與這本書有關的紀錄。」

「對了，這本被詛咒的書屬於非小說類嗎？如果殉情能拍成電影，也可能以神隱案件爲基礎來創作吧。」

篠宮無意識地從口袋拿出香菸，察覺綾女單手拿著報導資料不動，又勉強把菸放回去。

「這本書就算是以女學生失蹤爲基礎的創作，也一定會被大作文章。畢竟是正在發生的案件，還採取受害者獨白的形式，實在太低級。當然，警察一定會有所行動，話題性絕佳，應該會大爲暢銷。然而，我找不到任何相關的紀錄，書籍檢索系統裡也沒有這本書。」

「確實有許多不對勁的地方。不過你看，失蹤者中沒有最重要的『佐也子』，連接近的名字都沒有。」

篠宮湊近綾女手中的報導影本。橢圓形的少女大頭照，分成三組並排。全是畫質很差的黑白照片，梳著辮子或包頭的少女臉上皆帶著緊張感。各人的照片下，分別是她們的名字。除了佐和子之外，也沒有在書裡登場的道江、三奈和葉子之類的名字。

八坂再次細看每一張臉。寫下那本手記的佐也子，在這些女孩中嗎？那個膚色深，眉眼輪廓鮮明，在意身材微胖只適合穿和服的少女。由於家境富裕，內心有著自以爲是的糾葛；憧憬著前衛的品味，卻無法眞正踏出第一步，鬱悶不已的女學生佐也子。

八坂盯著畫質不佳的照片看了半天，依然摸不著頭緒。或許是髮型的影響，每一個看起來都有點胖，加上是劣化的印刷品，畫質糟糕透頂。

篠宮盤起雙臂沉思一陣，歪著頭啞聲問：

「書中宅邸的主人對女學生下手了嗎？」

「沒有這方面的記載。」

「戰前不是有所謂的公娼？少女最後都被賣掉，墮落到那種環境的可能性呢？」

「那些幾乎都是來自貧窮農村地區的女孩，被迫背負許多債。我不認爲能上女學校的少女，會這麼老實順從。」

「比方，透過特殊管道，只買賣良家少女的組織之類的？」

不無可能，但這樣規模太龐大，很快就會被抓。雖然不曉得那本書的內容是事實或創作，不過八坂直覺闖入不得了的案件。一不小心就會失足，難以預料事態的發展。以往讀過這本書的人，是否和八坂一樣感受到黑暗？那麼一來，應該會和八坂一樣，去調查當時的報導，然後精神受到侵蝕嗎？

八坂吐出一口氣，讓自己冷靜下來，將話題拉回那本書上。

「妳們記得佐也子有個締結S關係的姊姊吧？她很憧憬，曾交換信件的學姊。」

「你是指『蒼月之君』吧。」綾女終於從報導影本中抬起頭。

「對。根據佐也子的說法，蒼月之君是綁架監禁女學生的共犯。」

「什麼？」

篠宮發出菸抽過頭的嘶啞聲音，沉吟著交抱雙臂。

「那本書到底是怎麼回事？喜歡鋼琴和小提琴的美麗姊姊，居然是惡人的手下，噁心也該有個限度。如果真的是非小說，那本書不就成為被害者死亡之前的紀錄？簡直莫名其妙。」

搭檔的疑問一針見血。若書的內容是真的，等於是綁架犯要被害者寫書出版，難以理解其中的意圖。要是想實現少女成為小說家的願望，以個人出版的形式便能解決，只要印製一本就行。然而，《女學生奇譚》卻在半年後再版，顯然是在市場上流通，對犯人有害無益。

「雖然還未詳述，恐怕蒼月之君是利用姊妹關係祕密往來，煽動少女。身爲那些少女夢想的崇拜對象，簡直是輕而易舉。被害者不是被暴力擄走，而是遭蒼月之君以所謂『只有兩人知道的祕密』的話語欺騙，自行前往對方指定的地點。」

「感覺是老手的作法，那個姊姊也是女學生吧？」

「沒寫出年齡，不過從背景來看，應該比佐也子高一個年級。然後，替『那一位』坐著輪椅的病弱男人，送去這些少女。」

「生活在溫室的千金大小姐，爲何要當綁架犯的手下？她不可能爲錢所苦，或許是迷戀上『那一位』？」

「那男人似乎連站都站不起來，狀況還一直惡化。」

「不，跟這種事沒關係，倒不如說，擁有這樣的不利因素更能投入。女人哪，爲了打心底迷戀的男人，什麼事都做得出來。綾女，妳懂吧？」

「不，我完全不懂。」綾女立刻回答。

「對了，男人的年齡、容貌等等個人情報，全遭刪除。除了他是有錢人之外，其他一律不知。」

綾女再度看著影本，翻過一頁後，繼續專注閱讀。她的太陽穴微微滲出汗水，看得出她受到多大的衝擊。

「竹里小姐。」

八坂這麼喊的同時，篠宮裝模作樣地咳一聲。

「八坂，你要直呼她的名字。」

「咦，我也要嗎？」

「你怎會認爲自己除外？綾女都哭著那樣拜託了，你要體恤人家的心情啊。」

「我沒哭著拜託任何事。」

綾女不滿地否認，但不知爲何，氣氛並未變得很糟。自從那件事後，八坂察覺到她的表情柔和了些。不說八坂，她的確對篠宮稍微敞開心房。

八坂嘆一口氣，重新說道：

「呃，關於綾女哥哥的事。」

她立刻傾身向前，挺直背脊認眞聽八坂的話。

「在那之後，我調查過不少事，那本書的內容也開始走向詭異，我覺得不能一口咬定和妳哥哥的事無關。接下來，我的話會很直接，沒關係嗎？」

「當然。」

「那我就直說了。我完全看不出妳哥哥過著怎樣的生活，試著詢問大學和關係企業，找不到曾根秋彥隸屬的研究計畫。查過博士後人員的短期契約，一樣搜尋不到任何資料。」

綾女的喉嚨發出咕嚕一聲，仍以眼神催促八坂繼續。

「這些調查中最奇怪的是，找不到曾根秋彥擔任第一作者的論文，也沒有合作論文，連博士論文、大學的畢業論文都找不到。」

「這樣確實很奇怪。」篠宮露出狐疑的表情，「如果真的是博士後，是需要學位的。」

「可是，哥哥確實在信裡這麼說。」

「是啊。看過妳轉寄給我的信，所以我知道。接下來是我的想像，妳哥哥應該是僞造了職業或身分。」

綾女反射性地以手背推一下眼鏡。

「或許是想在分開生活的妹妹面前稍微耍帥。學術界的工作很好聽，也受到尊敬。恐怕他沒料到，會有人去檢索他的論文吧。」

可能還有其他假裝的理由，但從那個空間來看，只能感覺到房客生活過得很拮据。不管怎麼說，曾根秋彥都對妹妹撒了謊。綾女似乎隱約察覺，雖然看起來有點難堪，但沒有大受打擊的樣子。

綾女將滑順的長髮撥到身後，低著頭喃喃自語「沒關係、沒關係……」。接著，她抬起蒼白的臉孔，有種豁然開朗的清爽。

「我不在意哥哥到底是什麼人，只想知道那本書的眞相。只要知道眞相，我相信一切都能水落石出。」

綾女似乎打算把哥哥的失蹤理由，全都押在那本書上，漸漸認爲這樣也可以。八坂點點頭，從提包取出另一張影印資料。那是和少女失蹤案的報導一起，剛從圖書館取得的資料。

「徹底調查過和失蹤案相關的事後，我找到有趣的東西。」

篠宮拿起墨水暈開的報導影本，皺起眉開始閱讀。

「這則報導眞小。我瞧瞧，『要求搜索失蹤友人的摩登女郎，在赤坂的舞廳公開呼籲』，這是在搜索失蹤的女學生嗎？看起來好像濃妝的化妝遊行。」

「是啊，畢竟是打扮獨特的摩登女郎集團。根據報導，除了赤坂之外，銀座、新橋也有類似的活動。妳們看這邊。」

八坂指著老舊照片下方的圖。篠宮和綾女貼著臉，一起看著模糊不清的文字。沒多久，兩人幾乎是同時抬起頭。

「佐也子的朋友中，確實有個強悍的摩登女郎吧。跟老師、男性朋友大聲吵架，甚至發起拒買運動的女學生。」

綾女急忙拿出記事本，有點粗魯地翻頁。她追逐著文字的手指停下，顫抖著開口：

「難道是……多美子？」

「我是這麼認爲。」八坂看著報導的影本，「發起活動的人叫勝浦民代，十七歲，就是正中央的少女。」

深深戴著鐘型帽，在眾人面前大大方方演講的摩登女郎。一身精心設計的高腰洋裝，繞成兩圈的珍珠項鍊垂落她的腹部。擁有現代化的臉孔，充滿潑辣魅力的少女，和佐也子的記述一致，不難想像出她接二連三吐出辛辣話語的模樣。

「勝浦足袋店的小姐嗎……我記得就是現在的T.K.Socks吧？那不是最大的襪子製造商嗎？」

篠宮眨著細長的雙眼，視線對焦在那張小照片上。

「最早從足袋製造商，成功轉型爲成襪子製造商的大公司。如果是有遠見的經營者女兒，不難理解她爲何會變成摩登女郎。改變公司名稱，讓公司更上一層樓的就是繼承者民代，她的丈夫是入贅的。她不隨波逐流，是眞眞正正的女強人。」

「簡直是女人中的女人。依狀況來看，雖然報導中沒登出學校和名字，但她失蹤的朋友可能就是佐也子。」

篠宮抬起頭，揉揉眼角。

「接下來要怎麼辦？闖進勝浦家的宅邸，跟對方交涉能否給我們看相簿或遺物？」

「我是這麼打算。或者該說，直接聽本人說比較快。」

「咦！」綾女發出短促的驚呼，不可置信地睜大雙眼。

「眞的假的，這個摩登女郎還活著？她幾歲了？」

「一百〇五歲，在位於成城的高級養老院度過餘生。我藉口想採訪女學生時代的事，約好明天下午兩點過去。」

你還是一樣滴水不漏。篠宮笑著這麼說，戴上帽子後放下手煞車。

4

明明是都內的一流高級地段，這裡的占地著實大得驚人。

八坂從陽光燦爛、採光絕佳的休息室，望著風雅的日本庭園。庭園裡種植著上百種樹木，紅葉和藍天相映成趣。落葉四散的水池形成瀑布的造景，往巨大的庭石深處流去，營造出一股清涼感。布滿青苔的燈籠和竹子組成的涼亭、有著樸素茅草屋頂的茶室等等，這個奢侈至極的空間沒有任何破綻，毫無暴發戶的味道。為了看起來渾然天成，設計上經過縝密計算。

「根本不需要去京都了，這裡實在太完美，直接指定為文化財就好。」

篠宮雙手插腰，在八坂身邊低語。

她脫下軍人風格的迷彩服，今天是一襲黑色合身的褲裝，還上全妝，化身為難以接近、充滿異國風情的高瘦美女。八坂意外地發現，搭檔能視場合改變裝扮，擁有適應各種工作的柔軟性。只要給她錢的話。

「不過，要進來這裡，最起碼要花上億圓吧？」

「還得加上兩百萬的月費。只有三十間房，而且候補名單長得不得了。」

「眞是的。我每天都爲了生活四處奔波，這些有錢人過得眞是滋潤。跟我說這是養老院，我還眞不敢相信。看起來就像從明治時期開始營業的老旅館。」

穿七公分高跟鞋的篠宮轉過身，注視著裝潢沉穩的休息室。開放的室內牆壁全是玻璃，擺放提花布料的沙發後，空間仍十分寬裕。不論哪一種家具都是厚重的橡木材質，卻一點也不顯得刻意浮誇，可能是沒有任何華麗裝飾的緣故。連稱不上眼光好的八坂都感覺得出，家具全用最高級的橡木製成。然而，有種東西不論花費多少錢也無法複製。八坂望向隨處可見，佇立原地、眼神空虛的老人。唯獨充滿活力的生機，從這個場所徹底消失。

篠宮看著打扮入時的老人，解釋道：

「綾女在旅館裡睡覺，她在絕食。」

「絕食？」

「精神太疲勞，她吃不下食物。我勸她要像美國人喝大瓶可樂，吃披薩或漢堡之類的，她卻生氣了。」

八坂想起綾女毫無血色的面容。她原本就很瘦，這段期間更是日漸消瘦。

「你要不要替她做點好吃的？」

「爲什麼？」八坂無力地笑。

「算了，我是開玩笑的，不過綾女相當消沉。一直找不到哥哥，現在還發現哥哥一直在騙她。」

「不過，她硬裝成沒事。」

「對啊。她到底在美國過著怎樣的日子？若她對誰都是那種態度，根本不可能建立起像樣的人際關係，甚至可能被排擠，只能孤單過日子。要說是本人的問題也很可憐。看來，哥哥是她唯一的依靠。」

篠宮用手梳理一下紅色短髮，表情簡直像是擔心在遠方生活的女兒。她已不將綾女當成外人。八坂很清楚，搭檔表裡如一的乾脆性格是演出來的，實際上她是情感豐富、優柔寡斷的人。不過提到綾女，八坂或許同樣被激發保護欲。抓不住加入人群的時機，只好遠遠觀望的這一點，和八坂很像。

「讓你們久等了……」

喘著大氣，穿著華麗的百合圖案圍裙的中年看護，小跑步過來。

「勝浦女士準備好了。雖然您說需要一小時，但還是希望盡量簡短。」

八坂和篠宮表示同意，隨著對方走進電梯。電梯裡設有照護機構必備的扶手，但連扶手都成為優雅的美術品。抵達最上層的四樓，他們走出電梯，寬敞的走廊上鋪著手工編織的花紋地毯。

「抱歉，聽說勝浦女士有失智症，屬於需要照護的第二級。」

八坂向滿臉笑容的看護詢問：

「她能正常交談嗎？」

「不知道的事逐漸增加了。她有時會忘記自己剛剛說過什麼，可能不是太容易談話。不過，並不是完全沒辦法，講起話也十分流暢。聽說，你們今天是要採訪女學生時代的事。」

「是的，這個題材會很困難嗎？」

「勝浦女士本人可是興致勃勃呢。一接到採訪的請求，二話不說就答應。她喜歡新事物，什麼都想嘗試看看。而且以前的事，她記得比較清楚。」

擔任看護的這位女性，大致說明老婦人的日常行動和習慣。談話過程中，八坂得知她並不是這機構僱用的看護，而是專屬於勝浦民代。在入口和休息室，他們都和陪伴老人的看護擦身而過，卻毫無照護現場常見的慌忙氣氛，或許在這裡不需擔心工時過長、薪水過低的問題吧。每個人都非常幸福……八坂單純地這麼解釋。

「對了，以前是否有過一位曾根先生造訪？」

「曾根先生？全名是什麼呢？」

「曾根秋彥先生。」

八坂從資料夾取出秋彥的照片，交給看護。她想都沒想就搖頭，將照片還給八坂。

「我沒見過這一位先生，而且幾乎沒什麼年輕人會來。」

換句話說，綾女的哥哥並未造訪這裡。如果他讀過那本書，應該會試著調查昔日的報紙，或許他沒注意到關於摩登女郎的小篇報導。

長廊盡頭往右轉，眼前出現一扇有著美麗木紋的大門。看護一按下牆上的門鈴，自動門緩緩往左右打開。

「好像迪士尼的星際旅行。」

篠宮這句完全搞錯場合的感想，害八坂差點大笑。

進去一看還有一扇對開的門，就像是度假飯店的套房一樣。雖然不知道這裡有幾個房間，不過以白色爲基調的空間插滿花朵，有著和休息室截然不同的活潑明朗。空氣中飄散著花朵的芳香，和老人獨有的乾燥體味。

窗邊是一張四周垂著布簾的床，一名穿白色絎縫睡袍的老婦人，像是從幾乎要埋住她的好幾層羽毛被中坐起。她就是勝浦民代嗎？透過梳理整齊的全白髮絲之間，看得見她的頭皮。當然，她不再是新聞照片上那個強悍的摩登女郎。她非常瘦小，駝著背，好似乾枯馬鈴薯的小臉上，眼珠忙碌地動個不停。八坂想像過會是個靠著金錢活下來的老人，但她的眼神意外有力。

八坂行一禮，靠近床邊，將名片放在老婦人手上。

「非常感謝您今天抽空見面，我是自由記者八坂。」

「我是篠宮。」身後的搭檔也低頭致意。看護準備兩張椅子，以肢體語言告知會待在對面房間後，便安靜離開。民代緊盯著兩位稀客，脖子上下垂的皮膚顫動著。

「我是自己決定住在這裡。不想死在住了幾十年，看到煩膩的自家，也不想死在醫院。我想待在像是南法那樣，有著白色磚瓦和大朵芍藥花，這些遠離塵世的美麗事物包圍的地方。」

民代的嗓音尖細高亢，簡直就像海鷗。由於話聲顫抖，不容易聽清楚，幸好至少她說標準語，光這一點就該感恩。八坂採訪過青森的老人，那幾乎已不能算是日文，非常難以理解。她知道是模仿南法風格裝潢，也強調不是被家人丟到這裡。恐怕她對每一位訪客都這麼說。她不想被同情，就算超過百歲，罹患失智症，她仍沒喪失活出自我的驕傲。

八坂將錄音筆放在花朵圖案的被子上。

「你很年輕，是醫生嗎？」

「不，我叫八坂，是自由記者。我想請教您女學生時代的事。」

「女學生時代是好久以前的事。好久好久以前，比戰爭還久。我就讀於青葉女學館。我的學校是最早引進洋裝的，包括深藍色水手服。由於以前發生大火災，逃出火場時，好多穿褲裝的人死掉。而且也是日本女性的規範往前踏出一步，新時代的象徵。」

大火災是指關東大地震吧。八坂做了筆記，篠宮準備著攝影器材。由於火野編輯的介紹，今天的採訪將會刊登在女性雜誌上。確認當時生活狀況的同時，必須確認佐也子是否眞的存在。

民代望向忙碌地在房裡轉來轉去的篠宮，她眨著下垂的眼皮，不可思議地歪著頭。

「那位……一直動個不停的那位……」

「怎麼了嗎？」

「那位是眞人嗎？實際存在嗎？」

「我是眞人喔，您一定是把我看成妖精或天使了吧。」

篠宮回一句老婦人根本聽不懂的笑話。

「我是攝影師。」

「攝影師？啊，對了，要拍照片。我啊，從右斜上方的角度拍起來最好看。每次拍雜誌照片時，我都這麼拜託對方。妳也會從右斜上方拍我吧？」

「我明白了。」

「對了，你是醫生吧？是胸腔科的嗎？」

老婦人將視線轉回八坂，筆直盯著他。

「不，我是自由記者。想請教您女學生時代的事。」

「是嗎？」民代笑著，又談起制服。這樣反覆幾次後，談話總算稍微有了進展，記憶隨之喚起。校園的景象、上課的情形，在大而化之的雙親底下自由成長，流行的爵士樂，海外留學，及戰時的狀況。這些只能透過書籍瞭解的事，這名老婦人全經歷過。

或許是讀了那本書，對於曾經生活在那個時代的人，八坂在情感上覺得很親近。如果書中內容是眞的，佐也子提及的那名強悍的摩登女郎，就是眼前的老婦人。想到這裡，八坂頓覺這是一場超越時空的相會，有種難以言喻的感受。

等民代的話告一段落，八坂愼重提出下一個問題。

「勝浦女士就讀女學校時，有哪些朋友呢？」

「我的朋友很多，交友圈很廣。」

「和您特別要好的，是哪種感覺的朋友？」

民代透過薄紗窗簾望向窗外，沉默一陣。可能是方才大腦全速運轉，她忽然愣一下，滿布皺紋的臉孔轉向八坂。

「我們在說什麼？南法的事嗎？」

「不，我們在談您女學生時代的好朋友。」

「啊，對。我有許多好朋友，因爲我是摩登女郎，很常去舞廳。雖然違反校規，但我一點也不在意。」

稍微接近正題，八坂記下老婦人的話，繼續推進。

「當時有很多舞廳呢。」

「對啊。當時流行社交舞，赤坂的『佛羅里達』舞廳是最棒的。相當有格調，嚴格要求禮儀，不少人想進都進不去。而且，那裡非常時髦。包括海軍士官、文人等等，出身良好的人聚集在那裡。白天則是學生很多。」

「摩登女郎和摩登青年也很多吧。」

聽到八坂這麼說，老婦人鬆垮的嘴邊浮現開心的笑。

「我也是摩登女郎喔。經常穿著最時髦的洋裝，走在銀座街道上。不過，我不是那種空有打扮的摩登女郎。我會清楚明白地表達想法，憑自身的意志行動與思考，找出屬於自己的答案。我總是抬頭挺胸地說出自己的意見。雖然當時是女性無法提出自我主張的時代，但我才不管。這麼一想，就覺得現在的年輕人眞可憐，沒有可以自己爭取的事物。什麼都有人準備妥當和引導，在決定好的框架裡活得漂漂亮亮，像是在池子裡游泳的錦鯉，眞是可憐。」

民代的話聲逐漸帶著活力。篠宮沒放過她生氣勃勃的瞬間，不斷按下快門。趁老婦人沒忘記說過的話，八坂拿出放大的報導影本，上頭是在舞廳演講的民代照片。

「這位摩登女郎是勝浦女士吧？」

八坂將影本遞給民代，她接過去仔細審視，從一旁的小櫃子上拿起繫著翡翠鍊子的老花眼鏡。戴上眼鏡後，她拱著背緊盯報導好一陣子。

「這是我呢……穿著在三越百貨訂製的連身洋裝。」民代喃喃低語。

「這是勝浦女士在剛才提到的舞廳前，呼籲搜索失蹤朋友的活動報導。您是這場活動的發起人。」

「舞廳？失蹤？」

「在您的學生時代，應該有一名朋友失蹤。身材略微豐滿，和綁著辮子的摩登女郎作風完全相反的女學生。個性保守，希望能成爲小說家的少女。您認識這樣的朋友嗎？」

八坂趕著在老婦人的記憶被覆蓋前說完，接著將失蹤案的報導放在民代手邊。

「當時，曾發生多達十一名女學生失蹤的案件。大家都稱呼此案爲『神隱』，所有人就這麼不見。」

「神隱。」老婦人重複八坂的話。

「這些照片裡，應該有勝浦女士的朋友。您是否想起什麼？」

八坂認眞地對民代這麼說。如果能從老婦人口中得到任何一句和佐也子手記內容類似的話，《女學生奇譚》就是眞實事件的紀錄。如果老婦人能從中指出一名失蹤者，那人就是佐也子。民代則成爲存活超過一世紀的貴重證人。

八坂不放過老婦人絲毫情緒的變化，目光追著老婦人的舉止。篠宮的激動也透過快門聲確實傳達給八坂。民代撫摸著橢圓形的女學生照片，停頓半晌，眨幾下眼。

「我們在說什麼？南法的事嗎？」

窗邊的篠宮差點沒跌倒。八坂苦笑著，重新描述女學生失蹤案。然而，老婦人對這個失蹤案沒太多反應，簡直像是記憶裡根本沒這件事，怎麼想都想不出來。

看護從門邊探出頭，通知他們時間快到了。八坂以眼神告訴她，請她再等一下，接著換一個問題。

「聽說在勝浦女士的女學生時代，女學生之間會有一種稱爲『S』的往來方式，對吧？」

「S？啊，對了，S。」

老婦人的英文發音十分流暢。

「我討厭那種假裝成姊妹的關係。什麼祕密地互相寫信、告白煩惱之類的，太纖細了，我跟不上。那個時候有許多想當故事主角的女孩。」

「當時似乎很流行。」

「流行什麼？」

「稱爲S的姊妹關係。勝浦女士的朋友裡，沒有這種人嗎？」

「勝浦女士，就是S啊，S。」

篠宮結束拍照，坐回椅子上。她留意到老婦人的短期記憶快要消失，便一直開口提醒她。看護待在角落，臉上的笑容毫不留情地通知他們時間到了，沒有任何讓步的意思。事情果然沒這麼簡單嗎……八坂原本希望分次造訪，可是對方不肯答應，只能以不到一個鐘頭的時間一次決勝負，想問的事連一半都沒問到。八坂短促地嘆一口氣，收回錄音筆和報導影本。

「勝浦女士，今天非常謝謝您。您的話非常有趣，幾乎讓我忘了時間。報導刊出後，我會寄給您。」

他以眼神示意篠宮起身時，老婦人彷彿從長眠中醒來，緩緩眨眼，開口道：

「滿多人崇拜蒼月之君。」

八坂和篠宮同時倒抽一口氣，急忙在床邊蹲下。

「蒼月之君是指誰？請告訴我她的名字。您應該有位朋友提過蒼月之君的事。學姊——也就是蒼月之君，替她取了名字的朋友。」

「取名字？」

「姊妹之間使用的祕密名字。是蒼月之君和誰呢？」

那本書的內容果然是眞的，一陣惡寒竄過八坂全身。佐也子她們遭到綁架，被關進宅邸，從人們的記憶中消失。蒼月之君擔任誘餌，將一個個學妹送進座敷牢。

八坂等待著老婦人接下來的答覆，然而，身後傳來看護嚴厲地話聲，他頓時清醒。

「抱歉，我必須請你們結束了。勝浦女士非常疲倦，今天到此爲止。」

民代困倦地垂下眼，就要打起瞌睡。如同看護說的，超過百歲的老婦人身體不能勉強。八坂不甘願地起身道謝，依依不捨地離開摩登女郎的房間。

5

四谷車站前某間商務旅館，八坂正穿過走廊。走廊的天花板很低，又十分陰暗，只有盡頭的逃生門指示燈發出亮晃晃的綠光。綾女住宿的地方，毫無疑問是間便宜旅館。在走廊上可聽見電視的聲音，連房客的咳嗽聲也聽得一清二楚。雖然有最起碼的打掃，但滲入建築物的香菸味，益發加深這裡的偏僻感。

宣稱不找到哥哥絕不回國的綾女，終於覺悟到這將是一場長期抗戰，一切都被逼到絕境了吧。她不外食，是盡量避免花錢，並不是有潔癖，更不是什麼素食者。

八坂站在五〇三室的門前，猶豫著不知該不該按下門鈴。我到底在這裡做什麼？看著抱在腋下的紙袋，八坂伸手抹一把臉。就算綾女再消沉脆弱，也不該是他來送吃的。更不用提，他還設計容易消化的菜單，講究營養均衡和食材，賭上自尊，耗費工夫親手做出料理，簡直沒道理。即使綾女打算省下餐費來換取住宿費用，也是她的決定，與八坂無關。

他打電話要篠宮幫忙送餐，果不其然，只得到篠宮無情的一句：

「你要給我多少？」

明明是她煽動的，居然講出這麼可恨的話。可是，一聽到綾女吃不下任何食物，八坂的鬥志瞬間點燃。涉及料理，他有著奇怪的自負。光是想到綾女吃著便利商店的便當，他就沒來由地一陣不快。在他看得到的範圍裡，不能讓綾女吃那種東西。

「眞是莫名其妙。」

八坂喃喃自語，下定決心按門鈴。綾女彷彿早在門口等著，立刻開了一條隙縫。不過，她緊緊繫上門鍊，一臉蒼白，從眼鏡上方投來警戒的目光。

「妳好。呃，剛剛在電話裡提過，篠宮要我送吃的給妳。」

八坂讓搭檔耍了一下帥，露出一個基本上算親切的笑容。

「身體狀況如何？我煮的都是容易消化的食物，勉強吃下去對身體比較好。我也順便買了感冒藥和胃腸藥。」

綾女的黑眼圈非常明顯。像是要極力看出八坂眞正的來意，她全身加強戒備，猶如被硬抓起來的野貓。確保和旁人的距離，採取隨時可逃跑的態勢。

「呃，那我就放在門外。要是身體狀況惡化，就打電話給篠宮。」

他這麼說完，門立即關上。接著，傳來取下門鍊的聲響，門再次打開。

「謝謝你特地過來。」

「這是工作的一部分。」

八坂強調著工作，將紙袋交給綾女。以目光向神經質到極點的綾女致意後，他轉身就走。依舊是個莫名其妙的女人。八坂將手伸進帽T口袋，衝下樓梯。他知道自己很雞婆，但她的態度不能再圓融一些嗎？不受信任到那種程度，他內心感到十分複雜。不過，考慮到些微的疏忽可能招來大麻煩，就覺得走美式路線的綾女非常聰明。他這麼說服自己，發誓下次不論什麼狀況都要推給篠宮。

衝到一樓，太陽穴一帶涔涔冒汗。八坂拉下帽T拉鍊，以袖口粗魯地擦了擦汗。正當他要經過如一坪小店般狹窄的櫃檯前時，電梯門打開，他差點和衝出來的綾女撞個正著。

八坂閃身躲開，綾女踉蹌地煞住腳步。格子花紋的連身洋裝上披著一件灰色開襟外套，可能是沒時間換鞋子，腳上還是白色室內拖鞋。放下的長髮亂成一團，看起來狼狽不堪。

「妳還好吧？」

八坂不由自主地盯著綾女。她以手背將滑落鼻尖的眼鏡往上推，緊抿雙唇，一臉痛苦。

「我打電話給篠宮，還是去一趟醫院比較好。」

八坂從口袋拿出手機，綾女卻拚命搖頭，搖到披頭散髮。

「我沒事，只是精神狀態不佳。」

「就算是這樣，光是睡覺也治不好。妳臉色異常糟糕。」

「我很清楚自己的身體狀況。不要緊，我想和八坂先生談一談。」

綾女的神情認眞到有點嚇人，指向裡面一張小圓桌。在根本稱不上大廳的空間裡，擺著四張豪華的藤椅。八坂感到一陣疲憊，粗魯地以手梳理遮住眼睛的劉海。明明她一副快倒下，病懨懨的樣子，還是要八坂報告今天的調查進度嗎？八坂沒力氣反駁，綾女已在椅子坐下。他再次伸手梳理劉海。

「那我就報告一下今天的狀況。」

「咦？我不是……不，好的，麻煩你了。」

綾女的語尾消失在嘴裡，緊盯著格子花紋的桌巾不放。她一副無可奈何的表情有些奇怪，不過，那顯而易見的焦躁也不是今天才這樣。八坂將養老院的談話內容依序順過一遍，告訴委託人勝浦民代吐出「蒼月之君」四個字。綾女皺起那張苦瓜臉，用力按住胸口。八坂立刻起身到櫃檯後方的自動販賣機，買兩瓶水回來。

「眞的有蒼月之君這個人……」

綾女凝視桌面，呻吟般說道：

「那本書寫的是眞的。」

「可能性提高了。就算多少有些改編，但我想應該是事實。」

「這是怎麼回事？八坂先生，你怎麼看？」

綾女抬起頭，明顯陷入混亂。她粗暴地撥開糾結的頭髮，咬著小指頭的指甲。

住宿客人頻繁出入，每當自動門打開，便吹進乾燥的風。等辦理入住的客人都離開，八坂才繼續道：

「那本不可閱讀的書、勝浦民代的證詞，及過去的新聞報導，漂亮地連結在一起。不曉得眞的是某一名被害者寫的，或者是知道案件的人假冒被害者名義寫的。就算是後者，也不清楚作者的企圖。如果想告發，爲何不直接報警？」

而且，這本書賣到再版，卻沒成爲當時的話題，也是一個謎。不，可能是當局調查後，判斷沒有問題。

八坂想起在住處等待他的那本書。直到此刻，他總算體會到那張警告紙條預示的狀況。綾女的哥哥究竟掌握多少事實？

八坂盤起雙臂，望著窗外。夕陽西下，將腳步飛快的上班族影子拉得長長的。不斷經過八坂眼前的人們，無人知曉消失的女學生，照樣過他們的日子。八坂深刻感受到佐也子的遺憾和怨恨。眞糟糕，那個故事逐漸侵蝕他了。

「八坂先生，你不害怕嗎？」

綾女打開瓶裝水，匆匆喝一口。

「八坂先生，你一點都不在意嗎？」

綾女的語尾顫抖，連珠砲似地追問。

「不害怕，倒是覺得挺詭異。」

「再繼續看下去，或許腦袋會出問題，這樣你也不害怕？」

「腦袋出問題的確麻煩，雖然也有程度的差別就是了。」

「程度……請認眞想一想。我非常擔心八坂先生，甚至認爲停手也無所謂。不、不需要做到連你都犧牲的地步，我、我是認眞的，我有不祥的預感。」

雖然結結巴巴，綾女仍一口氣說完。八坂看著綾女用錯地方的認眞，不禁感到好笑。

「什麼犧牲，這是我的工作。況且，那本書已不在妳手上。這麼講有點不好意思，但妳沒有喊停的權力。」

「當然有，那本書是我的。」

「妳哥哥的事怎麼辦？」

「關於這個……」她似乎早料到八坂會這麼問，充滿幹勁地說：「我會去報警。假如那本書的內容是眞的，我哥哥很可能捲入犯罪案件。這樣說明，警察應該會出動調查吧。」

之前明明還拚命吵著要八坂他們幫忙找哥哥的女人，到底是怎樣的心境變化？不過，或許不想和眞實案件有所瓜葛，是一般人普遍的想法吧。萬一眞有什麼問題，她也擔不起責任。不過，她說擔心八坂，似乎不是裝出來的。

八坂的十指在茶几上交握。

「警察沒空理會戰前的案件。即使我放棄這項工作，只會換成其他人來做。這麼一來，反倒會導致更多人受害。況且，我讓討厭的人讀過那本書，確認沒問題。妳不必擔心我。」

「咦！」綾女反射性地挺直背脊，「你怎麼這樣……」她錯愕地捂住嘴。八坂不禁覺得她實在很好捉弄。

「騙妳的。」

這麼一說，綾女半張著嘴，茫然地僵住。原以爲綾女會爆怒，沒想到她居然垂下目光笑了。毫無預警地迎上柔和的笑臉，八坂打心底感到驚訝。第一次看見綾女這種神情，八坂毫不客氣地盯著她。雖然只看過綾女面無表情，或一臉不滿，還是覺得她完全變了一個人。眼前的她毫不帶刺，變成溫熱血液在體內流動的「人類」。

「八坂先生原來也會開玩笑。我一直猜不透你在想什麼，不曉得如何跟你來往。」

「妳居然這麼講……」

綾女小口小口地喝著瓶裝水，往上推推眼鏡，和八坂四目相對。之前篠宮提過的「寶石原石」的無聊比喻，此刻想來格外有趣。綾女似乎擁有一種麻煩的魅力，沒引發化學反應便看不見，令人想再次窺看造成落差的可愛之處。

八坂以咳嗽蒙混笑意時，綾女已恢復能劇面具般的表情。

「先不管你的玩笑，聽篠宮小姐說，你住在好幾個人自殺的公寓。」

綾女不知爲何語帶責備，八坂只回一句「沒錯」。

「我也聽說你專門接下討厭的工作，這對你的精神狀況不好吧？而且，你不害怕嗎？」

「妳爲什麼在意這種事？這應該沒給妳造成任何困擾吧？等一下，還是篠宮拜託妳勸我多接一些像樣的工作？或者，妳職業病發作，懷著慈善義工的心態才這麼說？」

綾女的目光追著從保特瓶落下的水滴，不時偷看八坂。最後，她下定決心般回道：

「請你不要覺得不舒服，我是看不過去才這麼說。該不會八坂先生，呃，還有小毬，那個……」

「那是篠宮擅自取的名字。」

看著吞吞吐吐的綾女，八坂隱約猜得到她想說什麼，原來她也對那種狀況抱著警戒。八坂忍不住苦笑：

「妳該不會懷疑我嗑藥吧？」

八坂開門見山地問，綾女在藤椅上坐立難安。

「呃，直說的話，的確是如此。你看起來和一般人不太一樣，我多少會懷疑你有精神上的問題。由於工作的關係，我見過一些例子。像八坂先生這般，不表露情緒，故意給自己找麻煩的人很多。抱歉，冒犯了。」

面對綾女銳利的觀察，八坂帶著佩服打開瓶裝水，一口氣喝掉半瓶。

「果然是慈善活動的一部分呢。不過，沒有嗑藥那麼具有破壞性，就算是疾病，也不會對妳造成絲毫傷害，不必擔心。我不是那種會忽然變得凶暴攻擊妳，或產生妄想的狀況。」

「咦？那果然是……」

八坂看著綾女的雙眼說道：

「我患有皮膚黏膜類脂沉積症（Urbach-Wiethe disease），是先天染色體異常。由於杏仁體變異，我大腦裡沒有感受恐懼的回路。」

「你不會感到恐懼？」

「對。人類只要感受到恐懼，會引起自律神經的反應，心跳加速的同時，將情報傳給杏仁體，所以會感到害怕，或是顫抖。恐懼也會被大腦當成記憶積蓄起來，作爲情感反應會逐漸變得強烈。可是，我不曉得何謂恐懼，大腦什麼都學不到。」

「意思是，沒有任何害怕的事物嗎？」

「應該說，我不知道害怕的感覺。我的狀況很麻煩，一察覺到危險，好奇心就會變得強烈，導致大腦做出錯誤的判斷。即使殺人魔拿著刀出現在眼前，我也不會拔腿逃跑，反倒會想靠近對方。不過，我的自制力仍會發揮作用就是了。」

綾女縮起下巴，從眼鏡上方打量八坂。那不是她標準配備的面無表情，而是醫生看待患者的客觀眼神。來到這裡的幾十分鐘內，八坂發現綾女有著各種表情，給他的印象不斷改變。

綾女彷彿看開似地輕輕嘆氣，平板地說：

「對不起，問這麼私人的問題。」

「雖然不是我主動提起，但也不是什麼驚天動地的祕密，我無所謂。」

「我確定八坂先生有些不對勁。」

「妳爲何這麼確定？」八坂隨即反駁。

「日常生活中無法感受到恐懼，應該很麻煩吧。你碰過什麼危險嗎？」

「小時候，我確實過著危險的生活。畢竟想避開危險，恐懼是絕對必要的。比方，從二樓窗戶跳下去很危險，但我不知道害怕，好奇心就贏了，導致我雙腿骨折。」

不斷經歷死亡也不奇怪的狀況後，八坂慢慢曉得該如何拿捏分寸。不過，說是分寸，也只是單純地「如果再多一點就會死吧」，一條到達極限的界線。

「話雖如此，我還是能預測物理上的危險，麻煩的是其他方面。」

「其他方面？還有比連結生死的事物更麻煩的嗎？」

「當然有，人際關係會出問題。」八坂淡淡解釋：「別人覺得恐怖，我反倒會覺得有趣，也就是說，我無法對他人情緒產生感覺。因此，我不合時宜的言行舉止、表情、想法會令人不安，於是被歸爲『不要靠近比較好』的那種人。這也是人之常情，像是發生殘酷的犯罪，我也難以想像被害者的痛苦，不如說，我更接近加害者的心理。」

八坂經常在腦中進行高速運算，決定下一步。無法產生感覺的部分，若不以資訊來填補，連踏出右腳的時機，或此刻應該表現出什麼情緒，他都不知道。每去到一個地方，他都盡量不開口，露出無傷大雅的表情。然後，他會趁隙毫無必要地探索他人的內心，找出答案。如果不時常懷疑自己，無法安穩活下去。

當他察覺時，外面天色已暗，車頭燈塡滿馬路。玻璃窗上，映出窺伺八坂的綾女臉孔。

「妳還想問什麼？」

他重新轉向綾女，發現她露出帶著覺悟、毅然決然的表情。就算綾女是假裝的，這也是八坂第一次碰到聽完他的告白後，沒表現出體諒或是憐憫的人。

「八坂先生是想感受恐懼，才從事這一行吧。」

「怎麼可能。」八坂笑了，「如果眞的想感受恐懼，才不可能做跟超自然有關的可疑工作，應該去海外當傭兵才對。我做過祕境探訪的專題，去採訪亞馬遜內陸的戰鬥部落。」

「那你爲什麼會做這份工作？」

「火野總編來挖角，這是最主要的理由。」

八坂盯著綾女波瀾不興的雙眼。

「他有一套對恐怖的定義。當性命受到威脅時，他認爲感受到的恐懼已量產過頭。」

「沒有這種事吧。」

「總之，那是火野方程式。融入日常生活中的恐懼，才是具有稀罕價値的優良恐懼。算了，他是認爲方便又好用的我，死在祕境太可惜了吧。因爲我基本上不拒絕工作。」

其實，八坂喜歡火野的說法。從小他就想像著恐懼究竟是什麼，不過火野那男人的話語中，有種像詩一樣難以具體掌握的東西，聽起來很舒服。以往雙親和專家熱切掛在嘴邊的是，爲了順利活下去，必須掌握避開危機的方法。雖然他確實是靠那些方法存活，卻始終渴望著純粹的恐懼。火野能理解八坂的心聲，於是給予他一種夢想。

「沒有無用的情感。不論是喜悅、悲傷、憤怒，都是互相襯托才成立。只要缺少一種，所有情緒的光芒都會變得暗淡。正因有絕望的恐懼，才能感受到令人渾身顫抖的喜悅。」

「坦白講，我沒想得這麼深。」

「生來就全部擁有的人，不需要深入思考。我只是覺得，忽視這一點太可惜。不論何種情緒都可能藏有恐懼，我想細細品嘗，徹底感受。」

旅館正面的自動門打開，一群喧鬧的中國人帶著大型行李走進來。八坂拿著保特瓶起身。

「我準備的食物冷掉也能入口，用過後請靜心休養。我先告辭了。」

八坂舉起手，綾女跟著揮了揮手。

第三章　晚餐伴隨著瘋狂

1

第二十天

兩天前發生和道江有關的事。

這麼問十分唐突，不過您記得道江嗎？我是在很前面的章節提到她的，可能您不記得了。道江是福島出身的村長女兒，有著白皙肌膚，和豐盈的暗紅秀髮的可愛少女。

來到這座宅邸後，我便一直閱讀瑪格麗特．米契爾的《飄》，不知不覺間將心地善良又堅強的美蘭與道江的模樣重疊。當我追逐著鉛字，看到美蘭登場的部分，就會想起道江，不自主地露出笑容，把臉頰靠到書上。

說是鉛字，但由於是英文作品，閱讀這本書要花非常非常多時間。我指著頁面的文字，在腦中轉換成日文，回想著故事內容往下讀，因此沒讀幾頁，就十分疲倦。推敲字裡行間含意的過程中，無法像閱讀日文作品那樣發揮想像力，能不能快點推出翻譯版呢？

那一位是語言天才，擅長多國語言。當我怎麼也無法理解英文時，便會請教他，而他會立刻流暢地翻譯。我實在太羨慕了，羨慕到有些傷心。在擁有財富、知識，及一切的人眼中，這世界應該頗爲無聊吧。如果他是想打發時間才囚禁我們，我也不會驚訝。

然而，那一位的身體狀況極差，臉上的光彩一天天消失，有時會散發一股不知從何而來的怒氣，甚至會冒出失去理智般的粗暴言語。每當和他同席用餐，柊之會的成員都會緊張畏怯。才華洋溢的那一位，居然開口斥責女傭，眞是前所未有的事。

他是爲身體的不自由感到焦躁吧，我一點都不害怕，甚至心生優越，暗自喜悅。即使家財萬貫，學識淵博，也沒有將疾病逐出體內的方法，這便是所謂的因果循環。

哎呀，眞糟糕，我是否說得太過頭？其他成員面面相覷，神情困惑，但我曉得她們也十分痛快。

在那一位心中，我是特別的人，可與他直來直往，他會露出微笑接受我的率直。他常說「解放自身內心才是眞正的作家」。

——坦白講，我經常擔心那一位讀過稿子後，會感到不愉快。然而，他刪除的往往是我沒料到的部分。例如，指著我描寫他擅長多國語言的地方，面無表情地表示不准寫出是哪幾國語言。他比以前更情緒化，審查益發嚴格，會是我想太多嗎？說眞的，我最近感到十分拘束。

對不起，我又離題了。

兩天前，用完午餐，我趁著寫作前的空檔，在座敷的角落閱讀《飄》。柊之會的成員最近熱中起針線活。現在，會裡流行的是串珠。以手藝靈巧的梅子爲中心，大家製作起有著纖細菱形花紋的燈罩。由於想要呈現更深沉的亮光，向那一位提出請求後，他爲我們準備威尼斯玻璃製的蜻蜓珠。以威尼斯玻璃裝飾乳白燈罩，會交織出夢幻的光芒吧。令人想起湛藍天空的清爽藍色，對鬱悶地過著每一天的柊之會成員是絕對必要的。

每當我們有所請求時，都是由我向那一位開口。不，以前會請管理女傭的阿米嬸代爲傳達，可是她總會說：

「哎呀，眞是奢侈，明明都不工作，只會吃而已。」

她不斷挖苦我們，最後根本不替我們傳話，於是我代表眾人提出請求。只要我開口，那一位都會答應。之前強調過好幾次，我是特別的。

我在觀景窗旁的書桌上拄著臉頰，閱讀英文書。可愛的道江靠在我身邊，翻看詩集《紅鳥》。道江剛來時，無法接受現實，終日以淚洗面。我緊握她的手，不停安慰她，雖然情緒仍舊有些不安定，但已逐漸冷靜下來。

我們以姊妹的關係偷偷交換信件，我爲她取名「寒椿」。道江的老家架設著山茶花的籬笆，到了冬天，便會開出鮮豔的大紅色花朵吧。光是想像堆積在紅色花朵上的純白細雪，我就不禁爲那美麗的情景發出嘆息。重瓣的花朵有一種純樸有力的感覺，象徵著我心中的道江。

道江似乎替我取了名字，但不論我怎麼問，她都不肯告訴我，眞是壞心。不過，那也是她的魅力之一。她性格淘氣，偶爾會冒出東北腔調，十分純眞，而且待人親切和藹，絕不樹敵。您一定會喜歡天眞純樸的道江。

回到正題，我這時在讀的文章非常難懂，即使翻查英文字典，仍找不到對應的翻譯。如果是那一位，他會怎麼譯出充滿感情的文章？我坐立難安，忍不住拜託阿米嬸讓我去見那一位。

「姊姊，我想跟妳一起去。」

道江的這句話，是一切的開端。她到來的日子還短，不曾和那一位交談。如孩童般好奇心旺盛的道江，當然會想親耳聽聽那一位的聲音。那種天眞無邪的任性，實在可愛。況且我是特別的，沒先告知便介紹朋友，那一位也不會責備我。在那一位眼中，些許的無禮反倒成爲一種樂趣。

我將那一位當成後盾，哄騙阿米嬸。除了用餐之外，一次只能有一個人離開座敷牢，撒謊也是不得已。雖然阿米嬸叫來令人厭惡的黑炭鬼，以黏膩的視線監視我們，但還是允許我和道江一同離開。

那一位的書齋在一樓西邊深處，恰恰是採光良好的宅邸邊緣。房裡有大片窗户，房間外型像舞台一樣，呈圓弧狀向外凸出，頗爲特殊。那一位總是緊緊拉起如夜空顏色的天鵝絨窗簾，就算外面陽光燦爛，始終點著電燈。我曾問那一位爲什麼不拉開窗簾，他指著房裡解釋，爲了防止書籍晒到太陽。

在挑高天花板的寬敞書齋裡，聳立著橡木製書架。每一面牆壁都是書架，配備移動式的梯子。這裡的書籍幾乎都是以皮革裝幀的厚重作品，從具歷史價值的珍本到外國作品皆有，連圓本（註一）都收藏齊全。讀遍這些書籍的那一位腦中，究竟是什麼模樣？

驚人的書籍數量徹底震懾我。那一位提過，這棟宅邸還有其他圖書室。那一位熱愛著我永遠不可能讀完的書籍，我尊敬他淵博的學識，同時感到一種難以言喻的恐懼。從他對我的稿子的審查，我窺見他異常的一面。

那一天，道江緊張到雙唇發抖，牢牢抓住我的胳臂，令我寸步難行，然後她一個勁盯著自己的足袋（註二）。接下來要去見掌握著我們命運的那一位，難怪她會如此緊張。直到踏進書齋，那一位開口爲止，道江始終低著頭。

一如往常，那一位坐在房中央的橡木書桌寫文章。翡翠燈罩的電燈，照著他的手邊。美麗透明的玻璃筆在便箋上流暢滑動，他正在寫優雅的外語。他有禮地替文章畫下句點才抬起頭，看見我身後的道江，便露出不可思議的表情，歪了歪頭。

「請坐。」

那一位指向沉重的書桌前方。那天小雨飄搖，滲著寒意，他穿作工精緻的立領襯衫，肩披紫羅蘭色的喀什米爾開襟外套。片刻不離身的純金懷表，應該掛在褲子的皮帶上。道江一襲直條紋圖樣的絹綢和服，搭配針織披肩。

我們步向四腳如貓足彎曲的沙發，剛要坐下，那一位突然病發。

他在椅子上後仰，全身僵硬，不時陣陣痙攣。他緊咬牙根，無法出聲，只得試著按下桌上的銀色叫人鈴。

我立刻想喚人來幫忙，道江卻迅速掩住我的嘴。

「姊姊，請安靜，不要出聲。」

她跑到書桌旁，拿走那一位手邊的按鈴。不只拿走，爲了防止他叫人，還放到梯子的腳踏處。

「姊姊，我們逃走吧。趁現在快走。」

她乾脆明白地這麼說，話聲裡充滿堅決的意志。這是那個內向的道江嗎？是那個每天以淚洗面的柔弱少女嗎？她那對帶著紅色的大眼睛直視我，用力拉住我的手。我不知如何是好，狼狽不堪之際，道江毫不猶豫地衝向窗邊，猛然拉開天鵝絨窗簾。

「沒時間了。姊姊，請妳等著，我會去找人來救我們。請和柊之會的大家一起等我。」

道江此時的模樣，如同在嚴冬綻放、姿態凜然的寒椿。她身上的大紅羽毛花紋披肩，遭梯子的零件勾破，悽慘地剩下一邊袖子，然而，她卻像氣宇軒昂的女戰神，果敢勇猛，耀眼奪目。

道江推開大扇玻璃格子窗，完全沒回頭看我一眼，朝著庭院直奔而去。混著雨絲的寒風吹進書齋，緩緩拂動沉重的天鵝絨窗簾。可看見沿外牆蓋起的陽台，豎立幾根裝

註一：大正末期、昭和初期大爲流行的廉價書籍，促進了日本出版業的蓬勃發展。
註二：日本傳統的分趾鞋襪。

飾用的灰色石柱。那一位的發作還沒停歇，痛苦得皺起五官，終於趴伏在地。墨水瓶倒下，便箋上漆黑的水漬逐漸擴散開來。

我眺望著忽然變大的雨勢，心中想著：對，道江就是美蘭……

故事裡不也是如此？比起主角思嘉，美蘭更堅強、更聰明，擁有能一眼看穿本質的眼力。她不只是善良低調，雖然將主導權讓給思嘉，卻有足夠的智慧引導思嘉注意到許多事。

對於我這個將她取名「寒椿」的姊姊，她始終不肯透露為我取了什麼名字。從我這裡一點一滴問出那一位的相關情報，反覆斟酌的可愛道江，想必沒替我取名吧。為了能夠出入那一位所在的書齋，她才和我結成姊妹關係。她接近那一位特別看重的我，靜靜等待此刻的來臨。

我忍住即將落下的淚水，咬到下唇發痛。居然這樣利用我，道江實在太過分。她對我難道沒有任何感情嗎？獨自偷偷擬訂計畫，輕蔑著我的感情，就這麼離開。

我從梯子的踏腳處抓起銀色叫人鈴，用力按下。尖銳的鈴聲響起，外面隨即傳來幾道腳步聲。

這樣一來，我就能毀掉道江吧。如同蒼月之君毀掉我一樣，我才不會讓妳逃走。兩個人都是為了利用我，才接近我的同類。然後，將接掌柊之會的，便是道江。

衝進書齋的阿米嬸和女傭發出尖叫，黑炭鬼猛然躍出窗户，衝向庭院。他那被雨打涇的黑色醜臉益發猙獰，充血的雙眼緊盯著前方。擁有野狗般迅捷的雙腿，要抓到道江只是早晚的問題吧。黑炭鬼的嗅覺遠遠超出常人，一定會找出驚慌逃竄的小兔。

我一直按著叫人鈴，按到阿米嬸嫌吵拿走。我沒流下一滴淚，即使痛苦到胸口幾乎要撕裂，也沒洩漏一聲嗚咽。

讀到這裡，您是否認爲我是可惡的女人？不僅沒放過果敢逃出去求救的道江，還讓宛如野獸的黑炭鬼去追捕她，您一定憤慨地認爲我瘋了吧。

請想一想，如果我就這麼讓道江逃走，我一定會被當成共犯。不，由於我是柊之會最年長的成員，一定會被視爲主謀，而道江是受到我的指使。那一位一旦認定我利用他的病情，就算我再特別，事情也絕對不可能善了。

臣服於那一位，我就不會被趕去其他地方。可以一直住在這裡，筆耕不懈，當我曾憧憬的作家。之前我提過，當這個故事結束，我注定邁向死亡。在此訂正，我會活下去。不管要我做什麼，我都不會離開那一位。

沒人曉得道江的下場，她再也沒回到宅邸。之後，所有女傭一起搜索整棟宅邸。爲了根絕新的叛亂分子，座敷裡的每一本書都從頭到尾審查一遍。我還沒讀完的《飄》遭到沒收。我們不能再互相通信及寫日記，今後不論有任何事，除了用餐時間之外，一次只能一人外出。

梅子前往如廁時，看見黑炭鬼拿著沾血的小刀穿過後院。她全身顫抖不止，好不容易擠出聲音，告訴我們磨得鋒利的刀尖，滴下石榴色的黑血。

黑炭鬼是像平常一樣殺雞嗎？還是，殺了道江？我毫不猶豫地認爲，最好是道江。請您試著想像，寒椿的深紅花瓣散落的模樣，豈不是異常妖豔，甚至教人胸口苦悶？那不正是鄉下出身的道江，最華麗、最盛裝打扮的模樣嗎？

柊之會只剩下三人。雖然座數牢變得很寬敞，但應該最近就會迎接新人吧。年紀輕，可愛又膽小的最好，我會耐心安慰她，溫柔守護她。我告訴剩下的兩人，我如此期待著新人的到來，她們表情僵硬地面面相覷。

她們似乎漸漸和我保持距離，總躲在角落竊竊私語，對我投以乾澀討好的笑容。看得出她們眼底深處的恐懼已變成堅硬的結晶，對待我也是小心翼翼。或許是我愉快地告訴她們道江下場的緣故吧。然而，我一點問題也沒有。接下來無論發生什麼事，她們仍舊得遵從掌管柊之會的我。可以嗎？您也是一樣。

自從道江的逃亡鬧劇以來，只要有空我便會想起蒼月之君。那種和許多人結成姊妹關係，以巧妙的話術掌握人心的手腕，從她美麗柔弱的外表，完全無法想像內心藏著飄散腐臭的邪惡。

一年前的那天，我在女學校的鞋箱裡，發現那封散發鈴蘭香味的信。蒼月之君寫著，無論如何都想立刻確認我的心意，希望我帶著至今爲止互相交換的信件去見她。由於實在太唐突，我很驚訝，不過一想到總是安靜又楚楚可憐的姊姊，如此坦率表露心聲，應該是有什麼重要的事吧。直覺她有事要向我坦白，我偷偷前往她指定的地點。

我擔心丟了蒼月之君的臉，於是選擇純絲製的簡易外出服。那是件在炎熱天氣裡仍能感受到些許涼意，擁有藍白色瞿麥花樣，我非常喜歡的和服。我穿著這身衣服前往銀座，姊姊準備的車子就停在小巷裡。

您還記得，道江穿著宛如廣告看板的和服嗎？水仙花紋加上流水圖樣的腰帶，那是她費盡苦心想到的最愼重的打扮。如果穿上自己擁有的最高級的友禪，就不會給姊姊丟臉。思及無知的道江也是這麼想，我便還是覺得道江十分可愛。

柊之會成員全和蒼月之君有姊妹關係。姊姊偷偷和許多女學生往來，與她們通信，要求她們不可外傳彼此的關係。我曾向多美子同學稍微透露姊姊的事，但其他人都是徹底保守祕密，靜靜來到這裡。

我認爲姊姊刻意挑選老實、順從，沒有自我主張的女學生。大家都是內向又溫和，才會被挑上。透過與我們通信，姊姊可瞭解我們的性格和思想，站在高處品評，彷彿我們是出貨前的農作物。

啊，我不想再哀嘆過往。如今我對那一位抱持複雜的情感。生重病確實可憐，更重要的是，他極爲孤獨，不是嗎？穿著作工精緻的衣物，連鉛筆都要用最好的，接受所有人服侍的那一位，總以冷靜的舉止隱藏眞心，唯有書籍才能帶給他片刻安穩。

您大可批評我的自以爲是，但我覺得那一位需要眞正理解他的人。他挑中我，要我寫下這個故事，不正暗示著，要我重新面對幼稚的內在，提高我心靈的層次嗎？若非如此，他不可能允許我的無禮和惡言相向。

我希望能一直追隨那一位，想回應他的期待。縱使無法回家，我也不在意。明明不自由，卻在此找到遠離塵世的安穩，我願意永遠待在這裡。

然而，寫作實在令人疲憊。若不將體內深處堅硬的靈魂削除，就無法寫下任何文字。我引頸期盼著阿米嬸的用餐通知，一聽到她的聲音立刻起身。

一踏進餐廳，插著橙色野雞冠的伊萬里花瓶映入眼簾。那是我第一次見到的色彩。用色大膽，充滿現代風格的插花，究竟屬於哪一流派？我雖然在意，但等料理上桌，隨即拋到九霄雲外。早餐我只吃麵包和雞蛋，午餐則是中華粥，不管吃再多零食，還是塡不飽肚子。我迫不及待地盯著料理。

前菜是蘘荷和生火腿的涼拌菜，甜美的柿子醬襯托出生火腿的鹹味。雞肝慕斯放入嘴裡的瞬間，如雪花般消融，嘴裡卻留有濃厚的奶油餘香。

主菜的香草烤帶骨小羊排，由宛如孩童的女傭以不熟練的刀法切好分給眾人，我戳著她的側腹，在她耳邊斥責：「切大塊一點！」若是沉默不語，她只會給我薄薄一片，必須讓她記得切大塊一點，您說是吧？小羊排裹著以羅勒和大蒜調味過的麵包粉，煎成褐色，香氣撲鼻，令人食指大動。甜美的桑格利亞酒、響螺湯、和栗甜點，每一道都是夢中才有的美味。

啊啊，我從未像現在如此幸福。

2

八坂攤開筆記，整理那本不可閱讀的書的情報。今日讀到佐也子手記的〈第二十天〉。自他開始閱讀以來，已過八天。他忍耐著一口氣讀到最後的衝動，一章一章地仔細研究到滿意爲止。先從作者的心理狀態著手，接著分析隱含在背景裡的資訊、可能存在的暗示，最後是逐字地讀，絕不能放過書中的一字一句。同時，他也留心著不要太投入內容。

八坂抬頭看著牆上的時鐘，指向早上十點半。他瞇起眼望向採光良好的陽台。敞開的窗外，令人心情舒暢的涼風，吹拂著晾晒的衣物。米黃窗簾如船帆鼓起，將晴朗的秋陽氣味送進屋內。遠處傳來嬰兒慌亂的哭聲，和挖掘工地的造成的緩慢震動。一如往常的星期一，不見任何詭異的陰影。

「沒問題。」

八坂刻意說出聲，一口氣喝光馬克杯裡涼掉的咖啡。帶刺的酸味令他全身打顫，他將視線移回畫滿重點的筆記上。

首先，將作品中的人物，加上在〈第二十天〉初次登場的梅子。這麼一來，包含佐也子在內，總共九人。扣掉家人和沒有名字的傭人，這是會對作品產生影響的人數。八坂將每個角色分別寫在不同頁面，標記年齡、外貌特徵、嗜好、性格等等，盡可能抽出所有讀取到的情報。

接著，他整理佐也子提及的和服圖案、書名、髮型、花草、藝術觀，做成一覽表。這些是作者感興趣的事物，已超過單純的紀錄，可窺見作者的內心。跟最初的章節相比，作者顯然逐漸擁有自我。

然而，走到這一步的關鍵，在於思想上的顯著變化。她的價值觀和道德觀如雪崩般毀壞，原因之一應該就是料理。一年以來，每天都吃最高級的食物，不光是舌頭被養刁，連感知都陷入混亂，簡直像是一種誘食。雖然不清楚是不是蓄意，但宅邸主人擁有陰溼的嗜虐性格，這一點錯不了。那溫文儒雅的態度僅限於表面，實際上散發著難以捉摸的詭異氣質。

八坂翻開記錄料理的頁面，補上〈第二十天〉的菜單。蘘荷和生火腿的涼拌菜、雞肝慕斯、香草烤帶骨小羊排，及湯品和甜點。八坂快速回顧至今爲止的菜單，不由得發出感嘆。不論哪一道料理，都耗費大量心思，在那個時代要採買到這些食材，財力根本超出常識範圍。要有採買的特殊管道，也得有眞正的大廚。

不管怎麼想，只有財閥一族或華族之類的特權階級才能辦到。佐也子描述的和洋折衷的豪宅，實在太脫離現實，不是普通的企業經營者所能維持的開銷。而且還撐過關東大地震，主人罹患重病，恐怕是單身……滿足全部條件的人並不多。

更重要的是，佐也子必定會在書中埋藏訊息，八坂毫無根據地相信這一點。他認爲佐也子擁有足夠的智慧，能躲過主人的審查，留下可推斷出地點和人物的情報。

八坂翻閱著那本書，往在意的地方夾上細細的紙條。此時，他注意到散亂的文件縫隙間的一張照片。那是前幾天，在圖書館影印的昭和初期的新聞報導。大頭照已變色，畫質粗糙，雙眼的部分暈開，變成漆黑的兩個洞。

他將潦草寫下各種想法的筆記推到一旁，抽出那篇報導，重新仔細檢視消失的十一個女學生的大頭照。雖然刊載著少女本人和父親的姓名及出身地，不過她們全部出身東京和神奈川，沒人來自福島。保持冷靜等待機會、嘗試賭上性命逃亡的道江，在這些人裡面嗎？

八坂咬著筆桿瞪著照片，快從桌子邊緣掉落的手機發出震動，響起鈴聲。螢幕上顯示著不在通訊錄裡的號碼。八坂放下筆，拿起手機按下通話鍵。

「喂，我是八坂。」

「要是打擾你工作，很抱歉。我是你之前的採訪對象。啊，現在方便講電話嗎？」

八坂記得這個咬字清晰、口齒伶俐的聲音。

「前陣子眞是多謝了，您是二子玉川的加賀太太吧？」

「哎呀，猜對了，你耳朵眞靈。」

她發出明朗率真的笑聲。八坂想起戴著遮住雙眼的面具，擺出嬌媚姿勢的五十歲家庭主婦。

「稿子有什麼問題嗎？」

「沒問題。不過，我很想親口告訴你，這篇報導寫得非常情色。怎麼說呢，感覺全被你看透，眞不好意思，但我看得很興奮。你一副撲克臉又不講話，我以爲你是害羞的人，原來根本不是。欸，你要不要指名我？」

「這麼突然？」八坂苦笑：「我忙得走不開，先不用了。該不會是關於包裝紙的事，您想起什麼？」

「這你也猜對了。之前收到隔壁太太送的毛巾，用的是相同的包裝紙。」

八坂迅速寫在筆記上，瞥一眼夾在古書裡的紙片。那張紙片上有著紅色和藍色的波浪花紋，用來代替定價標示。

「一問之下，才曉得她和我一樣，我們笑個不停。」

「她也習慣留下包裝紙嗎？」

「對、對，然後她拿留下的包裝紙包毛巾送給我。不過，她記得是哪家的包裝紙，是澀谷的東日百貨，而且只在特賣會使用。那邊不是經常舉辦物產展之類的嗎？」

「原來如此。」八坂歪著脖子夾住手機，潦草記下對方的話。

「隔壁太太經常去逛特賣會。我是不懂哪裡好啦，但她很喜歡古董。然後，東日百貨滿常舉辦古董市集。」

就是這個……一股寒氣竄過八坂的背脊。爲了掩飾內心的激動，他立刻提問：

「是最近的市集嗎？」

「對，她今年去了三次。我是五月收到禮物，所以應該是之前的事。」

「我知道了，謝謝您特地聯絡，眞是幫了大忙。」

之後只要徹底調查特設會場的活動紀錄就行。不料，女人像是抽掉空氣般，呵呵笑了兩聲。那是彷彿在八坂耳畔呢喃，令人心癢難耐的笑聲。

「剛剛的邀請是認眞的，你隨時都能打來，一定要打喔。」

她隨即掛斷，將八坂留在原地。八坂再度苦笑，關掉手機電源，將散落在桌上的文件收好。接著，他打開埋在文件堆裡的筆電，開啓瀏覽器，檢索東日百貨的活動資訊。

目前似乎在舉行北海道物產展。八坂查看活動日程，只有今年六月到十二月的介紹，先前的紀錄不是被刪除，就是不再公開，也沒頁庫存檔。八坂思索片刻，搜尋起東日百貨的活動報導。雖然出現許多網路新聞和個人部落格，但都是食品或地方特產類，沒有任何與古董市場有關的訊息。

八坂看著螢幕盤起雙臂。綾女和哥哥在六月底失去聯絡，若問題眞出在那本書上，就是在那之前取得。可是，萬一賣出這本書的人，和二子玉川的主婦有相同想法就麻煩了。賣家或許只是隨手拿包裝紙來當定價標籤，這樣一來，就和澀谷的百貨公司毫無關係，也不可能找到出售的商家……

八坂盯著螢幕思索一陣，決定先進行調查，胡亂猜測也沒用。

八坂拿起手機，按下篠宮的號碼。確認她有空後，大致說明狀況。兩人約定一小時後，在東日百貨碰面。

雖然是週一的大中午，但客人多得恐怖。八坂藏身在入口旁的狹小空間，躲避混雜的人潮。東日百貨七樓的特設會場，像廟會般設置許多小攤子。豎立著大漁旗和各式看板，氣勢驚人的攬客聲此起彼落。

八坂從剛剛就靜不下心，踮著腳尖望向活動現場，想著會不會有至今沒見過的特殊食材。假如有生玉米，一定要買一些回家。尤其是名爲「黃金玉米」的品種，非常可口，若產地是北海道又更美味。之前處理完的玉米粒庫存，全用在前幾天煮的湯裡。

總之，先瞧瞧會場的平面圖比較好。八坂暗自想著，打算晃進會場時，後面有人抓住他的肩膀。

「八坂，今天你還是放棄吧。看到你那閃閃發亮的雙眼，就曉得你在想什麼。」

一回頭，篠宮壓低黑色棒球帽緣出現。一如往常，她揹著媲美登山客的大型攝影器材包。

「聽著，從另一種角度看來，用優質的食材當然會好吃。料理這檔事，是把最差勁的食材變成最美味。你就是缺乏這種認知。」

「眞不想被篠宮姊這麼講。妳根本連雞肉、豬肉和牛肉都分不清，吃什麼都只會說好吃。」

「沒辦法，我就是吃什麼都好吃啊。」

仔細一瞧，綾女愣愣站在篠宮身後。今天臉色雖然也很差，不過比幾天前根本是病懨懨的樣子好太多。八坂輕輕點頭致意。

「那本書你讀到哪裡？」

滿臉擔憂的綾女劈頭問道。八坂一回答〈第二十天〉，她便複述般雙唇一動。篠宮抱怨人潮擁擠，挽起外套的袖子，雙手插腰說：

「看來，外賣主婦的情報不是騙人的。」

「delivery？」

聽到接近英文發音的名詞，綾女露出驚訝的表情，於是篠宮向她鉅細靡遺地解釋工作內容。八坂離開兩人，走向一個穿藍西裝披短外褂的矮小中年男子。對方看似辦事牢靠的負責人，八坂仔細觀察後，確認他是這場活動的管理者。

「不好意思……」

八坂一搭話，對方旋即堆起業務用的笑臉。

「關於這個會場辦的活動，我想請教一下。網站上似乎只有六月之後的紀錄。」

不愧是負責人，資料都記在腦袋裡。八坂一詢問今年的活動，對方馬上流暢地回答：

「從一月起，是新年第一場美食特賣會，再來是名牌女裝的特價拍賣、全國便當市集、春季甜點祭，然後是古書市。」

「古書市……」

八坂的喉頭咕嚕一響。

「方便提供五月古書市的賣家名單嗎？」

「抱歉，我不能給您，因爲牽涉到個人資料。」

「個人資料？是私人拿古書來賣嗎？」

「不，全是取得古物商許可證的店家。」

「那麼，告訴我哪些店家參展應該沒問題吧？畢竟是店鋪不是個人啊。」

八坂如此反駁，但對方一直掛著假惺惺的笑容，委婉拒絕，完全不肯讓步。臉上寫著「我可不想不小心說錯話，招來麻煩」，或許這是當今世道，不得不具備的防衛之心吧。看來，對方不會輕易開口。正當八坂思索著該怎麼辦，背後傳來篠宮響亮的咳嗽聲。

「我是在那次古書市買書的客人。我買的書有缺頁，從正中間掉頁了。」

篠宮毫不在意地撒謊，並以眼神示意畏縮的八坂拿出那本書。八坂一拿出，搭檔便盡量不碰觸，兩指捏著袋子一角。

「就是這本。由於是古書，我可以理解書況不佳或有髒污，但這是掉頁。賣家根本沒告訴我是瑕疵品，這樣不行吧？」

負責人盯著那本書，低頭搔搔泛白的眉毛：

「抱歉，您有沒有收據……」

「沒有。」篠宮快速打斷對方，接著走上前，俯視擺出親切態度的負責人。

「沒收據就無法退貨，能麻煩您找一下嗎？眞的很不好意思。」

「我早丟掉，找不到了。直接跟古書店聯絡，對方應該曉得書況，馬上就能解決。拜託，如果買的是沒收據的便宜貨，你們就不理會客人嗎？這就是你們的處理方式？」

天下還有比篠宮更適合當恐嚇犯的女人嗎？她謹守最後防線，能夠精準計算並調整該呈現的表情和音色。八坂盤算著對方找人求救的時機，準備介入制止。篠宮今天也穿迷彩服，腳上是滿布傷痕的軍靴，還抱著像是裝有槍砲彈藥的大行李。身高將近一八〇公分的篠宮盯著袋子裡的那本書，忽然放軟語氣：

「沒想到東日百貨會公事公辦地對待客人……小時候我常和奶奶來逛，這裡充滿我的回憶，實在令人傷心。」

「這位客人……呃，若您將商品寄放在我們這邊，我們會盡可能爲您處理。」

「是嗎？算了，這樣反倒會加重你們的負擔，眞是抱歉。」

篠宮乾脆地撤回前言，將那本書推給八坂。

「我要把那本書的照片丟到網路上。這種情況，透過網路搞不好還比較快獲得情報。對了，你是東日百貨活動會場的負責人寺川先生吧？」

搭檔清楚念出對方垂掛在脖子下方的社員證。

「我認識貴社外商部的客戶，我會和對方商量看看。好了，謝謝你，不好意思打擾你工作。」

篠宮露出天眞的笑臉，作勢轉身離開，對方立刻喊住她。負責人竭力保持笑容，目光從篠宮身上移到八坂，最後停在臭臉的綾女身上。軍武迷、穿老舊牛仔褲的陰沉男人，及樸素到簡直像生錯時代的臭臉女。在星期一中午碰到這樣一群人，可說是倒楣到極點。對方的腦海裡，頓時掠過公司捲入網路罵戰的慘況。

「請等一下……」對方小跑步前往某處，幾分鐘後，握著一張紙返回。

「古書市共有四十家店參加，應該是其中一家吧。您還記得店名嗎？」

「不記得。總之，那張清單能讓我瞧瞧嗎？搞不好看到就會想起來。」

篠宮接過清單，手指從上到下滑過一次，趁負責人忙亂地望向活動現場時，以藏在掌心的超小型相機連拍。目擊犯罪現場的綾女睜大雙眼。八坂慌慌張張地向負責人攀談，轉移對方的注意力。

「怎麼樣？您想起來了嗎？」

「想不起來呢……」篠宮刻意歪著頭，「總之，我回家後再想一想。眞不好意思，讓你特地拿來。」

負責人嘴上說著「很抱歉幫不上忙」，全身卻沉浸在終於趕走麻煩傢伙的喜悅中。

三人迅速走進電梯，綾女將柔順的長髮撥到身後，推一下眼鏡。

「篠宮小姐，那是違法行爲。」

她的口吻嚴厲，卻興奮得傾身向前。

「So cool! It's perfect crime!」

「妳說什麼？」

「這是完全犯罪！我好興奮！」

「妳的善惡基準到底是怎麼搞的？」

篠宮十分感慨，接著將偷拍的照片傳到八坂的手機裡。郵件附加檔案的影像驚人地清晰，店家名稱和電話一覽無遺。三人分頭打電話詢問，終於找到疑似賣出那本不可閱讀的書的店家。

3

抵達吉祥寺後，三人先找地方塡飽肚子。要前往賣出那本書的店鋪，得穿過商店街。原本篠宮堅持吃一家骯髒中華料理店的天津飯（註），但在綾女強烈的希望下，三人走進車站前一家乾淨的洋食餐廳。關於這一點，八坂暗自慶幸綾女跟著一起來。

不巧碰上午餐時間，包含吧台在內，幾乎客滿。店員將八坂和綾女帶到窗邊的狹窄桌位，兩人在纖細到隨時可能斷裂的曲木椅坐下。篠宮在店外抽完兩支菸，拍拍迷彩紋外套，去掉菸味後，才踏進店門。她在八坂身旁坐下後，綾女低著頭，過意不去地說：

「眞抱歉，每天都讓你們破費。」

「妳要道謝，不如向火野總編道謝，全是他公司出的錢。我才想向妳道謝，替我省下許多餐費。」

「篠宮小姐，妳好像隨時都在肚子餓。我一直很想問，妳是不是肚子裡有蟲？」

「妳還眞能一臉認眞地說這種話，而且是在用餐的場所。」

篠宮對隔壁桌一臉錯愕的客人送上親切的微笑。

「這不是什麼値得害羞的事，現在的驅蟲藥相當有效。」綾女毫無根據地確信篠宮是宿主，接著望向八坂：「對了，八坂先生，前幾天的晚餐非常好吃，嚇我一跳。想到那些都是你親手做的，我就感激不已，眞的很謝謝你。」

「咦？啊，不用客氣，沒什麼大不了的。」

前一秒還在聊寄生蟲，下一秒話題忽然轉到自己身上，八坂心情複雜地咳一聲。他向店員點三份「今日午餐」。一天內篠宮第三次調侃「沒想到你眞的做好送過去」，附帶嘲弄的可恨笑臉。不過，八坂也沒料到自己會付諸行動，無法反駁。

八坂又咳一聲，一掃尷尬的氣氛，接著報告閱讀進度。綾女拿出記事本，搭檔將帽緣轉向後方，交抱雙臂。

「逃亡戲碼來得未免太突然。逃走的道江後來到底怎麼了？眞的慘遭腐爛鬼殺害嗎？」

「是黑炭鬼。雖然不曉得她是否平安，但若順利逃走，案件一定會爆出來。實際上並未如此，她應該是被抓了。沒回到座敷牢，恐怕是遭受懲罰。」

「佐也子實在令人不可置信，居然那麼乾脆就賣掉喜歡的新人。」

「可能是斯德哥爾摩症候群……」

綾女停下動作，喃喃低語。然而，八坂搖頭反駁：

「我不認爲佐也子是眞心同情或喜歡那個主人。她無力抵抗對方，爲了獲救，只得努力讓對方喜歡自己。而且，對於攀附上流階級，她似乎相當有野心。她以爲主人特別鍾愛自己，漸漸瞧不起其他人。」

「多麼諷刺，明明憧憬著摩登女郎，希望能成爲獨立自主、不諂媚任何人的女性，最後卻巴著有錢男人，讓對方予取予求。不過，我也不是不懂，畢竟是她賭上性命的策略。佐也子不再是普通小女孩了。」

篠宮遺憾地深深嘆氣。

註：日式蟹肉滑蛋燴飯。

對拚命逃亡的道江感到失望，心中那道區分善惡的牆壁崩塌。於是，將一切都往自身有利的方向解釋，幾乎不再質疑自己。佐也子墮落的情景彷彿在眼前上演，但事到如今也無可奈何。

「對了，關於勝浦民代就讀的青葉女學校的名冊，戰前的資料全燒毀了。我試著詢問報社相關人士，也找不到線索，現在已無法調查當時的學生。」

「這條線索算是斷了嗎？」

八坂喝一口帶檸檬味的水。自稱「都市傳說發起人」的臼井提過，如果那本書眞會令人發狂，一定埋有機關。光是讓讀者目睹佐也子崩壞的過程，僅會留下差勁的餘味，無法造成精神上的打擊吧。那本書裡究竟隱藏什麼祕密？讀到三分之二，八坂仍找不出蛛絲馬跡，該不會只是他沒發現，實際上已發生異變？

八坂認眞地詢問篠宮，連自己都覺得滑稽。

「篠宮姊，我哪裡奇怪嗎？」

「問這種事本身就很奇怪。」

確實如此，但八坂實在無法完全相信自己的感覺。他盯著玻璃杯陷入沉思，篠宮湊近道：

「聽著，如果那本書沒任何物理上的機關，讀完會發狂的原因，恐怕是不曉得眞相的『恐懼』。可是，你是大腦裡的恐懼回路無效的特殊體質，可以靠這一點贏那本書。」

「大前提是，恐懼必須是主因……」

「由於我待在安全範圍內，只能這麼說。不過，要是你真的覺得沒辦法，建議你放棄比較好。」

「我不會放棄。」

爲了擺脫纏繞在心底的不安，八坂立即回答。然而，總是搞不清狀況的綾女，提出一個毫無惡意的理論，當場擊沉八坂。

「依那張警告紙條的寫法，似乎只讀一點也會發瘋。果眞如此，豈不是一切都爲時已晚？」

篠宮一聽，不贊同般一抿雙唇，話聲略帶焦躁。

「喂，妳害平常無情的八坂，忽然變膽小了。」

「什麼無情……」八坂抗議。

「話說回來，要談什麼爲時已晚，那妳哥哥早就走上最壞的結局。」

雖然是強而有力的反駁，但看到綾女超乎想像的僵硬神情，搭檔的氣勢瞬間削弱。她坐立難安地脫下帽子，抓抓紅色短髮。

「對不起，我講得太過頭。我不是要拋下妳哥哥不管，但只有揭開那本書的眞相，才能找到妳哥哥。」

「所以，八坂先生是為了找到我哥哥的實驗品，對吧？八坂先生是實驗品。」

綾女不由分說地斷定，也不將滑落的眼鏡推上去，而是輪流瞪著篠宮和八坂。這到底是哪門子的正義感啊，八坂厭煩地嘆氣。

「我只是要強調，我不需要同情，各方面都一樣。」

八坂盡量不帶感情地聲明，綾女彷彿要徹底釐清意思，低聲喃喃「同情」。

還是搞不懂應該怎麼和綾女相處。跟綾女的對話，總有些雞同鴨講。三人陷入沉默。自從與她扯上關係，八坂感到前所未有的疲憊，步調全被打亂。當他試著改變思考方向時，店員恰巧來上菜。看到餐點的瞬間，八坂倒抽一口氣。

「香草烤帶骨小羊排……」

他凝視著冒出熱氣的料理。在生麵包粉裡混入切碎的羅勒和大蒜，以烤箱適度烤焦。廚師應該是使用含顆粒的芥末醬當接著劑，香味中含有刺激鼻腔的酸味和辣味。

八坂從提包取出筆記，急忙翻開那本不可閱讀的書中談及「料理」的頁面。這道菜不正是佐也子在〈第二十天〉寫下的菜色嗎？

「對不起，菜單上不是寫豬肋排嗎？其他客人也都是豬肋排。」

八坂環顧店內。「啊！」看似來打工的女店員，發出動畫裡才會出現的高亢驚呼，匆匆過來，露出諂媚的笑容解釋：「豬肋排剛好賣完，臨時更換菜單。抱歉，忘記跟您說。怎麼辦，小羊排不行嗎？」

「不，沒關係。」

店員多次低頭致歉後，吐吐舌頭躲進店內深處。八坂盯著眼前的料理。白色分隔餐盤的邊緣，放著裝湯的小杯子。他取過湯匙，撈起切成骰子狀的褐色食材，放進嘴裡。

「是響螺。」

八坂放下湯匙。

他反覆勸自己冷靜，試著催促大腦運轉。這純粹是偶然，烤小羊排並非稀奇的菜色，廚師用當令的新鮮響螺煮湯，也沒什麼好大驚小怪。

「八坂，又怎麼了？可別說是什麼舊油。眞是的，幹麻到哪裡吃飯都要一一研究人家的材料啊。」

篠宮嘟囔著，以刀子切開帶骨的羊肉，一如往常大口吞下。綾女在意著有些不對勁的八坂，拿湯匙喝湯。

八坂默默將料理送入口中，想起佐也子要求女傭將肉切大塊一點的場面。在那棟宅邸中飽嘗美味，受美食籠絡，失去思考能力的女學生。從剛剛開始他就無法保持冷靜，完全吃不出味道。八坂將食材塞進胃裡，彷彿要消滅證據，清空眼前的料理。

4

結束用餐，三人穿過熱鬧的商店街，前往矗立在商店街盡頭的古書店。那家古書店和平房風格的民宅相連，店鋪格局老舊，門口的生鏽花車上，擺著以塑膠布覆蓋的昭和年代少年雜誌。明明布滿塵埃，隨意擺放，卻是定價高達一萬兩千圓的高級品，看來是這家店的招牌。

八坂望向扛著酒瓶的信樂燒狸貓。以高達腰部的大型狸貓爲首，大小不一的狸貓陶瓷飾品在店旁擺得到處都是。大半皆已風化，臉孔幾乎快消失，看上去頗爲嚇人。

「這是什麼……」

綾女推一下眼鏡，和那些狸貓保持距離，似乎不太舒服。

「那是討吉利的裝飾品。狸貓有『超越他人』的含意（註），由於期望生意興隆，許多老店會擺在門口。」

「我覺得這裡根本興隆不起來。」

八坂裝成沒聽見綾女吐出的冷漠話語，往頗難開的玻璃門一推，踏進陰暗的店裡。進門的瞬間，老舊紙張夾帶的霉味和溼氣，及一股墨臭味直竄腦門，八坂嗆個正著，連忙抬手揮散。塞在狹窄店面的書架材質不一，有木頭也有鐵製，高度和寬度參差不齊，顯然是店主常隨意增加書架。架上的古書從各家思想、哲學到漫畫都有，呈現一種來者不拒的精神。

八坂留意著老舊的書架，穿過宛如鬼腳圖的書架間隙，好不容易走到坐在櫃檯旁的老婦人身旁。這位老婦人以紫色圍巾包住頭，縮著背在打瞌睡。八坂一開口說「打擾了」，身形渾圓的老婦人半夢半醒似地抬起頭，一臉不清爽。她看起來應該超過八十歲，滿臉深邃的皺紋，垂下的眼皮遮住一半瞳眸。

「我是早上打過電話的八坂。」

老婦人一接下名片，便帶起銀框眼鏡，將名片拿得遠遠的。

「我想請教關於古書的事。今天早上接電話的是另一位吧？」

「是我啊。」

老婦人看著終於對焦的名片，冷淡回答。由於對方滿是皺紋的臉孔，八坂以爲她的話聲會非常沙啞，他不禁和篠宮面面相覷。老婦人的嗓音清亮澄澈，毫無年紀增長帶來的低沉。比起篠宮的菸嗓，聽起來更年輕，且具有透明感。

裡面的牆壁貼著古物商許可證，上頭印有公安委員會的許可號碼和店名「花村堂」。八坂從提包取出錄音筆，取得同意後，放在舊式手動收銀機上。

「今年五月，您是不是參加澀谷東日百貨舉辦的古書市？」

「對啊，被甜言蜜語騙了。」

註：日語中「狸貓」的發音與「超越他人」相近。

老婦人恨恨回答：

「百貨公司的年輕業務突然上門，問我要不要參加古書市。說什麼會有很多客人，我一定能大賺一筆。雖然沒賠錢，不過還得加上昂貴的參加費和打工店員的薪水，而且客人都只買便宜的書，搞得人仰馬翻。」

「這樣啊。光是搬書到會場就夠麻煩了，還得再搬回店裡。」

老婦人浮現諷刺的笑容，這才將八坂的名片放到桌面。她像要大吐苦水，微微傾身向前。

「眞是的，這些完全是負面遺產。老頭子留下幾萬本古書就這麼死了，你要我拿這些書怎麼辦才好？連想早早關店退休都沒辦法。」

「拿到網路上賣呢？至少把一些狂熱分子會喜歡的貨放上網路。」

篠宮從八坂身後探出頭，插嘴一句。老婦人瞅著搭檔，又瞥一眼站在篠宮後面的綾女，接著排遣煩悶似地摸著手腕上的念珠。

「我女兒也是這麼說著拍了照片，不過很快就放棄，因爲實在太累。我們考慮過委託專門業者處理，但要花費一大筆錢，我眞想乾脆放火燒掉整幢房子算了。」

「要騙過保險公司有一些必要的技巧，需不需要我介紹人給妳？」

「我開玩笑的。」老婦人瞪篠宮一眼，「不過，我是眞不曉得該怎麼辦。在我死前得處理掉才行，可就是提不起勁。」

老婦人轉動著手腕上的念珠，空虛的雙眼盯著滿是古書和塵埃的店內。這裡離商店街有段距離，店面也很樸素，完全找不到吸引客人的魅力和特徵。現在才要轉型重新出發，恐怕是不可能了。八坂看著完全失去方才活力的老婦人，不禁一陣心酸，於是看準時機改變話題。

「唔，關於電話中提到的事，在東日百貨舉辦的古書市，您賣出的一本書……」

八坂將用來代替定價標示的包裝紙片遞給老婦人。

「您是用這個代替定價標示夾在書裡吧？」

「對啊，這是臨時做的。我只在最後一天早上前往賣場，不料百貨公司的人跟我說定價太高賣不出去。隔壁攤比我們更便宜，能不能再降一些？」

「所以，您在店裡重新定價？」

「對、對。」老婦人緩緩點頭，「因爲沒有定價標籤，我割包裝紙寫上新價錢。」

太好了，八坂緊緊握住拳頭，那本書一定是這裡賣出去的。他看一眼坐立難安的綾女，從提包取出那本書。

「想請教一下，這本書是不是您這裡賣出去的？」

老婦人接下書就要拆開塑膠袋，八坂慌張地阻止。

「抱歉，礙於一些原因，不能讓您看裡面。」

「爲什麼？」

「呃，有點難說明，總之這本書不能直接碰觸。」

「你說不能碰觸，這可是我賣出去的書喔。」

「也對，但……」

八坂猶豫著不知該怎麼解釋，身後傳來篠宮毫不在意的聲音：

「那本書被詛咒啦。如果看了裡面，說不定會死掉。花村太太也不年輕了，還是不要挑戰比較好。」

她乾脆地說完，手指抵在下巴思索片刻，又多嘴道：

「等一下……不如說年紀大了，反而應該挑戰看看，爲了留下的人類當實驗品。」

「篠宮姊，妳在說什麼啊？」

八坂急急忙忙打圓場，但老婦人的視線在篠宮和書上來回，用力哼一聲。

「妳從剛剛就很失禮，不過倒是很老實。依我至今爲止的經驗，想到什麼就說什麼的人，通常不是笨蛋，就是聰明伶俐，非常極端。」

「那我是聰明伶俐吧。」

「妳是笨蛋啦。」老婦人毫不留情地說，八坂和綾女噗哧一笑。「做古書店這行，有時就是會收到什麼被詛咒、惡魔作祟之類奇怪的書。你們看那邊。」

老婦人抬起短短的胳臂，指著以膠帶修補的書架上方。

「那本紅布封面的，是一百五十年以前的外國書，據說是召喚惡魔的書。上頭滿滿寫著魔法陣和莫名其妙的咒語，是用阿拉伯文寫的，老頭子花好大心力翻譯。」

「等一下，老爺爺翻譯了那本書？該不會是召喚出什麼東西，結果死了吧。」

老婦人瞥一眼大喊著「這店也太危險了」的篠宮，打算從塑膠袋裡拿出那本書。八坂搶在前頭，將警告紙條遞給她。

「書裡夾著這個。我想知道花村太太賣出書時，會不會確認書裡的狀況？」

老婦人瞄著紙條，不可閱讀這本書……她將上頭的內容全念出來，然後毫不在意地拿起書。與其說她膽子大，不如說她看起來完全不相信這一套。八坂注意到，綾女滿臉僵硬地緩緩拉開距離。

「眞麻煩。好幾年前，我把倉庫的古書搬出來除蟲時，也發現奇怪的符咒，還包著什麼人的頭髮。然後，我就在回收可燃垃圾的日子裡拿去丟了。」

「您經常收到這種有問題的書嗎？」

「算是吧。不過，這不是我這裡賣的書。」

八坂無法立刻理解老婦人話中的含意，訝異地再次看著老婦人。

「請等一下，您說這書不是店裡賣出的，但那張包裝紙定價標籤是您寫的，沒錯吧？」

「對啊，可是我沒看過這本書，當然也沒看過那張警告紙條。」

老婦人翻閱著佐也子寫的書，指節突出的細瘦手指在目錄上移動，接著俐落翻開版權頁。她深深皺起眉，看著版權頁上的文字。

「《女學生奇譚》，兔書館出版嗎？我這裡也有一些兔家的書。這個時代的出版社各有特色。比如小金社、松崎書房有強烈的現代思想，很多書遭到審查。三國社主要是技術書，其他還有各式各樣的，不過兔書館只出版文藝書，也就是小說。」

「這本書經過一些潤色，但我認爲應該是非小說。」

「是嗎？我沒在兔家的紀錄上看過這本書。或許只是我不知道而已，可是古書店開這麼久，一本都沒收過，實在不可思議。總之，不清楚我家的定價標示爲何會夾在裡面，但我確實沒看過這本書。」

「這裡有這麼多書，您眞的這麼肯定嗎？」

八坂一反駁，老婦人第一次露出閃著金光的門牙笑了。直到方才的鬱悶空氣一掃而空，小眼睛裡浮現一種自信。這位老婦人喜歡古書，比什麼都喜歡，八坂終於感受到這一點。她嘴上說著想收掉店鋪，卻對這裡的書有著深刻的愛情。

老婦人以挑戰的眼神，直盯著八坂。

「我這裡有兩萬本書，每一本我都知道。」

「難道您都讀過嗎？」

「不，憑長久以來的經驗，光看出版社和裝幀就知道內容。總之，與其說記得這裡全部的書，不如說我知道自己沒看過什麼書，所以那本書不是我這裡賣出的。」

老婦人斬釘截鐵地回答。八坂不認爲她在撒謊，她的話非常有說服力。這樣一來，是有誰在人潮洶湧的古書市裡，將那本書混進賣場嗎？而且，還從別本書抽起老婦人做的定價標示，夾進那本書裡。顯然有人懷著惡意做了這件事。然而，這卻是知道也不能如何的情報。

八坂抬起手抹一把臉。原以爲來到這家店，就能掌握到賣出這本書的人的蛛絲馬跡，甚至可能確定對方的身分……這股淡淡的期待煙消雲散。篠宮似乎有相同的想法，深深嘆一大口氣。

「今天很謝謝您。對了，方便讓我拍幾張店裡店外的照片嗎？」

「哦，可以啊。若之後要刊在哪裡，拜託幫忙宣傳一下。」

「我知道了，說不定會另外跟您約採訪時間。我知道有出版社會對您剛才提到的召喚惡魔的書有興趣。」

「這樣的話，要不要把老頭子的死寫在一起啊，可增加報導的說服力。」

眞是有趣的老婦人。篠宮備妥平常用的佳能相機的鏡頭，踩著沉重的腳步將鏡頭對準外面的狸貓。店主依舊翻閱著那本書，並裡裡外外翻來覆去地看了好一陣子，吐出細細一口氣後，抬起頭。

「這似乎不是古書。」

「咦？」八坂不自覺提高話聲，以爲聽錯，於是趕緊反問：「對不起，您剛剛說了什麼?」

「我說這不是古書。不,要說舊也是挺舊的,但有許多奇怪的地方。」

老婦人發出「嘿咻」一聲站起,踩著小碎步走到前方的鐵製書架站定。她之前都坐著看不出來,八坂這才知道對方嬌小到只及他的胸口,不過腰腿比八坂想像中健壯。只見她挺直身子,簡簡單單就抽出高處的書籍。她看一眼內容立刻放回去,接著重複相同的舉動。八坂以為她會以手指滑過架上書籍的書背,但她在一本書上停下。那是一本封面變色、滿是污漬,保存狀態很差的古書。老婦人抱著那本書,手撐在桌上,接著往塑膠布包裹的圓椅坐下。

「這是兔書館出版的小說,我看看……」

她推起眼鏡,確認書籍內容後解釋道:

「初版是昭和四年。首先,你們要知道,昭和初期的書本全是手工製作。紙是手工裁切,從準備紙張到穿線、裝訂都是手工進行。這時還沒從國外引進機器。」

老婦人以清澈可人的嗓音說著,再度拿起那本不可閱讀的書。

「死掉的老頭子小時候就到裝訂廠當學徒,對書熟悉得很。我是徹底的門外漢,不過,這麼多年來和書生活在一起,自然會知道許多事,光憑手感就能判斷。我認為你帶來的書,用的是當時的紙沒錯,確實是頗有歷史的紙。八坂先生,你摸摸這裡。」

老婦人將不可閱讀的書有印刷的那一面遞給八坂,他照著在紙張表面滑動手指。摸著紙張，思考片刻，他腦袋裡卻只浮現疑問。老婦人收回那本書，將方才從書架抽出的古書翻開，遞給八坂。

「你再摸摸這本。」

八坂觸摸到古書的瞬間，驚訝地湊近紙面。

「鉛字有種特殊的凹凸，對吧？跟剛剛的完全不一樣。」

「沒錯，就是這樣。」

老婦人滿意地點點頭。

「昭和初期，印書是從『排字』開始，你知道嗎？排字工在印刷場的寬敞作業區域裡，揀選一個又一個小鉛字排成文章。他們收到手寫的文章後，要按照內容將鉛字組合起來，是非常耗費心力的工作。然後，他們將那些鉛字放到框框裡做成印刷用的版，一張一張地印刷。」

「就是凸版印刷，對吧。」

「對、對。由於印刷會施加壓力，紙張才會這樣凹凸不平，書本身的厚度也會增加，一看就知道。可是，你帶來的書完全沒這種狀況。」

「難道是膠印……」

八坂從剛剛就驚訝個不停，老婦人見狀露出微笑。

「因爲是滾筒轉動的平版印刷，不會有鉛字凹凸不平的狀況。基本上，昭和初期已有膠印印刷機，應該是從國外引進。我沒看過用那機器印刷的書，倒是看過用那機器印刷的海報之類的圖畫。還有，最好的證據是這個。」

老婦人闔起書，俐落將兩本書背並排在一起。

「我這裡的書，是四張紙摺成八頁為一台，然後好幾台組合成一本書。由於被書背擋住，這樣看不出來，不過從上面就能看到平均的縫隙，對吧？時間一久，古書會因手垢或其他原由，造成書背上有很硬的凸起摺痕。不管是什麼摺法，總之一定會有摺痕。」

「這本書沒有呢。」八坂盯著那本書。

「我認為是裡面沒有摺的關係，大概是把紙張裁斷了。跟現在的軟精裝書籍裝訂方法一樣。」

這到底是怎麼回事？八坂試著讓陷入混亂的腦袋冷靜下來，從這些情報只能歸納出一件事。

「這本書是使用昭和初期的紙張，模仿古書製作的？」

八坂不知不覺吐出這句話，老婦人盯著那本書，動也不動地說：

「只是看起來像啦。剛剛提過，我不是專家。在戰前戰後這段期間，太多有樣學樣的人來做裝訂。為了賺錢，一大堆品質差勁透頂的書出現。我對印刷不是很清楚，只是認為不無可能罷了。」

綾女不知何時來到八坂身旁，一臉蒼白地抬頭看著他。不用說，她一定覺得整件事莫名其妙，八坂也是如此。篠宮回到店內，注意到兩人沉默不語，直覺不妙，便不像往常亂開玩笑，默默整理起器材。

5

踏進自家公寓的陰暗入口後，八坂隨即走近旁邊的信箱。那一排鐵製的老舊信箱，貼滿「請勿投遞傳單、廣告信函」的貼紙。那是惡劣的廣告傳單業者一將貼紙撕下，居民又頑強貼回去的結果。信箱變成沾滿接著劑的醜惡物體，每個人看到都覺得不舒服。

八坂站在七〇三室的信箱前，左右轉動生鏽的號碼鎖，解開密碼。他打開發出吱嘎聲的信箱門，拿出裡面的信件，將廣告傳單塞進腳邊的垃圾桶。剩下的是信用卡帳單，和常去的麵包店寄來的廣告信。

搭電梯回到七樓的住處，八坂往引頸期盼他回家的毬藻水缸裡丟入冰塊。

「我回來了。」

水溫一下降，毬藻的透明度瞬間提高，毛球狀的藻類搖個不停，彷彿對於溫度降低感到開心。不論看過多少次，八坂總會痴痴凝望最美麗的這一瞬間。八坂想像著滿是毬藻的阿寒湖，或冰島的米湖（Myvatn），拿起剪刀打算剪開信用卡帳單時，察覺到異狀，於是停下動作。

八坂緊盯著信封黏貼處，上蓋邊緣稍微浮起，幾個地方沒沾到接著劑。他打開剪刀，以刀刃穿過上蓋縫隙，緩緩滑動。伴隨啪哩啪哩的聲響，順暢到令人驚訝地剝開，甚至沒留下接著劑的痕跡。

信件有被打開的跡象……

八坂將剪刀放在桌上，往信封上蓋摸索一下，發現毫不粗糙，平滑至極。似曾相識的狀況，八坂不禁倒抽一口氣。對方恐怕是將信件放入冷凍庫，等糨糊失去黏性就能順利開封，然後，待信封恢復常溫，再黏回去後，便和原來一模一樣。保存生栗子和蔬菜的種子時，八坂也常將乾燥劑放入信封，一起冰到冷凍庫。因此，他比誰都清楚，只要封住信封的糨糊一結凍，便會出現相同的狀況。

這到底是怎麼回事？八坂焦躁地將信封丟到桌上。如今不管是誰，都知道帳單上不會顯示全部的信用卡號吧？這種偷竊個人資料的輕率行動，應該不是小毛賊會幹的事。那種人不會花時間這麼做，既然如此，到底有何目的？

八坂起身，在西晒的客廳裡來回踱步。

這名可疑的人，有必要打開信封，得知八坂的某些情報。然而，別說是帶走信封，對方甚至偷偷放回來，打算完全消除自身的痕跡。八坂一把抓過桌上的帳單，從消費明細可看到八坂去過的地點、店鋪和日期。如果時間拉長，或許能解讀出八坂的嗜好和經濟狀況。有人想知道他的行動範圍。

「從什麼時候開始的？」

八坂恨恨低喃，急忙拉開電視旁的抽屜。他找出上個月的明細查看，再上個月也沒漏掉。可是他只留下內容物，信封早就丟了，一個都沒留下。

環抱雙臂佇立在角落，八坂拚命回憶上個月的事。他一向會用剪刀剪開信封，但從未留意過塗了糨糊的上蓋。不，就算沒留意過，要是眞有不對勁，他不可能沒注意到，如同剛剛看到被冷凍信封的瞬間。

這個月的帳單是開端……八坂如此相信，背上竄過一陣寒意。從接觸到佐也子的手記起，他察覺到有什麼爬出巢穴爬，靜靜蠢動。原以爲是感受不到恐懼造成的二次傷害，卻並非如此。看來，眞的有人按下某種開始鍵。

八坂抽出塞在牛仔褲後袋的手機，按下篠宮的電話。雖然不認爲會有這種事，但她的信箱可能也被動過手腳。撥號音響了五次後，傳來語音留言的機器聲。八坂不耐地按下重播鍵，撥號音響到第三聲，話筒傳出不高興的「喂」。

「篠宮姊，妳在哪裡？」

「高圓寺，我家附近的車站。」

篠宮吐出煙霧的聲音，和像是吵雜的小鋼珠店廣播聲重疊在一起，心情似乎眞的很差。她深深嘆了口氣，聽起來甚至像是呻吟。

「妳好像遇到什麼事?」

「不是好像,我被暴徒襲擊。」

「咦?」

「不,是在公寓附近碰到色狼。一個戴毛帽的矮小男人從後面抱住我,差點把我推倒。下次要是讓我遇到,一定給他一個腕十字固定,折斷他的胳膊。」

「折斷是其次,妳不要緊吧?」

八坂驚訝得聲音都走調了,搭檔不爽地回答:

「不要緊啦。但被那種弱小的男人盯上,實在有損我的名譽。我雙手都拿著攝影器材,才讓他跑掉。我絕對要抓到那傢伙,不好好修理他一頓,就會換另一個女人遭殃。」

篠宮似乎是叼著菸嘟囔,怒氣攀上最高點。八坂背上的寒意又加深一層,忍不住嚥下唾沫。

「篠宮姊,那眞的是色狼嗎?」

搭檔沉默半晌,人群的喧鬧聲如噪音般刺激著八坂的耳膜。

「八坂,你是要跟我吵架嗎?」

「不,我不是那個意思。」

「不然是什麼意思?」

「我在想，是不是搶劫？一般來說，色狼會挑選看起來老實不會抵抗的女性吧。我不認為色狼會盯上反擊機率很高的妳。全身迷彩服，拿著大行李的軍武迷，而且搞不好裝著空氣槍或登山刀。會有色狼賭上性命攻擊這樣的人嗎？更何況，妳的背影也不像女人。」

篠宮吐出一口煙，似乎是將菸蒂塞進隨身菸灰缸。

「你果然還是要跟我吵架。」

搭檔發出詭異的笑聲。

「我去車站前的派出所報案，那邊的警察反應跟你一樣。一直問我是不是眞的碰上色狼，我都快煩死了。可惡，男人都是混帳王八蛋。」

「不，我不是這個意思。」

「算了。八坂，那本書借我一、兩天，我要逼站前派出所的警察閱讀，讓他發狂。然後，給混帳色狼生理上的懲罰。不，折斷他的胳膊，再關起來，逼他看那本書。」

八坂老實地反省自己說錯話，但故意抹消女性特質的是篠宮自身。雖然這麼說，容貌充滿神祕東方特質的她，本來就不太會吸引男人接近。然而，居然有人毫不在意地在大街上襲擊她，要不是相當遲鈍，就是癖好與眾不同吧。暴徒想要的，應該是篠宮身上的另一種東西。

「篠宮姊，妳裝攝影器材的背包是不是開著？」

「喔，對啊，旁邊的釦子開了，搞得我的記憶卡掉到水窪裡。裝在防水盒裡是沒事，但一個沒弄好，沒傳到電腦裡的資料都泡湯。氣死我了，想起來就一肚子火。」

果然不是色狼。對方知道篠宮是採訪那本書的攝影師，想處理掉她手上的資料。

八坂深呼吸，將手機貼近另一邊的耳朵。

「篠宮姊，冷靜聽我說。我認爲，有人在我身邊徘徊打探。」

「你說什麼？機車太吵了，我聽不見。」

八坂大聲告訴篠宮剛剛發現的信封異狀。搭檔點了好幾次菸，不斷補給尼古丁。等八坂說完，她沙啞的嗓音帶著困惑：

「我不知道，會不會是你想太多？你在今天吃午餐的那家店也很奇怪，你眞的沒問題嗎？」

「應該是沒問題。」

「既然你這麼說，就眞的沒問題吧。可是，這次和至今爲止的工作都不一樣，最好別大意。我沒辦法具體說明，但一直有種討厭的感覺。」

的確如此，八坂點點頭。

雖然那本書可能不是古書，也不能斷定無害。不如說，費這種工夫做出一本古書的人，瘋狂程度更上一層樓。事到如今，八坂開始在意起綾女的哥哥。秋彥的公寓裡沒半封信件，該不會發生和剛剛一樣的事？所有信件都被拆開，確認內容後再放回原處。秋彥察覺到這件事，感到一股難以言喻的恐懼，將所有紙本帳單都改成電子帳單，第一步就是設定爲不會收到任何紙本帳單。八坂接下來也打算這麼做，秋彥一定和他一樣，聯想到佐也子的手記。不管碰上什麼情況，都籠罩著那本書的陰影。

「總之，請讓我確認一下妳的信件。」

八坂以宣布決定事項的口吻說道。篠宮用力噴出一口煙，代表接受八坂的要求。

「不過，即使眞的有狗到處聞來聞去，我就是沒讀那本書啊。」

「可是妳牽扯很深。萬一佐也子的手記眞的和現在發生的事有關，或許所有相關者都成爲目標，可能已啓動某種開關。」

「糟糕透頂。那張警告紙條應該訂正爲『看這本書一眼就會完蛋』吧。」

篠宮不耐煩地說著，柏油路上響起沉重的軍靴腳步聲。八坂繼續道：

「妳沒和綾女在一起吧？」

「是啊，我們在新宿的百貨公司地下街買完便當，她就回旅館了……」

搭檔的話聲忽然斷掉，接著她急忙問：

「等一下，你該不會要說綾女也被盯上了吧？」

「怎麼想，她都是最危險的。她哥哥本來擁有那本書，如今卻下落不明。妳們什麼時候分開的？」

「超過一小時了。」

八坂結束和篠宮的通話，立刻撥打綾女的手機，但不論撥號聲響多久，綾女就是沒接。八坂反覆重撥幾次後，再次打給篠宮。

「她沒接電話。總之，我去旅館看看。」

「我也去。」

八坂穿上深藍色帽T，斜揹尼龍背包，焦躁地衝出家門。電梯停在三樓毫無動靜，他嘖一聲，轉身跑向盡頭的外部逃生梯。經過曾有四人跳樓的陰沉樓梯間，每一層樓的樓梯都有個轉角，他兩階併成一階往下跑，衝出公寓入口。

夕陽西下的住宅區，逐漸籠罩在橘色光芒下，引發八坂多餘的感傷。他挽起帽T的袖子，看向滿是刮痕的手表，四點二十分。奔跑在前往車站的路上時，他不時打手機給綾女，然後搭上擁擠的電車，在表參道換車。不到半小時，他就抵達位於四谷的商務旅館。他在虛有其名的大廳裡撥電話，但她仍舊沒接。

八坂粗魯地以袖子擦汗，搭著慢到令人火大的電梯上五樓。以為篠宮會比他早到，但閃爍著逃生指示燈的陰暗走廊上，不見半個人影。他站在五〇三室前，深呼吸一口，按下門鈴。

空調細微的嗡嗡聲，和室內傳出的金屬門鈴聲混在一起。八坂繼續按了三次，依然毫無回應，也沒任何氣息。要再度重撥手機時，電梯門打開，出現篠宮細長的剪影。她兩手分別提著相機包和便當袋。

「她在嗎？」

搭檔喘著大氣，動作誇張地放下行李，拿出手帕擦拭滿臉的汗水。

「我一直打電話，但她完全沒接。」

「我這邊也一樣。」

篠宮按下門鈴，然後敲門喚道：

「綾女，妳在嗎？我是篠宮，妳能不能開一下門？」

篠宮繼續敲門，同時脫下黑色棒球帽，將耳朵貼在門上。

「綾女，妳不在嗎？」

搭檔露出疑惑的表情，又將耳朵緊緊貼在門上。八坂再次撥打綾女的手機，撥號聲響了五次，還是沒人接。正當他要掛斷電話時，耳朵貼在門上的篠宮舉起右手。

「我聽到裡面響起電話鈴聲，該不會是綾女的手機？」

八坂也湊上前，仔細聆聽室內的聲音，確實聽見模糊的電話鈴聲。一掛斷電話，聲音就停歇，重打又聽到。

「的確是電話鈴聲，她會不會在睡覺？」

「電話吵成這樣，如果她還呼呼大睡，未免太好笑。」

「就算是洗澡，也洗太久了。」

「她該不會昏倒在裡頭吧？她今天臉色也很蒼白。」

篠宮話剛講完，便立刻採取行動。

「我去跟櫃檯人員說一下。」

八坂目送搭檔衝下逃生梯，接著嘗試轉動門把。不過，這裡是用房卡開門，當然打不開。室內響起櫃檯打來的電話鈴聲，停止一陣子後，電梯門打開。篠宮催促著穿深綠色制服的年輕員工走出電梯。

八坂低頭向對方致歉，解釋道：

「因爲一直打電話都沒人接，我們擔心會出事。」

「這樣啊……」

回答得毫無幹勁的員工，一樣按下綾女的門鈴及敲門。他按照工作守則淡淡地進行確認，隔著門觀察一下室內動靜後，毫無情緒地轉向八坂。

「客人似乎不在房裡。」

「不，她不可能放著手機不管就出門。而且，她也沒將鑰匙寄放在櫃檯，搞不好根本在裡面。」

男人瞄一眼煩躁的篠宮，表情依然沒變。

「喂，你用備份鑰匙開一下啊。」

「關於這點，礙難照辦。因爲還沒到客人的退房日。」

「這樣一來，她都不知道死掉幾天了。你們就只會照章行事。」

八坂搶在即將發火的篠宮前頭說：

「如果是凶殺案，你們給了凶手充分的逃亡時間。要是自殺，屍體會腐爛得非常徹底。萬一是生重病無法行動，到死都出不了房門。明明只要你們處理就能得救的人，你們卻只牢牢抱著規則，什麼都不肯做。」

八坂很清楚這番話是無理取鬧，可是他的火氣也上來了。要說這個男人太過公事公辦之前，更該指責八坂小看整件事。事到如今，他才深刻感受到不論發生什麼意外都不奇怪。

男人爲八坂極端的說法壓倒，篠宮緊盯著拚命抑制怒火的搭檔。八坂大大吸一口氣，對旅館員工說：

「若有必要，請找警察來見證。不過這樣會更麻煩，也更花時間。你如果現在開門，幾分鐘就能解決。」

聽到這句話，本來對這工作就沒什麼忠誠心的男人愣住。他快速環視周遭，確認走廊上沒其他人，便將掛在脖子上的萬用房卡靠近感應器。電子音響起的同時，門也打開，八坂立刻踏入室內。柔和的間接照明亮起，亮光裡浮現空無一人的客房。篠宮迅速確認衛浴，告知裡頭沒人。三人一同前進。

客房十分狹窄，綾女不在。棉被捲成一團的單人床上攤開著行李箱，內容物看得一清二楚。裡面雜亂地塞滿編號的筆記本和檔案類的文件，看來她將工作用的工具都帶來。窗邊的桌上放著筆電和手機，及她哥哥的照片。

「眞的不在。」

篠宮頓失力氣，重新戴好帽子。旅館員工像要強調自己在場，大大咳一聲，在臉旁輕拍兩下。

「兩位，我們趕快出去吧。對了，請不要觸摸住客的物品，保持原樣。不要留下進來過的痕跡，走吧。」

男人忽然開始俐落指揮，八坂和篠宮走向房門。此時，電子音響起，房門從外側打開。

「糟糕……」

八坂手指抵在抽痛的太陽穴旁，一陣尖叫傳來，接著是怒吼聲響徹房內。

「Oh my Goodness!」

綾女打開房門，圓眼睜得更大。她的臉瞬間脹紅，嘴唇不停顫抖。

「你們在別人房裡做什麼？給我說清楚！你們、這麼一群人、居然擅自進來，眞是不敢相信！beyond belief!」

「客人，非常對不起，這是有原因的。」

「綾女，冷靜一下。如同這人說的，眞的有原因。擅自進妳的住房，我道歉，但這是爲了幫助妳。」

「幫、幫助我？What？要幫我什麼？妳不要信口開河！」

綾女生氣到極點時，果然還是會說英文啊，八坂想著完全無關的事。綾女說著混雜英文的日文，在狹窄的走道上直線前進。推著八坂踏入房內，粗魯關上攤開的行李箱，收妥掛在椅背上的睡衣和上衣。她似乎懷疑八坂他們看過筆電的內容，仔細檢查好一陣子。兩邊分別綁起來的頭髮亂糟糟，綾女以相同的方式確認手機狀況。

八坂驚訝於綾女動作如此熟練，同時想到綾女居然認為自己和篠宮會偷看她的電腦，大為震驚。總之，兩人只是擔心她才跑來……旅館員工鐵青著一張臉向綾女道歉。這個場面實在太糟糕。必須解決此一狀況，八坂鼓起勇氣往前一步。

「綾女小姐，很抱歉，我們擅自進來。我們硬逼著旅館的人開門，就像今天在東日百貨那樣。」

「像在東日百貨那樣？難道你們撒謊？威脅？偷拍？還是，使用暴力？」

「沒使用暴力啦，不過……呃，也算接近了。」

八坂露出窩囊的討好笑容，綾女瞪著他：

「你們不論在哪裡都這麼做嗎？簡直是流氓。看來，日本這個國家不像我聽說的那麼和平。」

「當時妳明明挺開心。」

聽到篠宮的嘟囔，綾女彷彿要打消那句話，用力咳一聲，望向滿頭大汗的旅館員工。

「這兩位是我認識的人。雖然不能原諒他們擅自闖入，但我不會質疑旅館的作法，到此爲止吧。」

綾女一本正經地說完，鬆一口氣的旅館員工彎著腰退出房門。

綾女雙手插腰，毫不留情地攻擊八坂和篠宮。

「說要幫助我才擅自進來，那就麻煩你們說明原因，直到我滿意爲止。」

綾女透過蕾絲窗簾的縫隙，瞥一眼變黑的天色，唰地一聲拉開橘色遮光簾。她接著在床上坐下，看向篠宮。搭檔和八坂一樣將手指抵在太陽穴，頭痛似地坐在綾女旁邊。八坂移動椅子，將提包放在地上，坐在兩人面前。

「我們遇到奇怪的狀況。」

八坂劈頭就這麼說，接著將家裡發生的事，及篠宮遭到襲擊的經過，原原本本告訴綾女。她板著臉沉默片刻，雙手交抱，緩緩開口：

「你的意思是，由於和那本書扯上關係，所以我們被盯上？」

「雖然不能完全斷定，但也不能不管。妳哥哥或許碰到相同的狀況。」

聽到八坂的話，綾女的怒氣瞬間消失，像是抓到線索，猛然抬起那張小臉。

「對，就是這樣。沒錯，所以才會除了廣告信之外，沒有任何信件。要不是存局候領，就是轉寄到工作地點，總之就是不讓信件寄到公寓那裡。」

「很有可能。這樣一來，閱讀那本書腦袋會出問題的原因，可能就不是內容，而是實際上發生的事。換句話說，可疑人物在身旁打轉，被逼到絕境。警告紙條的內容也許是指這樣的情況。與其說是不要讀，不如說是不要扯上關係。不過，我還沒全部讀完，也不能說什麼。」

篠宮環抱雙臂聽著兩人交談，抬起看似沉重、滿是刮痕的軍靴，蹺起二郎腿。

「爲什麼要做到這種地步？」

「不知道。」

「就算眞的有人想拿回那本書，他們怎麼知道書在我們手上？」

「如果他們持續監視綾女哥哥的公寓，總有一天會找到綾女。不過，這是從目前的狀況進行的推論。當然，對方也會發現我們。去池袋的公寓時，沒有留意周遭的狀況，實在失策。搞不好他們當時正在跟蹤我們，總覺得這種手法和陰險的公安作風很像。」

「公安爲什麼會出現？」

「要保護機密情報之類的吧。」

八坂吐露腦中閃過的想法。當然，書的內容不可能完全無關。實際上，八坂他們從民代的證詞確認「蒼月之君」的存在。那本書不單純是小說，一定和過去的事實有所關聯。

「我認爲，那個故事和特權階級有關，包括財閥、華族、皇族。想得老套一點，可能是不想讓事情曝光的人，拚命想收回那本書吧。」

「戰前的特權階級，綁架監禁女孩？該不會那本書的設定本身就是假的？什麼有錢人的宅邸裡，有座敷牢之類的。」

「不無可能。不過，如果多美子和蒼月之君是眞實人物，極可能不是小說。況且，要是懷疑這一點，就沒辦法往下追查，必須先接受才行。」

篠宮交抱雙臂，默默思考半晌，果然還是無法接受。

「倘若那本書的內容是眞的，代表特權階級可能綁架女學生，再加以殺害，規模未免太大。眞的能夠讓在宅邸工作的人，從女傭、廚師到男僕都保持沉默嗎？更何況，這是戰前的案件。事到如今，所謂公家的人還要這麼做的理由，我無法理解。」

「嗯，關於公家的推測只是我聯想到的。不過，特權階級殺人並不稀奇。比方，法國貴族吉爾·德·萊斯，不就傳聞他殺害八百名少年？匈牙利貴族伊莉莎白·巴托利，綁架殺害超過六百名少女。還有血腥瑪麗、伊莉莎白一世，英國的開膛手傑克也有人說他是上流階級。總之，回顧歷史，這一類的殺人魔多不勝數。正因是特權階級，才能躲過調查，只有被害者不斷增加。宗教、鍊金術、性癖好等等，有著各式各樣的動機，出身高貴的虐待狂多得不得了。不論哪個時代，都有人會利用權力搓掉這些事。」

八坂轉向嚴肅聆聽的綾女：

「哥哥不和妳聯絡，會不會不想將妳捲進來？或許妳退出調查比較好。不，老實講，妳跟在一旁，實在有點綁手綁腳。」

「咦？」綾女抬起頭，篠宮也為八坂唐突的發言瞪大細長的雙眼。

「今天的事也一樣。如果沒和妳一起行動，我和篠宮不會衝過來。說真的，有妳在場，只會增加不安的要素。」

「事、事到如今，你才這樣說嗎？而且，我牽扯太深，就算退出也沒用。」

「所以，我認為妳回國比較安全。對方應該不可能追到美國。」

綾女想反駁，卻找不到合適的字眼。這個案件有著不知會怎麼發展的不安要素。雖然不覺得綾女在場會綁手綁腳，但要是有個萬一，八坂不認為自己有能力保護她周全。綾女沒有一定程度的自衛能力，不該再繼續牽扯下去。

篠宮交抱雙臂，始終皺著眉。雖然不滿意八坂無情的說詞，但她大致上同意。綾女顯然覺得八坂太蠻橫，凝望八坂半晌，忽然放鬆下來，露出笑臉道：

「所謂不可理解的事發生的原因，目前又還不知道。乍看之下毫無關係的事物，其實隱藏著重要意義，不是很常見嗎？八坂先生，這是你在第一天說過的話。如果我就這麼回去，後悔的會是你。之後你會發瘋失蹤，嘗到地獄的滋味。將你從地獄救出來的人，或許就是看起來毫無關係的我。」

「怎麼忽然變成如此壯闊的世界觀？」

八坂大笑出聲。

「沒什麼好笑的。而且，我壓根沒期望會受到你的保護，不過，我打算盡力保護你就是了。」

「妳要保護我？眞是讓人感到安心。可是，我的想法沒變。」

「那麼，讓火野總編來決定吧。他是你的僱主，擁有決定權的老大。如果火野總編也同意，雖然不甘心，我也只能照辦。」

看著莫名其妙滿臉得意的綾女，八坂嘆一口氣。顯然她打算力爭到底，但依目前的狀況，火野總編應該不會答應讓她一起行動。這種時候，乾脆把所有麻煩事都丟給火野好了。

「我知道了，畢竟僱主擁有絕對的決定權。今天晚上我打電話給他。」

接著，八坂從背包慢慢取出那本書。篠宮立刻進入戒備狀態，床鋪發出吱嘎聲。

「喂，不要沒預告就拿出那東西。如果你是要故意捉弄可惡的綾女，等我不在時再做，好嗎？」

「篠宮小姐，這話是什麼意思？」

綾女轉身質問篠宮。

「如果我要捉弄她，會偷偷放著直接回家。總之，眼下實在有太多曖昧不清的狀況，我想徹底弄個清楚。」

八坂自袋子裡取出起皺的警告紙條，乾脆地撕成兩半。

「八坂，你在做什麼！你終於瘋了嗎？」

篠宮從床上跳起，綾女驚愕地抓住床緣，僵在原地。八坂翻開那本書，一口氣撕下目錄頁，接著拿出美工刀，滑過封底的厚紙，割下三分之一左右。

「八坂，就是這樣我才討厭你。即使你不害怕，也要有點分寸吧。搞不好政府就在找這本書，你還搞破壞，到底想怎樣？」

「我想拿去分析。」

「如果要分析，保持原樣拿去不就得了！」

「但我還沒讀到最後，不可能直接送去吧。總之，不搞清楚這本書是何時製作，我就渾身不對勁。我在鑑識科學中心有認識的人，打算找對方合作。對方一直希望能在雜誌上刊登他的名字和公司。」

「要是那個研究員發瘋怎麼辦？」

「沒問題，反正他距離發瘋也不遠。」

篠宮淨是搔抓著頭，從口袋拿出香菸叼在嘴裡，卻發現綾女一直盯著她，忍不住嘖一聲。

「即使內容一模一樣，但在昭和三年或現代製作的，意義完全不同。要是內容是真的，更是如此。不繼續往下挖，寫這篇報導根本毫無意義。篠宮姊，妳應該也有同感。」

八坂將書和警告紙條的一部分，各自放入塑膠袋。篠宮一臉嚴肅地看著八坂動作，用力往床上一坐，一旁的綾女身體一彈。

「我們活在垃圾堆裡呢。」

「怎麼忽然這樣說？」

「以前我認爲眼前有各種顏色，不論看到什麼都覺得非常鮮豔，可以感覺到未來。可是到了現在，我的視野裝上藍色濾鏡，也看不見未來會發生什麼。」

八坂將所有東西收好塞進提包，起身迎向篠宮的目光。

「我可不想看到色彩鮮豔的垃圾堆。對我來說，裝上濾鏡是件好事。看不見接下來會有何發展，才更刺激。」

篠宮抬頭看著八坂，無力地揚起嘴角。

「接下來，我會先去鑑識科學中心再回家。篠宮姊一起走吧，我送妳回去。」

「我可以照顧自己，你的好意我心領了。」

篠宮嘴上這麼講，但八坂知道她非常膽小，暗自決定一定要送她回家。向陷入沉思的綾女道別後，他帶著搭檔步向四谷的大街。

第四章　祝您平安，再會

1

相原幸人拿著隨手黏，一如往常地貼著八坂，拚命黏下他身上的灰塵。他們站在房門口，從八坂的法蘭絨襯衫衣領內側、腋下，到牛仔褲皺摺，相原一條一條仔細滾動滾筒。打量八坂全身上下後，相原滿意地點點頭，拿出用過即丟的浴帽。

「好，戴上這個。一定要把頭髮全塞進去，一根都不可以跑出來，一根都不行喔。頭髮這玩意，即使打算徹底封鎖，還是會有落網之魚。」

八坂按照吩咐正要戴上浴帽時，有人從背後抓住他的肩膀。

「喂，這是怎麼回事？」

在鑑識科學中心的白色走廊上，篠宮用力皺起眉，身後的綾女推了好幾次眼鏡。看著綾女刻意主張自己存在的誇張舉止，八坂數不清第幾次湧起沉重的疲憊感。因爲火野總編下令讓綾女和他們一起行動。

綾女是委託人，是那本書的擁有者，不能離開這個案子。如果她眞的被盯上，也能拿來炒作一番。火野強迫八坂接受這樣毫無道義的策略。仔細想想，火野那個男人不僅沒有什麼正常人的感受，甚至是認爲要搶獨家新聞，有所犧牲也是理所當然的冷血動物。反正你多留心，不會發生危險就好……想起火野悠哉的話語，八坂不禁輕嘆一口氣。

「八坂……」篠宮焦躁地催促八坂說明現況。

「呃，這個嘛，相原先生規定在他的辦公室裡，絕對不能落下任何灰塵。至於理由，妳就別問了。」

在篠宮表示疑問時，八坂搶先結束話題。相原研究員打算在篠宮身上滾動黏把時，篠宮當然立刻揮開他的手。八坂從相原手上接過工具，看著無法掩飾疑惑的篠宮。

「篠宮姊，請將這件事當成一種通過儀禮吧。相原先生就是這麼愛乾淨。」

「愛乾淨？這根本是腦袋有問題的潔癖。」

「可是，他鑑定的能力是一流的。相原先生不會要求乾淨之外的事，就像妳也不會要求相機以外的事一樣。」

篠宮被說得啞口無言，垮下嘴角，不甘不願地答應讓八坂在她身上使用隨手黏。相原在一旁不停提出煩人的指示，嚴格監視篠宮和綾女身上的灰塵狀況。好不容易宣布合格，相原將浴帽遞給兩人。雖然很在意綾女的長髮究竟能不能全部塞進浴帽，相原最後仍讓三人進到房間。

這間僅有三坪的狹窄辦公室，白到教人頭暈目眩，只有最低限度的擺設和物品。篠宮和綾女環視幾乎會令人失去精神平衡的空間，帶著反胃的感覺在裝有滑輪的圓椅坐下。相原仔細拖過三人方才走過的軌道，將角落的空氣清靜機開到最強，終於在有靠背的椅子坐下。

「八坂先生，如果是三個人要來，請一開始就明講好嗎？你這樣忽然跑來，我會很麻煩。更別提還有一個抽菸的人，眞是的。」

「抱歉啊。」篠宮語帶酸味。

相原以中指推高充滿個性的白框眼鏡，帶著看不出神經質的表情，掃過來訪者一輪。他渾身皮膚晒得黝黑，燙著大波浪的短髮染成銀白色。蒜頭鼻上的鑽石鼻環發出光芒，手腕上有著時鐘圖案的刺青。究竟怎麼會變成這副模樣是個謎團，只能說因爲是研究工作，才允許他做這種打扮。

從漿得過頭變得硬邦邦的白袍胸前口袋，相原拿出不鏽鋼原子筆。以繡著他姓名縮寫的手帕擦過一遍，配合桌緣放得筆直。流暢做完一連串動作後，他雙手在桌上交握。

「你帶來的人，是攝影師和委託物的擁有者嗎？」

「是的，攝影師篠宮和竹里小姐。這位是相原博士，是這個鑑識科學中心的化學鑑識負責人。」

八坂指向相原，向篠宮和綾女介紹。相原拿著隨手黏在襯衫袖口滾動，開口道：

「我負責藥物、毒物、塗膜，及所有微物鑑識。我們這裡有血液之類的法醫鑑定、DNA、影像和聲音的物理分析、筆跡和指紋、足跡鑑識的單位，也接受在法院證人詢問時使用的提問文件的製作委託。」

「這裡是集合科搜研(註)的人的民間企業，是專業鑑識集團。要說知識和經驗，搞不好比科搜研高出不少。」

「八坂先生還是很會說話。」

相原露出白牙，笑了起來。他望向尚未放下戒心的兩名女性。

「我的辦公室本來是禁止進入的。」

「那在大廳的咖啡廳聽你報告不就好了？」

篠宮不停摸著愚蠢的浴帽，同樣戴著浴帽的綾女用力點點頭。

「聽說要拍攝照片，我認爲這裡應該很適合。近未來風格的空間，不是很能煽動觀看者的好奇心？而且，我希望保持辦公室近乎無菌狀態。和實驗室沒有落差，我就能維持心靈的平靜。」

「別人不能進來，八坂卻沒關係？」

「沒錯。從另一個角度來看，八坂先生很特別，可說他擁有這裡的入場券吧。畢竟我實在太迷戀他。」

相原朝八坂送出熱情的視線。

「我完全迷上八坂先生的料理，甚至硬要他定期做菜給我吃。尤其是茄子千層麵，給他多少錢都行。」

「眞的。」綾女忽然附和。八坂這才想起爲她做過同一道菜。

註：全名爲科學搜查研究所，爲日本警方負責採證、鑑識、法醫學等等的單位。

「我平常不吃業餘者做的菜，不知爲何我毫不抗拒地吃下八坂先生的料理。大概因爲我們是同類吧，所謂靈魂互相吸引，就是這麼回事吧。」

「我想不是。」

八坂立刻反駁。然而，即使沒有異常到這種地步的潔癖，也不能否定身上絕對沒有類似的部分，這點讓八坂很煩惱。他咳一聲，改變話題。

「對了，怎麼這麼快，兩天就有結果？」

「一方面是我恰巧有空，另一方面是這工作挺有趣，所以我努力了一下。畢竟我是第一次鑑識古書的年代。」

相原翻開檔案時，篠宮站了起來。

「請讓我拍照。」

她打開背包取出相機，設定成手動模式。

「我會調整白平衡來強調背景的白色。畢竟這是你的希望嘛，比起強調無機質，更強調異常性。」

八坂認爲沒必要將這男人異常的一面拍進去，不過搭檔的腦袋裡，似乎打算和截至目前拍攝的照片做出對比。從陰沉黏溼的神祕氣氛，轉變爲唐突至極的詭異純白。

篠宮計算著曝光時間按下快門，在連接相機的電腦螢幕上確認影像後，準備從相原的斜上方往下拍攝。

「喂，你不必一直看著鏡頭，普通、自然地講話就好。」

相原在意著相機，取出那本書的紙片。他將那些紙片編號後收在塑膠袋裡，接著並排在桌上。然後，他拿抹布快速擦拭篠宮倚靠的桌面，似乎等八坂放錄音筆等得很不耐煩，連錄音筆也擦了一遍。

「先從紙張談起吧。」

重度潔癖的化學研究者，將那本書的目錄頁滑到眾人面前。

「八坂先生交給我的不是和紙，而是洋紙，有非常清晰的直線和橫線。日本最早出現洋紙，是在明治二〇年代左右。當時的原料是木棉製的破布，品質非常差勁。你交給我的不是當時的劣質品，是以針葉樹的木屑製成的紙張。從紙張纖維統一的狀況來看，可確定是機械製造。」

相原從檔案夾裡抽出羅列許多數據的表格，拿筆指著畫紅線的地方。居然連原料是冷杉的木屑都進行確認。

「根據八坂先生的說法，這是昭和三年出版的書的一部分，對吧？」

「是的。」

「這一點沒錯，紙張的確是昭和初期製造。」

八坂頷首，綾女拿出記事本寫下相原的分析。篠宮反覆提醒相原不要看鏡頭，在三人身邊轉來轉去拍攝照片。

「封面的紙張，及使用的版畫，是同一年代的作品。油墨則是顏料與清漆調和，完全沒摻水。」

相原以中指推高白色方框眼鏡，拿出下一份資料。辦公室裡，空氣清靜機乾燥的運轉聲，與篠宮按下快門的聲響互相唱和。

「接著是這張寫得很潦草的紙條。」

相原看著像是以鋼筆寫下、有些磨損的文字。

「這張紙看起來又髒又舊，卻是現代的紙張。雖然有浸在水裡，或在上面潑水的痕跡，不過本身是到處都買得到的、大量生產的便條紙。只是，用來寫字的鋼筆墨水相當有趣，含有鞣酸。寫下文字後，墨水接觸空氣氧化，變成鞣酸鐵。待藍色染料褪色，墨水中的鐵會留在紙上，變成黑色。」

「酸性墨水？鋼筆會使用這樣的墨水嗎？如果是黃金筆尖還好，電鍍的筆尖會生鏽吧。」

「八坂先生眞是一針見血。沒錯，正是如此。這是很久以前的墨水，現在沒人生產。」

「這是怎麼回事？紙張是新的，只有墨水是舊的。」

八坂和綾女探出身子。一直從桌子上方拍攝的篠宮，這時坐了下來，從正面按下快門。

「我先說結論，這張紙條是最近寫的。在量產的便條紙上，以使用特殊墨水的鋼筆寫下的。」

相原如此斷定後，將報告的其中一頁遞給八坂。

「日本只有一家廠商製作這種墨水，在大型文具店應該找得到。雖然數量不多，但不是什麼稀奇的東西。由於具有舊時代的特殊風味，是長銷商品。從墨水的氧化狀況來看，這張紙條應該是一年內寫下的。」

「一年內。」

八坂在嘴裡反覆確認，在腦中反芻目前所知的事實。某人最近察覺這本不可閱讀的書的危險性，寫下這張警告紙條。雖然有點拐彎抹角，但不算矛盾。

八坂雙臂交抱，相原又在他身上滾動隨手黏，繼續道：

「從明治到大正年間，日本發生印刷技術的革命。畢竟是憧憬歐美社會的時代，整個社會不斷歐美化。而文化的成熟和印刷需求有著密切關係，從那時開始，印刷業急速成長。請先記著這件事，接下來我要進入書籍印刷的部分。」

相原的口吻像教師在上課，他以手帕遮住嘴邊咳一聲。

「經過鑑識，這本書是以高黏度的糊狀油墨印刷。除了合成樹脂、乾性油之外，還檢測出幾種溶劑，詳細內容請看氣相色譜法的分析表。這點眞的非常有趣，因爲這本書是用平成的油墨印的。」

「平成的油墨？請等一下，這本書也是最近印製的嗎？」

「是的。昭和初期的紙張使用平成的油墨，以膠印技術製成。從印好到現在不超過一年。」

「古書店的老太婆猜對了……」篠宮喃喃低語。

「我判斷這本書是最近製成的根據，除了印刷的油墨外，就是漿糊。這本書用的是高分子乳化聚合類型的漿糊。總之就是撇開紙張，其餘都是高科技。」

八坂和篠宮震驚到啞口無言，綾女的喉嚨發出咕嚕一聲。

「不過，這眞的太可惜了。如果想重現昭和初期的書，應該用沒加防腐劑的澱粉漿糊，然後用有機顏料油墨以活版印刷，就不會立刻被拆穿。只是，最後還是會被我看穿吧。」

八坂聽著相原的話，思索目前的狀況有何意義。某人做了一本假的古書，夾入警告紙條後，將成品流入古書市集。內容顯然是以昭和初期發生的少女失蹤案件爲底，甚至有眞實人物登場的段落。雖然不知警告文的眞正意義，但八坂和篠宮碰到詭異的事故，綾女的哥哥行蹤不明。這些確實都以這本書爲中心發生，若這本書眞的是最近才製作，就愈來愈難理解對方的目的。

八坂試著運轉起陷入混亂的大腦，向一直觀察著他的相原問：

「你處理過類似的案子嗎？」

「如果是仿造、僞造，光是證書類就一大堆。包括僞鈔、債劵、借條等等，各式各樣都有。最近，有自殺者的家屬委託鑑定遺書眞假。自殺者很快就被認定是臥軌自殺，但家屬無法接受。鑑定自殺者的遺書後，發現上面完全沒有自殺者的指紋，筆跡也是模仿自殺者寫的，所以是僞裝成自殺的凶殺案。」

「應該也有將新品僞裝成古物的案子吧。」

「是啊，這是常見的詐欺手法。爲了讓掛軸、繪畫、陶器之類的贋品看起來老舊，騙子會施以巧妙的劣化加工，就像刻意把牛仔褲弄得很舊。不過，我不清楚你拿來的這本書算不算相同狀況。這本書似乎不是愈老舊愈有價値。」

「正是如此。這是收藏家也不會想要的、作者身分不明的手記，只是將書刻意加工成像是昭和三年出版，使用當時的紙張，讓讀者這麼以爲而已。」

「不過，製作者用的材料未免太隨便。」

相原滿臉笑容地說出和現場氣氛超級不搭的話，八坂也不自覺露出微笑。

「確實很隨便。對方大概沒料到，我會將書送來進行化學鑑定吧。畢竟外表和內容看起來都十分老舊，沒有懷疑的理由。而且，還有這本書會帶來災難的宣傳字眼。」

「該不會是什麼讀了之後，會遭到詛咒的書吧？」

相原拍一下手，露出一副「事情眞是有趣」的笑臉，將隨手黏在綾女肩膀滾動一下。接著，他像是想起什麼似地停下動作，思考片刻後，恢復認眞的神色繼續道：

「我只能說，對方的行動並不愚蠢。雖然使用的材料隨便，可是整本書做得非常精緻，絕對有什麼目的。」

「針對某個特定的對象……」

聽到八坂終於吐出這句話，相原露出意有所指的笑。綾女的手按在胸前，深深吸一口氣。

如果對方針對的是她哥哥秋彥，或許會爲這本書落入他人之手感到非常慌張。因此在八坂和篠宮身邊打轉，想取回這本書，甚至使出強硬的手段。可是，如果是這樣，爲何要將這本書流入百貨公司舉辦的古書市集？明明有落入別人手裡的風險。

雖然謎團接二連三解開，卻又出現新的謎團，始終在原地踏步。八坂無意識地脫下浴帽，相原發出悲痛的叫聲。總之，得立刻讀完這本書，還剩下三天份的內容。

「相原先生，今天非常感謝你。雜誌上會刊登相關的報導，請再將公司概要之類的資料寄給我。如果有你們經手過，可引起讀者好奇心的案子，不妨一併附上，還有鑑識的報價表也順便。」

「我們很想提高知名度，希望你們盡量把廣告做大。坦白講，我們現在接的都是警方和法院審判相關的委託。公司方面認爲，若是在一般民眾之間也有知名度，或許可能開拓前所未有的新領域，畢竟時代一直在改變。啊，篠宮小姐，麻煩到走廊上再脫下浴帽。」

相原迅速說完，彷彿要趕眾人離開似地步向門口。走到一半，浴帽承受不住綾女頭髮的重量破裂，滑順的黑髮像慶功煙火般散開，嚴重潔癖的化學研究者發出沒出息的慘叫。

2

八坂目光炯炯地留意著自家公寓的周遭，執拗地確認周圍沒有任何可疑人物後，穿過公寓入口。他一走進室內，立刻按下手機通訊錄裡的號碼。第一次的撥號聲都還沒響完，電話就接通了。

「八坂先生，我一直在等你。化學鑑定的結果如何？」

火野總編一接起電話就劈頭這麼問。這是他最近少見的充滿活力的聲音，彷彿可看見他興奮脹紅臉的神情。

「結論是那本書大有問題。關於那本書的年代是這樣的……」

八坂從提包裡取出相原給他的報告書，對火野大致說明鑑定的經過。電話那一頭非常安靜，偶爾傳來編輯的咳嗽聲。總編並未附和八坂的話，直到他說完為止都不發一語。

「原來如此，這次是這麼回事嗎？故意偽裝成古書的新書，實在有點麻煩。不過，因爲你的靈機一動才挖出種種內情，眞是有趣。」

「接下來要怎麼做？」

「什麼意思？」

「這個委託啊。現在知道那不是古書，而是這一年內製作的模仿品。這樣一來，警告紙條也變得毫無意義了。五人發瘋、三人失蹤、兩人躲在家裡閉門不出，短短一年期間，這本書引發這麼多事嗎？」

八坂話還沒說完，火野就發出漏氣般的笑聲。

「這倒不一定，委託人的哥哥現在也還行蹤不明。而且你根本沒有打算停手的意思吧？我聽你的聲音可是樂得不得了呢。」

這次換八坂笑了。即使這項工作被叫停，他也無意停止調查。他甚至覺得有義務見證佐也子的結局。

「瞭解，我會繼續調查。」

「拜託你了。說不定再來就是下一階段，第四階段。」

火野提醒八坂留意周遭狀況，與八坂在同一時間掛斷電話。

八坂取下滿是刮痕的手表，和手機一起放在桌上。關上窗戶、拉起窗簾，遮住陽光。在毬藻缸裡丟下兩顆冰塊，接著準備好錄音筆和筆記本，將那本書拉到面前。

「十月十四日，星期三，下午兩點四十分。開始閱讀《女學生奇譚》的〈第二十八天〉。」

他打開書，看著上頭的文字，不時前後翻閱作筆記。一開始就是綿延不斷、帶著情緒的主觀敘述，關於宅邸、主人及柊之會夥伴的情報極爲稀少，頁數也不多。

「〈第二十八天〉的內容，只有佐也子的心情和料理相關的記述。這是她第一次對宅邸的料理有所不滿。」

八坂對著錄音筆這麼說。截至目前爲止，早、午餐都是簡單的食物，不過這天佐也子對晚餐偷工減料感到非常不滿。八坂翻開關於料理的筆記，加上日期和菜單。青椒鑲肉與海鮮可麗餅、百合根湯、雪莉酒燉牛肉，然後是摻了核桃的香草冰淇淋。這份菜單一點都不樸素，而是和之前毫無差別，十分精緻的法式料理。然而，佐也子卻認爲味道變差，爲此焦躁不已，甚至不斷出現她遷怒年輕女傭及同樣遭到囚禁的同伴的段落。

「胃口被養刁、監禁造成的壓力，和極度的精神不穩定，造成的味覺障礙嗎？」

八坂口述目前的想法，繼續往下看。這裡出現新來的遭到囚禁的少女。千壽子，十五歲。八坂在人物表加上她，一口氣讀完最後一章。

第三十天

這陣子始終是秋雨微涼的天氣，那一位在我們的座敷裡放了上頭有大朵牡丹和蝴蝶圖案的火盆。然而，火盆無法驅散這股靜靜滲入骨子裡的寒意。厚厚的雨雲徹底包裹住太陽，低低垂在天邊。慘澹鬱悶的氣氛包圍著只有一扇小窗的陰暗座敷，四處不斷傳來嘆息。這可說是一種情趣……即使我想擺出歌人的姿態，細微的哽咽聲也立刻令我打消念頭，唯有負面情感不斷累積。

前幾天，柊之會來了名叫千壽子的新人。自從進到這裡，不分日夜，她始終哭個不停。她的哭聲害我無法專心讀書，視線只是從文字上滑過去罷了。簡直像被逼著聆聽嗡嗡作響的蚊子振翅聲，不論怎麼揮趕，都在耳邊縈繞不去。我的耐心瀕臨極限。

「千壽子，妳實在吵到快讓我發瘋了。如果妳這麼想哭，去跟黑炭鬼借他圍在脖子上的抹布咬在嘴裡，妳就能不發出任何聲音地哭個痛快。」

我從書桌上抬起頭，對她這麼一說，她訝異地睜大雙眼看著我，肩膀上下起伏，喘個不停。接著，她像是理解了什麼，伏倒痛哭失聲。眼淚弄髒那身孩子氣的紅花籃外褂，她彷彿在模仿悲劇裡的公主，趴在地上。我的老天，她的眼淚怎麼乾不了？而且這樣實在太難看了，不是嗎？我目瞪口呆地站起，冷冷俯視千壽子，以腳尖戳戳她的背部。

梅子停下手邊的串珠手工，帶著反抗的眼神看著我。您想必認爲，我們這種互動實在太沒意義吧？如果要一一照看下面的人，對我的創作只會造成阻礙。我曾向那一位提出要求，他卻始終不讓我和其他人分開。

「妳眞可怕。」梅子啞聲低語，顯露出再清楚不過的敵意。她抱起哭個不停的千壽子，三名少女像小丘般動也不動，不停對我說著難以置信、不堪入耳的責備話語，眞是無禮至極。

然而，當道江逃亡後，梅子便非常提防我，因此她也成爲我充滿興趣的觀察對象。她們彼此安慰、鼓勵，有時硬是打起精神，互相發誓一定要逃出這棟宅邸，可惜一切只是空中樓閣。不管哪條路都是死胡同，即使彼此鼓舞也成不了大事。

我坐回原位打算繼續讀書，梅子顫抖著開口。她脹紅臉，秀氣的額頭滿是汗水。

「佐也子擔任柊之會的領導者後，所有事情都變得不對勁。道江明明是去求救，妳卻把她出賣給黑炭鬼！是妳害死道江！佐也子，妳怎麼了？妳不正常！」

是的，我當然再正常不過。不肯面對現實的是她們，與其說是對她們生氣，更替她們感到可憐。她們無法想出道江那樣的策略，也缺乏逃走的勇氣和機智，只能在陰暗的洞穴裡浪費時間。遭這樣的梅子批評，我也無所謂。更何況，梅子對那一位而言，從來也不特別。她是不是誤會了什麼？不是現在才開始，這裡從以前就是奇怪的空間。聽她的口氣，彷彿我是少女一個接一個失蹤的元凶。

目前爲止我都睜一隻眼閉一隻眼，看來得讓她理解我們之間的上下關係了。我這麼想著，就像愚鈍的女傭必須好好修理一頓一樣。

「柊之會」將在我這一任結束。

我乾脆地宣布。梅子等人面面相覷，接著掩住嘴，一如往常窸窸窣窣地祕密談話。眞是太令人厭惡了，宛如椋鳥的叫聲，令人煩躁不已。這種聚眾誇耀自身勝利的愚蠢習性，和她們在女學校時一模一樣吧。膚淺幼稚到極點，我打心底感到厭煩。

「佐也子，妳沒有決定權！妳不要誤會了！」

梅子忽然嚴肅地說，我大感滑稽，不禁笑出聲。學學美蘭吧，至少要能看清事情的本質，我立刻這樣回答，不過她一定不懂我的意思吧。只要將她們送出座敷牢，這棟宅邸便只剩下我，不就沒繼續柊之會的必要了嗎？

所謂行動，不一定要像道江那樣逃亡，稍微改變想法或價値觀，不也立刻成爲開拓未來的行動嗎？我不再是一個月前的我了。我從以前就不斷構思被命運捉弄的女性奮鬥成功的故事，終於理解自己就是主角。我希望趕緊結束這個不值一提的故事，滿心只想振筆疾書，焦躁難耐。

下午的寫作時間，阿米嬸照例帶我前往「蝴蝶廳」。明明再三說過不需要這麼做，黑炭鬼卻依然跟在我的後面。光是他的汗臭和黏膩的氣息便令我噁心不已，幾度全身顫抖。

這個骯髒的下人在宅邸裡打轉，不會降低格調嗎？即使我如此向那一位進言，他也只說讓管家或女僕長處理就好，不肯採取我的建議。然而，等到只有我留在這棟宅邸時，首先我就要把黑炭鬼攆出去。將不適合這裡的人，一個一個挑選去除，便是我的工作。

前往蝴蝶廳的路上，我靠近阿米嬸，在她耳邊低聲問：

「阿米嬸，下次三點的鐘聲響起時，你們能不能帶走梅子？」

瘦骨嶙峋的阿米嬸皺起眉，打探什麼似地看向我。那一身深藍色工作服以熨斗燙得平整，荷葉邊圍裙白得刺眼。我伸手拍掉阿米嬸肩上的灰塵，更湊近她。

「梅子破壞規矩，我很困擾。她和道江一樣，都在刺探逃走的機會，我十分擔心。如果又發生相同的狀況，阿米嬸的立場就危險了。」

阿米嬸乾澀的嘴角微微一動，接著咳一聲，平板地說：

「一切都由老爺決定。」

「當然。我也只是這麼希望而已，不過還請阿米嬸替我說句話。有問題的嫩芽愈早摘掉愈好。」

就在這時，我的脖子後面傳來溫熱的氣息，我尖叫一聲躲開。眞是不敢相信，黑炭鬼居然縮起六尺高的身軀，偷聽我們的談話。他混濁的雙眼看著我，骯髒的舌頭舔了舔乾裂的嘴唇。

「再來換梅子嗎？」

「閉嘴！」

我試著嚴厲叱喝，話聲卻走了調，氣勢矮一大截。黑炭鬼大步往前一站，像要覆蓋我似地低下頭。他穿著土黃色襯衫、粗呢吊帶褲，皮帶上插著以麻布捆起的匕首。看著因長年累積的手垢發出黑光的刀鞘，我全身顫抖不止。

他是用那把匕首殺死道江的嗎？三奈和葉子也都是在這個醜惡的男人手中逝去的嗎？她們在人生終點看見的，是這個毫無教養又鄙俗的男人嗎？

我靠在長廊牆上，害怕地望著高大的男人。你這愚蠢的……我雖然想高聲斥責他，卻無法說出口，雙腿發軟，幾乎要當場昏倒。黑炭鬼滿是斑點的臉孔靠近時，我恐懼到只能摀住雙眼蹲下。

「不要開她玩笑。」

阿米嬸制止黑炭鬼，他發出骯髒卑劣的笑聲，變本加厲嘲弄我。

「妳眞是膽大包天，這次居然要出賣梅子啊。」

「不要再說了。」

「什麼都不知道的女孩，變成天狗的女孩，被折斷鼻子哭個不停，可憐啊可憐……」

黑炭鬼雙手打著拍子，唱著令人不快至極的歌曲，直到阿米嬸嚴厲斥責，他才停下。然而，我內心的騷動絲毫無法平息，即使在蝴蝶廳仍舊無法冷靜，甚至連筆都握不住。

可惡的黑炭鬼、骯髒的黑炭鬼，你給我記住。之後就算你哭著求我原諒，我也絕對不會原諒你。我在心中發誓，必定要報一箭之仇，這才爲了寫作，走向有著彎曲桌腳的書桌。

多美子同學看到這樣堅強，再也不會哭著入睡的我，會怎麼說呢？她肯定會為判若兩人的我感到高興。想必您也在鉛字的另一端，沉浸在某種滿足感中吧？如果是現在，我一定能自在地和前往舞廳的男性談話，也能成為惹人注目的摩登女郎。不論父親如何發怒，我都能清楚表達自己的意見。接下來，要自由自在、依我所願地活下去。

好想再見到多美子同學。我眺望著窗外，希冀能讓思念傳達出去。

一群鳥兒排列成箭型飛過深灰色的天空，雨滴打在轉紅的櫸樹上，樹葉不停搖晃。池塘對岸的樹林上，鮮豔的紅葉簡直像梵谷的點彩畫。白樺樹全長在同一處，更襯托出色彩的強弱對比帶來的美麗。地面幾乎開滿淡桃紅色的花朵，紫色的粗莖上是狀若百合的小花，像極一串鈴鐺。

我看向桌子邊緣的白瓷花瓶，輕輕碰觸往外翻的花瓣。這是女傭摘來的，不過我從未看過這種花，於是向那一位請教花名，他告訴我是吉祥草。這花只要一開，宅邸就會發生好事。去年吉祥草完全沒開花，今年卻將庭院染成一片淡桃紅色，一定會發生什麼事情。

好事的預兆讓我完全忘記黑炭鬼，運筆輕快起來。所謂好事，會是什麼好事呢？和多美子同學重逢嗎？或者，那一位會說出令人開心的話？然而，這番雀躍的心情，卻在晚餐時煙消雲散。

這天的菜單是白帶魚凍、長蔥與蓮子煮成的冷湯，燉牛筋及紅酒燉蘋果。雖然是擺盤裝飾都非常好看的料理，在味道上卻缺少神采，平凡至極，讓人毫無感動。我最大的享受就是晚餐，但最近的料理到底是怎麼回事？

不過，梅子她們一如往常地對料理十分滿意。回到座敷後，仍不斷談論料理多麼美味，擺盤多麼美麗，所以我才討厭這種遲鈍的人。

是換過廚師嗎？

我向那一位提出疑問，他反問「妳這麼覺得嗎？」，側首思考片刻又說「妳的味覺眞是纖細」，露出溫和的笑容。那一位似乎也認爲味道變差了，能和他擁有相同的感覺，我自傲不已。因爲那一位喜歡的味道，我也非常喜歡。這樣的話，將來我便能代替那一位對料理發出仔細的指示。

之所以這麼說，是因最近那一位的身體狀況變得更糟糕了。秋雨連綿，令他全身痛苦難耐，痙攣發作的時間較以往變得更長。我交出去的原稿一直沒回到我手中。聽說醫生頻繁上門，我擔心不已。如果能夠讓我來安排，我一定會拚命努力幫上忙。

然而，發生了讓我有些失望的事。明天下午不是要舉辦有許多貴賓前來的宴會嗎？地點是我從未去過的大餐廳和貴賓室，來賓是各界的重要人士。我很擔心那一位的身體，是我管太多了嗎？難怪阿米嬸、女傭、傭人，連黑炭鬼都忙個不停。

請讓我出席宴會。

我透過阿米嬸，向那一位懇求，卻一直沒收到回覆。阿米嬸也沒前來座敷，當我們要如廁或入浴時，都是由別的女傭和黑炭鬼跟在身邊。到了很晚才聽見阿米嬸在吩咐著什麼的微弱聲音。

想必她沒將我的願望傳達給那一位。我情緒高昂，遲遲無法入睡，不停起身走到格子門前，搖鈴叫來女傭。每次來的都是一臉困倦的年輕女傭，阿米嬸始終沒現身。

「去找阿米嬸來。」

我好幾次這樣命令她，她卻乾脆地說阿米嬸在休息，完全不理會我。即使要她替我將信放在那一位的房裡，她也以一句「礙難照辦」打發我。

實在可恨至極。女傭帶著嫌麻煩的神色轉身離開，我一直盯著她的背影。如果沒有這道格子門，我就能夠立刻見到那一位，將我的願望傳達給他。這棟宅邸裡的人，全是不知那一位多麼疼愛我的蠢人。

我輾轉反側，只好眺望窗外，焦躁難耐地度過漫漫長夜。不自覺打起瞌睡時，天也亮了。明晃晃的室外，仍舊下著雨。我盯著朝霧瀰漫的庭院，從雕花玻璃的水壺倒了杯水，滋潤乾渴的喉嚨。

總之，那一位可能隨時召喚，我得先打扮好。我打開塗著柿漆的衣箱，翻出收藏的和服。梅子她們聽見我發出的聲響醒了過來，訝異地盯著我。

我的和服中，最高級的是那一位訂製給我的裏葉柳色外出服。可是，這一套不符季節，也不夠華麗，在燦爛輝煌的貴賓室裡一定會顯得寒酸，令人難堪。不管是對這棟豪華的宅邸，或對身爲宅邸主人的那一位來說，別提不相稱，根本是不合時宜到滑稽的程度。

「喂，妳有沒有振袖？」

我問剛醒來一臉蒼白的梅子。她似乎不懂我在說什麼，看了其他兩人一眼。我焦躁地站起。

「妳呢？妳有沒有？」

千壽子畏怯地搖搖頭，另一人立刻說她沒有。眞是一群沒用的東西。

我咬著指甲，再次打開衣箱，拚命思考著，想起一月離開的三奈有一套加賀友禪的振袖。那是在高雅的黑色布料上描繪盛開的垂櫻花樣，非常豪華的和服。櫻花是代表日本的花朵，不論什麼季節都能穿著。

我起身走向出入口的格子門，用力搖著叫人鈴。離開的人的物品會立刻運出座敷，我雖然有點擔心，但那些物品應該不至於給女傭吧……

我搖了好一陣子叫人鈴後，昨晚那個土氣的女傭才終於姍姍來遲。明明都早上了，她居然還滿臉惺忪地揉著眼睛，甚至打了個呵欠，眞令人不敢相信。我立刻撇下嘴角，表現出不滿，然後將手放在胸前讓自己冷靜下來，向她吩咐：

「妳立刻去拿三奈的振袖來，就是黑色布料上有著垂枝櫻花紋的友禪和服。腰帶、襯衣和配件，給我整套拿來。」

「哦……」遲鈍的女傭只發出這麼一聲，歪著頭動也不動。

「要是不知道，就問阿米嬸，快點去！」

不得要領的女傭離開後，一直沒回來。今天的早餐和午餐都送到座敷，完全禁止我們外出。連我想去蝴蝶廳的要求都被駁回。她們粗魯地將稿紙遞給我，不由分說地要我待在座敷寫稿。一定是那些女傭假借那一位的名義，故意找我麻煩，實在太陰險。

我生氣到根本不想進食，突然聽見乘風而來的細微樂聲。低沉的弦樂是大提琴，纖細夢幻的音色是長笛嗎？我仔細傾聽一陣，實在坐也不是、站也不是，好不容易攤開放在窗邊書桌上的稿紙開始撰寫故事。我的文字非常混亂，想不出任何好句子，只是徒然寫出毫無意義的記號。

一回神，我已滿臉淚水，悔恨、悲傷、鬱悶幾乎壓垮我的胸口。既不能見到那一位，還必須被關在這裡，感受著前台的燦爛華麗，這究竟是怎樣的懲罰？

專心一意地寫著文章時，傳入耳中的音色讓我不由得停筆。

是小提琴。

我豎起耳朵，全心全意地聽著宛如絲線般的優美獨奏。撥動琴弦的指尖，滑動琴弓的表現方式，及美麗卻帶著寂寞的通透音色……那是蒼月之君。我驚訝地抬起頭，以袖子擦拭臉上的淚水。

雖未聽過蒼月之君的演奏，但我相信那就是她。姊姊原來在離我這麼近的地方。大提琴和低音提琴加入小提琴的獨奏，增加深度的美麗旋律吸引著我。

那是〈卡農〉。我閉上雙眼，隨著反覆的小節，思緒不停飛馳。

還是女學生時，蒼月之君曾在給我的信中提到她喜愛帕海貝爾作曲的〈卡農〉。我完全不懂古典音樂，於是拜託多美子同學帶我去御茶之水的咖啡廳。那裡收藏著非常豐富的古典音樂唱片，只要提出請求，店家便會播放唱片。第一次聽到〈卡農〉，宛如歌聲的美麗旋律令我感動落淚。

我拚命地仔細聆聽幾乎要消散在風中的微弱樂音，思緒回到從前。在女學校求學，和朋友一同歡笑。雖然父母很嚴厲，卻也讓我的內在有所成長。每天都如此光輝燦爛，我不知不覺習慣一切，絲毫不理解平凡的美好之處，反而心生輕視。

我想回家。

好久沒湧現這麼強烈想回家的念頭。〈卡農〉的樂音來到最高潮，哀傷的合音響徹整棟宅邸，然後加上低沉的鐘聲。我聽到背後有人倒抽一口氣。

「佐也子小姐，老爺叫您。」

紅色格子門的另一邊出現阿米嬸的臉孔，巨大的鎖終於打開。我發出安心的嘆息，對她說：

「阿米嬸，怎麼這麼慢？我等妳好久。妳幫我拿三奈的振袖來了嗎？如果妳不幫我梳妝打扮，會讓那一位等很久喔。」

不知爲何，梅子她們三人全身僵硬地握著彼此的手，顫抖個不停。看到面無表情的阿米孀身後是黑炭鬼，我陷入驚愕。

等一下，剛剛的鐘聲是怎麼回事？〈卡農〉並沒有鐘聲，那道鐘聲是什麼意思？是來自玄關的座鐘嗎？是預告三點的鐘聲嗎？

望向牆上的鎌倉雕鏡子，那裡映出一頭亂髮的我。我還穿著睡衣，臉色宛如死者般蒼白。

「佐也子小姐。」

阿米孀平板的聲音彷彿是從很遠很遠的地方傳來。千壽子太害怕，忍不住哭出聲，緊緊抱住梅子。

「爲什麼？吉祥草不是開了嗎……」

我喃喃自語。

「佐也子小姐。」

阿米孀這次的呼喚裡帶著警告的意味。在她身後蠢動的黑炭鬼往前踏出一步，即使不看他，也可從空氣的振動察覺他的動作。

「等一下。」

我制止黑炭鬼的嗓音，清亮到連自己也感到驚訝。

「故事還沒結束。你們都給我閉嘴，在那裡老實待著，不准反駁。」

阿米嬸和黑炭鬼似乎被我的氣勢壓倒，站在入口，沒走進座敷。

在此要跟您道別了。不，或者該說，透過文字的往來即將結束。如果您願意尋找我，我們一定能重逢。我會穿著裏葉柳色和服前來迎接，吉祥草開花想必是暗示著這件事吧。

感受著就在不遠處的蒼月之君，〈卡農〉的美麗旋律讓我想起那段燦爛的時光，也讓我在人生盡頭的心情如冬天湖面般平靜。

我會摘著淡桃紅色的花朵，一直等待著您。

祝您平安，再會。

3

八坂重讀最後一章五次之多，筆記本滿滿都是潦草寫下的重點。他盡可能畫出宅邸的平面圖，推測方位，並詳細調查、追加文中出現的各種物品的價值和特徵，甚至執拗到連同樣名詞出現的次數都算得一清二楚。他回放錄音筆重聽過去的錄音，和看完最後一章得知的新情報加以對照。八坂感覺這本書拚命傳達著某種訊息。

首先該做的是確認宅邸的所在地。樹林環繞，石柱沿著建築物並排的堅固洋館。還有一件事令八坂很在意，就是綾女哥哥消失的原因。拉近《女學生奇譚》時，八坂瞥見秋彥滿面笑容的照片。如同第一章斷言的，佐也子在最後一章面臨了死亡的命運。不，雖然不確定她的生死，但從狀況看來，絕對不是什麼大團圓結局。

八坂盯著最後的「再會」二字。秋彥不知道這本書是最近一年才製作出來的古書仿冒品。如果他好奇地從出版年月日檢索過去的新聞報導，應該能輕易地查到少女大量失蹤案件。若是普通人，就算是很久以前的案件，還是會報警吧，再怎麼說，這都是被害者的手記。或者，可能考慮賣給報社或出版社之類的大眾媒體。然而，秋彥只留下書，人卻憑空消失，爲什麼？

八坂反覆思索，手指壓著眼頭，轉動僵硬的脖子。若眞有人覬覦這本書，怎會沒搜索秋彥的公寓？因爲他們要找的不是書，而是秋彥本人。

八坂看著放在桌上的手表，晚上十點。耗費太多時間在最後一章，他撐著桌子站起，走向寢室。託那本書的福，他毫無食欲。雖然努力要客觀閱讀，這本書卻有種打破八坂防備、深入他內心的強硬，而且餘味差勁透頂。佐也子深信自己將會成爲屋主的伴侶，在終於理解自己的愚蠢時，迎接人生的終點。八坂不知某人做出這本書的目的，只曉得有人希望他去找出佐也子。

穿著裏葉柳色和服，坐在開滿吉祥草的樹林中的少女浮現眼前。

「饒了我吧。」

八坂用力掀起棉被爬上床。他望向窗簾拉開的窗戶，外頭一片漆黑，有隻大白蛾繞著走廊上的燈轉個不停。一看見映在玻璃上的疲憊臉孔，他立刻移開視線。

八坂閉上雙眼，大大深呼吸。一股不祥的預感包圍、監視著他。這種感受應該不是恐懼，卻也難以稱爲其他情緒，令八坂十分不快。雖然沒有任何根據，不過八坂其實心裡有數。弟弟。或許要認眞考慮那傢伙和這個案子有關的可能性。

這時，八坂察覺一股動靜。抬起上半身一看，窗外的光景映入眼簾。有人站在正面走廊的樓梯間。那人的一頭黑色長髮像火焰般舞動，臉孔正對著八坂。

「綾女？」

八坂剛要站起的瞬間，女人的身體前後晃動，接著便毫無抵抗地一頭栽下。下一秒，人體直擊地面的鈍重聲響震得窗玻璃搖晃起來。

「等一下！」

八坂奔向窗邊，急忙打開陽台鎖，光腳衝出去。他從欄杆探出身子，行道樹的濃重黑影遮蔽視線，看不見空地和道路。他轉身抓起丟在桌上的手機，跑到走廊上女人方才站的位置，努力探頭往正下方看。只見一道臥倒在地的黑色人影。

「可惡！」

八坂立刻打電話叫救護車，接著兩步併做一步往下衝。他以樓梯間的手扶梯當煞車，氣勢洶洶地衝下七層回轉樓梯。

到底發生什麼事？摔下去的是綾女嗎？八坂陷入混亂，穿過入口大廳衝到外面，接著沿公寓轉了一圈，奔向過去四人墜落的地點。

他幾乎要喘不過氣，汗水流入眼睛導致視野一片模糊。他以T恤袖子粗魯地擦掉汗水，邊咳嗽邊望向摔下來的女人。

空無一人……

八坂雙眼圓睜愣在當場，接著立刻環顧四周。他抬頭望向成爲自殺勝地的樓梯間，迅速移動視線確認落地位置。然後，他踩上腳踏車停車場的柱子，確認鐵皮屋頂上面的狀況，並撥開花壇內側和杜鵑籬笆查看，卻只找到空罐和垃圾。他恨恨地嘖一聲。

「到底怎麼回事？」

八坂用力抓著頭，在沒有任何污漬的柏油路單膝跪下。他觸碰乾冷的地面，緩緩以指尖確認殘留的痕跡，居然什麼都沒有。別說血跡，連根頭髮都沒有，而且也不可能被人帶走。

八坂起身，反覆要自己冷靜下來。剛才確實有個女人，以扶手爲軸心轉了半圈，倒頭摔落。她趴在地面，動也不動。那是令人感覺到立體重量的身軀。難道剛剛經歷的一切全是幻覺？

「……好恐怖。」

嘴上這麼說，八坂卻不禁竊笑。他激動到全身打顫，背上流過幾道冷汗。這件事輕易超越他的理解範圍。還是，在超越他理解範圍的地方，有著眞正的恐懼？至今從未感受到的強烈恐懼，搞得八坂的大腦天翻地覆。他不知這種感覺究竟應該替換成什麼。

遠方傳來救護車的聲音，八坂頓時清醒。沒多久，救護車距離八坂所在地只剩兩個街角，後面還緊跟著兩輛警車。

「這種情況比較恐怖。」

八坂反射性地拔腿逃跑，不過一想到調查電話號碼馬上就能抓到自己，便立刻放棄，改爲舉手示意，拚命向下車的急救隊員和警察道歉，解釋是看錯。然而，警察懷疑他是愉快犯或嗑藥，一直不放他走。不只確認他有無前科，連他去年違規停車的舊帳都翻出來教訓老半天。

八坂對著離去的警車低頭致意，從灰色運動服口袋拿出手機，按下通訊錄裡的號碼。撥號聲連響四次，對方仍沒接電話，八坂的背脊又湧起一股令人厭惡的感受。第五聲即將結束時，傳來「喂？」的回應。

「綾女小姐嗎？」

必須先確認這一點。電話另一頭非常吵鬧，到處傳來男人的笑聲。綾女似乎在外面，這種時候她在做什麼？八坂看一下手表，十點四十分。

「喂，是綾女小姐嗎？」

「對不起，我聽不清楚。這裡實在吵得要命，沒水準到離譜的地步。一大堆人問都不問就拿菸出來抽，簡直是無法地帶，我不懂爲什麼沒人來取締？」

聽起來是綾女沒錯，八坂暫且放下心。他無論如何都想跟綾女確認一件事，於是走向公寓入口，咳一聲後說：

「呃，我問妳一件奇怪的事。」

「奇怪的事？對不起，你可以大聲一點嗎？」

八坂又咳一次，稍微放大聲量。

「大概三十分鐘前，妳在哪裡？」

「我在這裡啊，這個差勁得要命的空間。」

「綾女小姐，妳該不會是那種靈魂會脫離身體的人吧？」

雖然覺得愚蠢至極，八坂還是咬牙問出口。

「什麼？靈魂脫離？」

「呃，就是那種……怎麼說，像是曾經由上往下看著熟睡的自己，或飄在半空中之類的。」

瞬間沉默的綾女，似乎擋住手機通話處。一陣模糊不清的雜音傳來，接著是一陣大爆笑襲擊八坂的耳膜。他慌張地將手機從耳邊拿開。

「你說綾女的靈魂脫離身體？」

「怎麼，妳也在啊？」

八坂提防著篠宮的大嗓門，將手機靠近耳邊。她似乎難得喝醉，口齒不清。

「吃完飯後，綾女說想去日本的酒吧，所以我帶她到常來的店。」
「什麼酒吧，怎麼想都是居酒屋，八成是妳常帶我去的、在歌舞伎町的那家。妳們搞不好被盯上了，爲何還要去那種地方？」
「這就是藏樹於林啊。我們會搭計程車，直接在飯店前下車，不用擔心。我弄來二手的電擊棒，改造成一百三十萬伏特，要把那個混帳色狼電個半死不活。」
不只攝影器材，篠宮對電器產品都很有一套，對於這種危險行爲毫不在意。她的公寓陽台，甚至接上手工太陽能發電板。八坂陷入輕微虛脫的狀態，拖拖拉拉地走上樓梯。
「對了，半透明的綾女出現在你的住處？」
「可以這麼說啦，不過很難在電話裡解釋，明天再告訴妳們。我想重新整理一下狀況。」
八坂和篠宮約定明天見面的時間和地點，提醒她們趕緊回家後，便掛斷電話。他將手機收進口袋，縮著背踏上階梯，然後在七樓的樓梯間停下腳步，探出柵欄再次確認底下狀況。如果在這裡看得到東西更糟糕，不過並沒有任何人倒在正下方。他仔細環顧水泥牆剝落的樓梯間一圈才返回住處，硬是說服自己相信周遭並無異常。
隔天，八坂前往篠宮的地盤高圓寺。本來預定在四谷集合，不過綾女昨晚睡在搭檔的公寓。綾女一直在自己四周豎起高牆，不過這陣子出現明顯的變化。她逐漸露出自然的笑容，享受著談話。更明顯的是，她對篠宮和八坂表現出複雜的情感。她有時會忽然回神般，一副手足無措的表情，或許是過得太安穩心生罪惡感，也像是對哥哥的深刻情感逐漸減弱。

車站北邊的巷弄裡，擠著很多小餐廳。有大排長龍的拉麵店，也有老饕才知道的正統義大利餐廳。從這個無國籍的空間裡選一家雅致的小店坐下，三人盯著送上餐桌的料理愣住。

「本日特餐是燉牛筋，這是佐也子最後的晚餐吧？」

「對。」

八坂努力冷靜地回答，卻無法掩飾內心的不安。燉牛肉可說是午餐時段必備的菜色，可是他根本無法冷靜，腦中警鈴大作。送上桌的套餐沙拉搭配魚凍，日式風味的湯料是彷彿衝著他們來的長蔥和蓮藕。這已完全超過偶然或巧合的範圍。

八坂慢慢站起，向櫃檯內的廚師開口：

「不好意思，請問這份午餐菜單是什麼時候推出的？」

店主是個年紀和八坂差不多的廚師，戴著約二十公分高的廚師帽。繫紅領巾的男人滿臉笑容地回答：

「這星期推出的，怎麼了嗎？」

「不，我只是有點好奇。沙拉和湯也是嗎？」

「是的。」

今天是星期四，所以這份菜單已賣四天。和前陣子在吉祥寺吃到的烤小羊排一樣，不是急就章的菜色。

「這個主餐和配菜的組合，是否有參考對象？是不是著名的法國料理食譜？」

「我都是根據當令食材來搭配，沒有參考任何書籍。真要說，就是直覺和經驗吧。」

「原來如此。對了，接下來的甜點是什麼？」

八坂很有把握，一定和那本書相同。廚師親切地回答：

「是糖煮蘋果，現在正好是紅玉蘋果的季節。」

八坂道謝後回到座位，喝了口水。他需要重新啓動大腦。不論是誰，只要深入思考一件事，就會無意識地只看見同樣的事物。在追逐某案的過程中，往往會發生類似的案子，誤以爲文中的敘述眞的發生過。那些都是漫不經心時完全不會在意，絲毫不會留在視野內的細節。現在發生的情況，只是自己刻意去找出來，徒增煩惱罷了。

他盡可能佯裝平靜，先將那本書的結局告訴篠宮和綾女。篠宮似乎認眞擔心著八坂的精神狀況，始終憂慮地窺看八坂的臉色。綾女將食物推到一邊，在記事本上寫下八坂的話，頻頻將滑下鼻翼的眼鏡推上去。

「佐也子終於被叫走了嗎……」

篠宮一如往常地迅速掃空食物。雖然一臉憂愁，她仍追加店家自製的全麥麵包。

「她的生死呢？」

「不知道，和到了下午三點女傭就來叫人的模式一樣。不過故事在此結束，代表她再也沒回到座敷吧。」

「結果在『那一位』眼中，佐也子根本不是什麼特別的存在，眞是太悲傷了。將佐也子教育成專屬於他的作家，說穿了不過是喜歡閱讀的人的遊戲。然後，他便對佐也子感到厭煩。」

「可能是看穿佐也子的精神狀態出了問題吧。」

綾女翻閱著記事本，「嗯，或許眞的是這樣吧。不過，我認爲還是得思考一下，這本書在近一年內製造出來的意義。說不定，是將當時實際存在的手記集結成冊。」

「既然如此，爲什麼要特地僞裝成古書？」

「可能是給特定人物的訊息。」

八坂看向綾女，「妳有人選嗎？」

「沒有。」

綾女搖搖頭，長髮隨之搖晃。事到如今，八坂對於綾女的身分也產生疑問。關於她的眞實情報太少。不論是她從美國來、在NPO工作、那本書，還有她的哥哥秋彥。他所知的綾女情報都很不確實，彷彿飄在半空中，非常不具體。然而，他不認為綾女有什麼企圖，因為她的恐懼和焦慮都是真的。

「篠宮姊，妳怎麼想？」

「跟那本書有所連結的菜色，我認為應該當成最大程度的巧合。」

「最大程度嗎……」

八坂將只吃了一點的燉牛肉推到桌邊。雖然食材和調味都不差，但他毫無食欲。他陷入遇上一點小事就會疑神疑鬼的狀態，從未對自己的感覺這麼沒自信。

「你真的不要緊嗎？」

篠宮不安地窺看著只喝水的八坂。

「老實說，我不知道。」

篠宮大概沒料到八坂居然會如此軟弱，不由得把手上的麵包放回盤子裡。八坂嘆了口氣，和她們講起昨晚的經歷。長髮女人從七樓跳下後，消失無蹤。重新向人述說後，八坂意識到昨天的遭遇有多荒唐。不過，篠宮和綾女沒一笑置之，仔細向他一一確認事發經過，及是否留下痕跡。按照順序說完，八坂多少冷靜下來。

篠宮捲起深綠色襯衫的袖子，雙手抱胸，瞇著細長的雙眼，開口道：

「這麼說來，八坂家完全就是凶宅。死了四個人，還附贈可看見跳樓女鬼的選項，根本該整棟打掉。」

「眞的撞鬼我還比較安心，萬一是幻覺就麻煩了。」

「你認爲和那本書有關嗎？」

八坂靠在椅背上，盯著冷掉後浮出一層油膜的燉牛肉。

「我明白將書和日常生活連結在一起很危險，但除此之外，無法說明整件事。」

「那不是古書，是有人在這一年內做的假貨。看破這一點，那本書不就失效了嗎？」

也對，八坂應道。然而，這無法解決任何問題。沒道理古書很危險，新書就沒問題。

「總之……」篠宮十指在桌上交握，「可以把你整理的故事概要影印給我嗎？就是把和服、花、家具之類的東西詳細列出的筆記。我也試著調查看看好了。畢竟我有多得跟山一樣的攝影集，讓我從新的角度重新檢視比較好。你不要一個人鑽牛角尖。」

「我也要。」

綾女顯得相當有幹勁，八坂望向她的一雙渾圓大眼。本來八坂和篠宮的工作是徹底分開的，他從沒拜託篠宮調查任何事。不過，或許增加新的觀察角度是好事。除了可能會找出新的情報之外，更重要的是，他必須讓軟弱到令兩人擔心的自己振作起來。

八坂爲留下這麼多菜向店主道歉，等篠宮將麵包都塞進嘴裡，三人走出店外。他提防著周邊狀況，在便利商店將筆記影印給篠宮她們後，和兩人分開前往車站。當他快步穿過個性商店林立的繁華街道時，忽然瞄到一樣東西，慌張地回頭一看，是一家入口狹小的古著店。店門前擺著一套土黃色和服，八坂緩緩接近，從正面打量。

土黃色布料上，有著水仙和鴛鴦的花紋……八坂急忙從提包裡取出筆記，迅速翻到整理所有和服的那一頁。這套和服與企圖逃亡的道江，被帶到宅邸時的打扮一模一樣。吊在衣架上的和服，搭配藍色流水花紋的腰帶。根據佐也子的說法，這個搭配毫無季節感，沒品味到極點。

八坂戰戰兢兢地抓起和服下襬，看到鮮豔的粉紅色襯裡時，嚇得鬆開手。這和書中的記載完全一致。當他發現水仙花紋的和服後面，還有一套裏葉柳色和服的瞬間，全身冒出雞皮疙瘩。

「佐也子和道江在這裡。」

他雖然嚇得不輕，卻無法遏止內心湧起的笑意。接著，他迅速掃視周遭，確認沒有任何可疑人物。到底是怎麼回事？八坂喉頭咕嚕一聲，再次面對和服。這不單純是太過在意才發現異狀，而是那本書開始侵蝕現實。

八坂在店門口待了半天後，一名嬌小的中年女子從陰暗的店面探出頭。

「您看中那套和服嗎？」

戴紅框眼鏡的女子滿臉笑容，穿著和服布料製作的料理圍裙，說話的同時拉直圍裙下襬。

「這套和服是從哪裡進貨的呢？」

八坂啞著嗓子一問，女人歪了歪頭，笑道：

「我們從很多地方進貨，不過店裡有這套和服嗎？八成是客人拿出來的吧。數量太多，我也不是全都清楚。有些是流當品，有些是壓倉貨，只要有關係的地方，我們就會去進貨。」

「那是只有業者參加的拍賣？」

「對。我們一次會進一大批，像是秤重賣的那樣，不會特別挑選顏色。」

八坂盯著水仙花紋的和服。

「這套和服與襯裡的顏色不搭，對吧？」

店主抓起和服下襬，彎著腰推一下眼鏡。

「真的呢。這種花紋配上粉紅襯裡實在太沒品味，把季節感都毀掉了。」

「腰帶也不適合夏天吧，我覺得流水花紋和水仙不太搭。」

「確實如此。不過，這不是我搭配的。這位客人，您似乎很熟悉和服，現在滿少人曉得什麼季節該配什麼花紋和顏色。」

「我也是一知半解。對了，這套和服是何時生產的？」

再怎麼說，那兩人的和服不可能出現在這裡吧。八坂提高警戒地問，店主立刻蹲下摸了布料一把，然後翻到另一面檢視，抬起頭回答：

「這是古典花樣的復刻版本，是最近的東西，聚酯纖維的便宜貨。」
「我知道了，非常謝謝妳。」
八坂深深向對方低頭致謝，接著留意著周遭狀況，走向車站。
必須馬上見弟弟一面。他從牛仔褲口袋掏出手機，打電話到弟弟的住處。

4

八坂在電影和電視上看過很多次眼前的光景。透明壓克力板中間開著幾個圓形小洞，對面房間的角落，一個穿深藍色制服的中年人忙碌敲打著電腦鍵盤。肉眼可確認的防犯攝影機就有三台，應該也有錄下談話的裝置。透明牆壁的另一側，是個和他有張一模一樣臉孔的男人。對方露出微笑佇立著。
「好高興，你居然來見我。經過十年，不，更久了吧。你忽然過來，嚇我一跳。而且時機抓得很準，到上個月爲止我被降格到制限區分（註一）的第四類，進了懲罰房。」
對方身穿鼠灰色犯人服，左胸前繡著三位數的編號和「芹澤聰」這個名字。對方剃著平頭，露出好看的頭型。看來連鬢角的長度都嚴格規定，左右兩邊宛如測量過，精準地對稱。八坂從二十歲後就沒見過對方，但他親切柔軟的身段，一如八坂記憶中的模樣。身高應該也和八坂差不多。

雙胞胎弟弟不時抓著鼻頭，對八坂露出笑臉。八坂忽然想起，這是小時候每天都會看見的習慣動作。

「然後，這個月好不容易回到第三類，不過優遇措置（註二）還在第五類，連點心都不能買。電影也不能看，一個月只能寫三封信給媽媽。對了，媽媽很難過，說你都不去見她，也不打電話。這樣不行啊，媽媽……」

「你爲什麼被關進單人房？」

八坂打斷聰的閒扯，不，與其說是閒扯，不如說事到如今，他更不想被對方牽著鼻子走。聰像是要把氣色好得過頭的臉孔和八坂重疊，重新坐直身子，掛著堪稱天眞無邪的笑臉。八坂彷彿看著洗臉台的鏡子，總是露出微笑、動也不動地窺探自己的臉孔，此刻就在眼前。

「我的室友自殺了。他好像是拿褲子上吊，不知爲何算到我頭上。我確實和他交情最好，但就這樣把我降格到第四類未免太過分了吧。」

「以前你的身邊也有人自殺。」

「爲什麼有人自殺就是我害的？」

「你暗示對方自殺吧。」

「怎麼可能。」

弟弟略微加強語氣，指著自己的鼻尖。

註一：二〇〇六年起日本政府實行的措施。根據受刑人的日常表現，區分獄方控管程度的等級，數字愈大愈嚴格，第四類最爲嚴格。

註二：優遇措施決定受刑人能否寄信、收看電視、購買物品等等，數字愈大愈嚴格，第五類最爲嚴格。

「才不會有人受那種程度的暗示影響而自殺。我的辯護律師很生氣，認爲毫無根據。總之，這裡的醫生偏見太嚴重。調查上充滿誘導和惡意，想盡辦法要騙我。我拜託過媽媽，但大哥你也幫我聯絡人權團體吧。這簡直是對我的不當侵犯。」

八坂比誰都清楚，醫師和司法機關的判斷是正確的。弟弟的分類級別是ＭＢ，因爲精神疾病送往醫療監獄，然後犯罪傾向會逐步升高。從弟弟二十歲坐牢以來，這個分類從未改變。八坂幾乎告訴篠宮自己的一切，除了這個男人。一旦將這個男人的事情說出口，八坂和旁人的關係絕對會產生變化。

弟弟不時重新坐直身子。爲了和壓克力板對面的八坂臉孔重疊，他反覆微調坐姿。八坂無視弟弟這個孩子氣的遊戲，沒有任何反應，直接切入正題。

「你知道我住哪裡嗎？」

「咦，我怎麼可能知道？沒人願意告訴我啊。」

「你不要裝傻。」

「我沒裝傻。我想寫信給你，拜託媽媽跟我講你的住址，她也不知道，眞是不敢相信。大哥，你到底住哪裡，做什麼工作？」

「反正和你不一樣，我奉公守法得很。而且你應該知道我的地址，你是叫出獄的人去調查吧，還是用什麼方法指示對方？」

聽到這句話，聰摸著鼻尖低下頭，肩膀抖個不停，發出令人不快的竊笑聲。負責記錄的看守者瞬間抬起頭，接著又將視線轉回電腦螢幕。

「你認爲我眞的辦得到這種事嗎？」

「你不就做過嗎？要人去翻老家的郵筒，偷走我寫給媽媽的信件。正因你幹了這種事，我才會搬家。」

「你的被害妄想症未免太離譜。就算眞的知道你住哪裡，又能怎樣？我待在單人房裡，操縱某人去殺你嗎？爲什麼？你是我唯一的兄弟啊。你該去給醫生看看，聽起來問題很大啊。」

弟弟目瞪口呆地聳聳肩，八坂至今從沒成功識破這個男人的謊言。不曉得多少次遭到欺騙，不知不覺陷入受弟弟操縱的困境。弟弟的心裡不存在考慮「爲何非得這麼做……」的行動方針，全是靈機一動，隨著當時感受到的欲望生存。

弟弟正面直視八坂，彷彿伸出視線的觸手，要將八坂納入體內。那是不知從何時起，八坂便決心徹底逃避的邪惡視線。此刻，連鏡中的自己都升起警戒。八坂反射性地轉移目光後，聽開心地笑了。

「可以的話，跟我商量吧。」

「商量什麼？」

「你是遇到困擾，才會來見我吧？」

「我爲了追究和警告你才來的。」

弟弟思索片刻，感慨地搖搖頭。

「大哥從以前就是這樣。把我丟在這裡十年不理，一來就對我生氣。說什麼你是對的，都是我的錯。」

「實際上也是如此。」

「你眞的這麼想嗎？那麼，你又爲何老是想聽我的意見？從小你只要一有事，就追著我問。你覺得這怎麼樣？你爲何這樣想？是什麼原因讓你這樣做？」

八坂短促地嘆了口氣。

「那不是問你問題，也不是要知道你的意見，只是單純的質問與調查。我不過是不斷質疑你所有的把戲罷了。」

「哦，大哥也是成熟的大人了，可以巧妙隱藏眞正的想法。」

「你說什麼？」

「你從以前就會透過質問我來感受興奮，不是嗎？你以爲我不知道嗎？反覆問我做過的事，根本就是透過二次體驗樂在其中。你拚了命想弄清恐懼到底是怎麼回事。你現在是怎麼滿足對恐懼的好奇心呢？」

八坂想開口，卻覺得自己只會口吐惡言，乾脆不說了。不要上這傢伙的當，不要被牽著鼻子走。只要確認這男人知不知道那本書就好。

八坂從提包裡取出那本書，沉默地拿給聰看。弟弟低頭似地往前探出身子，雙眼炯炯有神地凝視著封面。

「《女學生奇譚》，這是什麼？」

「就是《女學生奇譚》。」

「你不說明一下，我怎會知道你要幹麼？」

弟弟擦擦鼻子，一直緊盯著那本書。八坂也沒移開視線，始終透過壓克力板窺探男人的情況。聽不像看過這本書，也沒試圖惹惱八坂、故作有趣的跡象。弟弟構思佐也子的手記，製作出精美的假古書，怎麼想都不太可能。當聽最後下了「沒看過這本書」的結論後，八坂隨即將書收起來。

「那到底是什麼？」

「只是書而已，忘了吧。」

「喂，你是故意跑來尋我開心嗎？」

「我沒那麼閒。倒是你給我老實招來，你怎麼知道我的住址？」

「又是這個。」

弟弟厭煩地噘起嘴，靠在鐵椅上，椅子發出聲響。他像在玩遊戲，扭捏作態地玩著手指，不停改變坐勢，靜不下來。

八坂採訪過出獄的殺人犯。對方雖然外表年老，心智卻遠顯得相當幼稚，那種不均衡的感覺令八坂很不舒服，聽卻正好相反。他只是刻意假裝言行舉止幼稚，心智卻遠超過實際年齡。在這種環境生活十四年，他的身上竟沒有任何憂傷、絕望之類的負面情感，八坂十分驚訝。然而，他們兄弟儘管擅長忍耐孤獨，卻缺乏自主性。這裡或許是適合他們這種病人的地方。

弟弟抬起下巴，挑釁般盯著八坂，雙手撐在壓克力板下的桌上。

「大哥，你爲當時的事向媽媽道歉了嗎？」

八坂全身抖了一下，聰瞇起雙眼，嘴邊露出微笑。

「媽媽現在還是很難過喔，說她很痛苦。」

八坂不敢置信地看著弟弟的雙眼。

「恐懼到底是怎麼一回事？我們就算受傷也只覺得痛，不會覺得恐怖。不管是繪本、電影、幽靈，大家說恐怖的東西，我們卻一點都不覺得恐怖。我們經常在後院的祕密基地討論要做哪些事情才會覺得恐怖，甚至寫一大堆筆記編成一本《禁忌之書》。」

爲了讓弟弟安靜下來，八坂表情沒有變化，心臟卻開始暴走，冷汗滑過太陽穴。

「你覺得那個實驗成功了嗎？」

我才沒做什麼實驗，八坂想這樣反駁，聲音卻鯁在喉嚨。

他總是和聰在一起，學校、玩耍、念書，睡覺也在一起。他們要好到不需其他朋友，彼此是最瞭解對方的人。在上小學之前，他們被診斷出患有皮膚黏膜類脂沉積症。因爲兩人不斷發生重大意外和重傷，父母擔憂他們不是單純的不小心，帶他們去看神經科，這就是一切的開端。眞正發作的病例非常稀少，所以沒有特定的治療方法。絕對不能做任何危險的事……八坂兄弟從小就不斷聽周遭的成人這樣叮嚀他們。

「我好羨慕大哥可以享受各種感情。」

弟弟有口無心地這麼說。八坂告訴自己，只要移開視線就是認輸，始終緊盯著聰不放。

同樣是染色體異常，不過八坂可能症狀相對輕微，還能透過他人的表情和語言來判斷對方的情緒，弟弟連這點也辦不到。他似乎可從表情的圖像化特徵做出某種程度的判斷，但欠缺推測他人情緒、揣測他人意圖的機能。八坂唯一覺得弟弟可憐的是，他對社會上的危險毫無防備。他個性親切、擅長交際，很有人緣，只是無法察覺對方眞正的想法，非常容易受騙。他和八坂不同，積極向前的同時應該受到許多傷害。然而，這種性格和反社會性、攻擊性並存的結果，就成爲一個大問題。這意味著，不能將他放到社會上。

十歲那年，弟弟當著八坂的面，將母親推下樓梯。他雙眼發亮，彷彿期待著內心湧現恐懼，毫不在意地將懷孕中的母親推下。直到現在，當時的狀況仍會像影片般在八坂的夢中播放。

「大哥你也很興奮，對吧？興奮到想哭，是不是？雖然被罵個半死，但實驗成功。從此我明白，只要傷害某個人，內心就會變得很溫暖。」

「只有你這麼覺得而已。」

「是嗎？我眞的體內氣血翻湧，五臟六腑都在發抖，這一定就是恐懼的源頭。眞正的恐懼沉睡在那裡。」

八坂無法否認自己和弟弟一樣。看到母親從樓梯摔下去時，雖然害怕到尖叫出聲，情緒也一口氣變得高昂，一股近似感動的顫抖襲擊全身。直到現在，八坂從未感受過超越這件事的興奮。

「在那之後，我們家四分五裂了呢。爸媽分居，我和大哥也被拆散，好過分。」

「這都是你害的，別裝成自己才是被害者的樣子。」

八坂努力平靜地這麼說。

母親流產後，父親察覺聰的異常之處，決定分開生活。八坂跟著母親，父親則將弟弟帶走，過著一個月只見幾次面的日子。八坂到現在都認爲，如果父親沒這麼做，他應該會和弟弟走上同一條路。因爲和聰分開，他終於能夠凝視自己的內在，彷彿解開詛咒，再也沒被奇怪的思想困擾。然而，跟弟弟分開的代價，大大威脅到和母親的生活。聰在二十歲生日那天殺害父親和祖父母，深深陶醉在痛下殺手後帶來的興奮中。

「我雖然想離開這裡，不過一定會給媽媽和大哥帶來麻煩。就算徒刑期滿，也只是換到精神病院，環境不會有任何變化。」

弟弟臉上的微笑消失，硬質的雙眸中浮現憤怒的神色。那是包含自殺者在內，總共殺害五個人的瘋狂眼神。

「只要犧牲我一個人，一切就都解決了。媽媽只會要我原諒她，大哥也不來見我。不，你叫媽媽不要來看我，對吧？」

「我曾來要你別再逼迫媽媽。」

「我又不是喜歡才這麼做。」

「我也一樣，所以你放棄吧。」

聽到八坂這麼說，聰大笑出聲，接著回頭問看守者還剩多少時間。

「很久沒見，卻沒什麼新鮮感。雖然是因爲我們擁有同一張臉，但我總是透過皮膚感覺到大哥。這就是所謂的同卵雙胞胎的心電感應吧。我想你也是，如果眞的出事，彼此都會知道。」

「你就是這樣，對我設下什麼陷阱吧。」

「你還是講不聽。」

弟弟以手指擦了擦鼻尖，冷淡地這麼說。他的右手虎口有一道很深的疤痕，那是他在殺害父親和祖父母時受的傷。

「不過，我覺得對大哥十分抱歉。我犯下那個案子，害你大學沒得念。新聞報導會登出相同的臉孔，想必你在外面很難行動。就算改成媽媽的舊姓，媒體也不可能放過你吧。」

聽看起來想對八坂施加更大的壓力，不過八坂根本無所謂。更重要的是，如果這男人和那本書無關，八坂眞的毫無頭緒。這樣一來，他目擊的自殺現場、料理、在古著店發現的道江擁有的和服，全是自己變得異常的關係嗎？難道如同警告紙條所說，他眞的逐漸變得奇怪了嗎？

「沒事吧？你的臉色很差。」

聽歪著頭窺探哥哥，四目相對的瞬間，八坂立刻回過神。

「你還是去給醫生看看吧。如果找到適合的醫生，狀況就會好轉。我挺中意今年來的心理治療師。他們有五個人，大家都是很相似的學者型人物。他們認爲一種耍小聰明的療法，可以對我進行再教育。他們喜歡心理測驗，毫不懷疑測驗結果，眞是一群老實人。」

「浪費稅金……」

八坂擔心著自己的精神狀況，毫無幹勁地回答。

「這裡滿常搞再教育之類的事，不過都是想操縱我罷了。我們的問題是杏仁體的功能失靈，那種情操教育根本毫無意義。不過在對方眼中，獲得自由實驗的對象算是十分幸運吧。畢竟我是弄壞也無所謂的天竺鼠。」

「你沒問題吧？」

「你擔心我嗎？」

弟弟撐著臉頰，露出天真的笑臉。

「我不是擔心人體實驗，而是面會狀況會錄影。你如果講錯話，搞不好會牽扯到之後的分級。」

「你果然還是擔心我嘛。」

聰垂下眼角笑了起來。他的笑容和小時候一模一樣。將母親推下樓梯之際，他臉上掛著相同的笑容。

「我是在給他們出作業啊。他們會一字一句地分析我的話。是不是有什麼含意？是眞心這麼說的嗎？是什麼心理狀況？是不是在暗示些什麼？我是透過浪費他們的時間，教導他們我的話就是那個意思，沒有別的。」

這時，在後面敲打電腦鍵盤的看守者，通知面會時間結束。進行這麼一場疲憊至極的面會，卻一無所獲，八坂焦躁不已。

「雖然大哥從以前就愛把事情想得很複雜，不過我還是勸你不要有所期待比較好。」

「什麼意思？」

「我的意思是，人生本來就沒有任何意義，只是不斷反覆著不可能中獎的抽獎罷了。大家藉著懷抱毫無根據的希望，才好不容易保持心理正常。你不覺得所謂的正常，僅僅是程度上的差異嗎？」

從很久以前，弟弟就喜歡這種毀滅性的思考方式。八坂想起弟弟說最討厭「希望」這個字眼時，父親諄諄教誨的場面。

「你聽好了，一個行動總是會被其他行動包圍。只有自己會感覺打開了突破的出口，其實依然被其他行動包圍著。一切不過是包圍的形狀改變，彼此的相對位置沒有任何改變。」

聽收緊下巴，盯著八坂好一陣子，唐突地露出笑容。

「你會再來看我吧？」

看守者催促聽起身，八坂只回一聲「嗯」。下次再來，恐怕就是弟弟死去的時候吧，對方應該也清楚這一點。和在門口轉過頭的分身互望一眼後，八坂站了起來。

5

「這就是傳說中的小毬嗎……」

綾女非常訝異地看著放在桌上的睡蓮缽。她凝視因冰塊的降溫而活潑起來的毬藻，一副不知該說些什麼的樣子，坐立不安地等待在陽台抽菸的篠宮。

由於和弟弟會面的影響，八坂昨晚幾乎沒睡，再次面對那本書。跟聽的再會，不論好壞，都給了八坂相當程度的刺激，對於推進滯礙的思考有不小的幫助。他從頭到尾重讀一遍，在這過程中，產生模糊的想法。「佐也子究竟想傳達什麼？」八坂闖過審查，貼近佐也子的情感，抓住她隱藏在作品中的意圖。

這時候，落地窗打開，篠宮慢吞吞地走進屋內。帶著塵埃的風捲起桌上的紙張，吹向玄關。綾女按住那些差點飛走的紙張，篠宮將裝著毬藻的睡蓮缽移到廚房吧台，然後自顧自地燒水煮咖啡。

「好，開始吧。畢竟吃了頓美味的午飯，這裡又舒服到我想住下來。如果沒有一大堆自殺的人會更好。」

「眞的很謝謝你的招待，我這輩子從來沒吃過那麼可口的抓飯。」

「太誇張了。」八坂害羞地抓抓頭，「我只是把炒蝦米和蛤蠣時的油留下，用來當基底，再添上泡過干貝的水。」

「八坂，你太老實啦。」

篠宮手腳俐落地煮好咖啡，拿著放有三杯咖啡的托盤走過來。

「這是低咖啡因的咖啡，我出去買的。」

受你們這樣招待，眞是不好意思。綾女搖晃著馬尾向他們低頭致謝。八坂不知看過多少次這樣的綾女，如今卻更是觸動他的心弦。

自從弟弟成爲犯罪者，八坂養成一種構築模擬家族的癖好。家人的角色都決定好了。八坂經常以長男的眼光看待事物。篠宮是姊姊，火野總編是父親，都市傳說發起人臼井就是叔伯之類的位置。他只要認識新人，便會更新腦中的家譜，綾女現在是擔任妹妹的角色。將人際關係都以血緣關係來看待，夢想著充滿破綻的家族，實在悲哀。這次的委託讓八坂不管願不願意，都得直接面對自己的內心，甚至促使他去見了以爲不會再碰面的弟弟。

篠宮將放在角落的黑色運動包拉過來，接二連三地拿出大本精裝書。八坂知道篠宮在因不倫導致破產之前，一直希望當建築攝影師。篠宮旅遊日本各地，從近代建築到廢墟都是她的拍攝範圍。然而，轉換跑道到新聞攝影卻成爲她墮落的第一步。

「我試著分析八坂整理的宅邸特徵。」

搭檔捲起縫有著肩章的卡其襯衫袖子，從檔案夾裡抽出幾張紙。她在八坂竭力畫出的宅邸平面圖上，以顏色區分，加上許多類似預測線的線條。

「首先，依佐也子描寫的宅邸狀況，似乎是大到離譜的豪宅，不過我認爲占地本身並不大。看這裡就知道。」

篠宮拿著筆，指向宅邸前面的陽台。

「佐也子描述，從『那一位』的書齋窗戶可看到好幾根灰色石柱。想像成希臘神殿般的裝飾柱子，比較容易理解。宅邸正面豎立著幾根那種風格的柱子，只是沒那麼粗。」

「如果是在正面，就帶有宗教的氛圍。石柱也有厚重感。」

「對，是遵循古典主義規則的建築，應該是文藝復興風格沒錯。從時代背景來看，我推測設計師是外國人。」

「那棟房子給人一種城堡的感覺，占地卻很狹窄嗎？」

綾女不時推著眼鏡。

「雖說狹窄，但和一般家庭還是天差地別。而且，在明治時期之後，其實鮮少建造文藝復興風格、像城堡一樣的豪宅。就是以公爵為首的上流階級，在大學用地裡蓋的那種建築。再怎麼說，在那樣有名的地方綁架殺害女學生，未免太誇張。」

「果眞如此，就是大獨家了。」八坂插嘴。

「總之，這是照片。這種風格的豪宅，日本只有四棟。」

篠宮翻開攝影集，給八坂和綾女看了四棟建築。與其說是資產家居住的充滿情調的宅邸，更接近橫濱一帶的歷史性官舍散發的威嚴感。

「看來應該不是這些。」

八坂盤起雙臂說，篠宮用力點頭同意。

「約莫是將文藝復興風格的元素拿來點綴的宅邸。比方，玄關的彩繪玻璃，就帶著巴洛克風格的元素。依佐也子描述，這棟房子有類似舞台般凸出的圓弧形陽台，應該是要強調建築物輪廓的設計。還有，從文中可知餐廳和書齋是從建築物旁延伸出去。除此之外，她只提及座敷牢。不是佐也子不知道，恐怕是沒其他房間，所以她沒寫。建築物整體應該是呈T字形。」

八坂拿起篠宮加上預測線的平面圖。以設有座鐘的玄關大廳爲中心，各個房間分別從東西兩邊延伸出去，似乎只有兩層樓的空間是屋主活動的地點。晒不到太陽的北邊角落是座敷牢，女傭和座敷牢維持著一聽到鈴聲便可立刻出現的距離，應該有傭人專屬的房間。

八坂喝一口冷掉的咖啡，相信眞相就在不遠處。篠宮避開捆起的文件，將貼了很多便利貼的數本攝影集堆在桌上。八坂和綾女各自拿起攝影集，翻開標記的頁面。

這些全是符合剛才提到的條件的小型豪宅，數量卻超出八坂想像。他翻閱著攝影集，訝異於居然有這麼多豪宅留存至今。當時的建築風格五花八門，花錢的方式可謂離譜至極。八坂在讀那本書時，原以爲佐也子描寫的生活方式華美過頭，但從攝影集看來，當時的特權階級的確有著佐也子寫下的那一面。

當八坂和綾女認眞確認每一棟宅邸時，篠宮拿出記事本。

「可以連結到那本書的豪宅，光是留到現在的就有三十七棟。我把地點鎖定在關東圈，而且都是撐過地震、戰火的文化財等級的房子。雖然不是特別多，不過在沒有其他線索的情況下，要逐一確認也不簡單，對吧？」

篠宮瞄著八坂這麼說，一臉就是「不管你發現什麼，都給我老實招來」的神情。八坂露齒一笑，翻開他分門別類整理的筆記本。從剛才他的背部就竄過一陣一陣的寒意。

「篠宮預測的豪宅有三十七棟。從這裡開始便能一口氣縮小範圍，運氣好的話，就只有那麼一棟。」

「你說『只有那麼一棟』，不就是有特定目標了嗎？眞有自信。」

「算吧。我從那本書整理出各種資料，理所當然得知佐也子寫了許多她感興趣的事物。以和服爲首的時尚、風潮、女性的生存方式，還有花草、裝飾品及料理。扣掉回憶和豪宅生活的敘述，可從剩下的情節窺見不少事實。」

八坂對上她們的目光。篠宮和綾女傾身向前，專注地聆聽。

「佐也子的興趣和嗜好，應該是在生長環境中培養出來的，可知她的家庭環境還算不錯。興趣的多寡，顯示出生活是否有餘裕。我在意的是，佐也子直接表現出『厭惡』的部分。」

「你是指腐爛鬼吧。」

「黑炭鬼才對。不過，這個傭人應該沒有太深刻的意義。臉孔黝黑又醜陋沒品的大男人，當然會被年輕女孩討厭。」

「那麼，年紀大的女僕長也一樣，簡單明瞭的反派角色。」

「對，她不是問題。」

八坂翻開筆記本其中一頁，看著畫紅色波浪線的地方。

「佐也子討厭蝴蝶，覺得鮮豔的模樣十分噁心，飛行的姿勢也很醜惡。可是，她卻稱寫作的房間『蝴蝶廳』？」

「因爲房間壁紙和地毯花樣是蝴蝶，對吧？」

綾女的手指在自己的記事本上滑動著，旋即回應。

「沒錯。房間裡有蝴蝶的設計，才叫『蝴蝶廳』。不過，那是她厭惡到覺得噁心的東西，我不認爲有人會特別用來命名。對了，綾女小姐，妳討厭什麼？」

「香菸。」

綾女斬釘截鐵地回答，一旁的篠宮動也不動。

「我知道八坂先生的意思。的確如此，就算房間本身眞的用香菸來設計，我那麼討厭香菸，不會直接取名爲『香菸廳』。比較可能取名爲『邪惡廳』或『毒氣廳』，總之會下意識避開物品的名稱。」

「這是哪門子的下意識啊……」

篠宮抱怨一句，一口氣喝乾冷掉的咖啡。

「佐也子一定有她的理由才取這個名字。她強調過女性專用房間旁的休息室，壁紙和地毯有蝴蝶的圖案。座敷牢裡的火盆也有蝴蝶的花樣。若是單純的裝飾，應該不會反覆強調。」

「所以呢？」

「我們幾年前不是採訪過被詛咒的畫嗎？」

「是啊。像是用血畫出來的，讓人相當反胃。在那之後，我還去請人袚除。那感覺實在太詭異，害我坐立難安，照片檔案也全刪掉了。」

篠宮看著別處全身顫抖，眉頭皺了起來。

「先不管被詛咒的畫。那是很有歷史的洋房，雖然占地只有普通民宅大小，不過在建造上頗費心思。妳記得掛著畫的房間，用的是百合圖案的壁紙嗎？」

聽到這裡，篠宮大叫一聲，拍起手。隔壁的綾女嚇得渾身一震。

「對，我想起來了！上一代的太太叫百合子，壁紙才會是百合的圖案。」

「沒錯。不光是那棟房子，一查之下，我發現很多人家都會玩這一招。在裝潢上隱藏玩心，海外的有錢人常會這麼做。比如，用寵物的鳥或貓的圖案。」

「這情報眞是厲害！難道蝴蝶是夫人的名字嗎？」

「直覺會這樣聯想，不過屋主可是重病到無法站起來。作品中完全沒有夫人的描寫，加上佐也子理所當然地認爲自己能當上屋主的正室，所以雖然不知道屋主的年齡，但很可能是年輕的單身男人。」

八坂將一疊文件拉過來，抽出幾張並排在桌上，篠宮和綾女頓時倒抽一口氣。

「家紋……」

八坂用力點點頭。

「我想應該是蝶紋，因爲佐也子描述『將蝴蝶織成圓形的模樣』。蝶紋意外地不少，有三十個以上，其中十二個是圓形。《平家物語》中也曾出現，在戰國時代更是大流行。」

「這樣一來，確實可縮小範圍到一棟房子。」

篠宮啞聲說著，粗魯地翻閱攝影集，停在某一頁。那是一張從正面拍攝屋子的照片，裝飾過的石柱和拱形窗戶非常美麗。玄關部分嵌有充滿古典風格的彩繪玻璃。圖案是展開翅膀的蝴蝶，散發難以忽視的存在感。八坂拿印著家紋的紙張和照片比對，指著象徵觸角和翅膀的圓形圖案說：

「浮線蝶。」

背部的寒意一波接一波。不僅如此，八坂覺得自己太興奮，幾乎要引發過度換氣。雖然嗆咳個不停，他仍急著把話說出口。

「我還在想，要將明治到大正的洋館都查過一遍，找出每一戶人家的家紋。」

「沒必要。建築物的特徵和那本書的內容一致，而且蝶紋的只有這一棟，絕對沒錯。」

八坂念出照片底下的註解。

「宍戶義德，子爵。以細菌研究者的身分擔任陸軍軍醫監，因日俄戰爭的功績，於明治四十一年十月敘爵。為動功華族。」

「動功？那是什麼意思？」綾女一邊做筆記一邊問。

「有點像是給對國家有功的人的獎品。華族分爲公家華族、大名華族，及勳功華族三種。簡單來說，就是憑實力爬上來的人。」

八坂打開放在地上的筆電，轉身敲打鍵盤，檢索宍戶的名字和細菌研究。

「宍戶義德夫妻在關東大地震中去世。」

「去世？我記得地震是在大正十二年，宍戶應該不是監禁女學生的屋主吧。」

「對，不是。不過在那之後，他們的獨生子承襲爵位。宍戶義隆，他繼承了在鎌倉的房子。」

「就是他嗎……」

八坂繼續檢索，幾乎找不到關於兒子的情報，只查出他年輕時曾前往法國留學。

「從父母的年紀看來，出現在那本書的兒子應該是三十歲左右吧。或許發生地震時，他不在日本。他會說多國語言，也熟悉法國料理。不過，實在不清楚他在做什麼。」

既沒照片，又沒其他情報，只有奇怪的狀況。對國家有功勞的是父親，兒子本身什麼也沒做。以華族階級來說，子爵算是低階的爵位，即使調查華族名冊，大概也找不到太多有用的情報。

八坂翻開筆記本，改變關鍵字繼續檢索。然而，搜尋到的資料都和父親的研究有關，兒子宍戶義隆的名字幾乎沒出現。

八坂撐著下巴思考一陣，開始嘗試和「那一位」有關的字眼。純金懷表的配戴方法，男人擁有的透明玻璃筆、西服、喜歡的顏色，接二連三輸入檢索，不過完全沒跑出子爵階級的富家少爺。他想了又想，輸入「宍戸、子爵、細菌、卡農」這樣亂七八糟的關鍵字，居然跳出幾筆報導，八坂驚訝地睜大雙眼。

「這是怎麼回事……」

八坂急忙點開報導，光是掃過一遍內文就夠了。

「蒼月之君……」

「你說什麼？」

看到篠宮探出身子，八坂將筆電放到桌上，螢幕轉向兩人。

「宍戸響子，義隆的堂妹。中提琴演奏家，十二歲時成功舉辦第一次獨奏會，以天才少女之姿一躍成名。年紀比佐也子大一歲。」

「這樣的超級千金大小姐，眞的會是綁架的共犯嗎？」

篠宮伸手打開照片，迅速看了兩次響子演奏中提琴的模樣。

「喂，她除了是天才中提琴演奏家之外，還是『H東京』這家大計程車公司的大小姐，也是個大美人。這樣一來，不管是誰都會對她有所憧憬。還有，她十八歲留學巴黎，曾和柏林愛樂共同演出，之後跟巴黎人結婚。」

「當時的少女雜誌都爭相報導她，算是名人。」

綾女看著報導內容，驚訝地半張著嘴。

「這個女孩認眞起來，普通的女學生確實很容易上當。不過，這麼做的風險未免太高，一旦曝光就什麼都沒了。男的會被剝奪爵位關進大牢，女的也會落得一無所有。他們這麼做，究竟有何目的？」

聽著篠宮激動的話語，八坂凝視可能是蒼月之君的宍戶響子照片。那不像日本人的端正五官，應該遺傳自父親。宍戶家的男人每個都高目深鼻，十分英俊，滿容易想像出沒有照片的兒子外貌。由於震災的關係，義隆同時失去雙親，忽然成爲宍戶家的主人。他是在繼承爵位後的自由生活中，對獵奇的思想產生興趣嗎？八坂不是不能理解義隆的變化，但實在不明白響子參與其中的意義。她是憑著自己的實力在社會上立足，憑著自己的雙手開創出一條路的女性，難以相信她會沉溺於戀情，走上歪路。

八坂接著檢索響子的經歷。她從女學校畢業後立刻前往巴黎，累積許多華麗的經歷，並在那裡結婚，年僅三十五歲就病死。八坂找到當時將響子描寫成悲劇女主角的雜誌報導。蒼月之君遭受疾病侵襲，最後甚至無法行走，就這麼去世。報導中雖然寫說是原因不明的重病，下一句卻令八坂全身僵硬。

——經常痙攣發作，連琴弓都握不住。漸漸出現語言障礙和類似失智的症狀，最後喪失所有記憶死亡。

等一下，這不是和屋主的症狀一樣嗎？爲什麼？八坂繼續檢索遺傳病的可能性，然而，宍戶一族的其他人並沒有相同的病狀。難道是和上一代主人研究的細菌有關嗎？八坂的腦海裡從剛才就隱約略過一個想法。焦躁地想搞清楚那個想法時，一個鮮明的場面浮現眼前。宍戶義隆和響子有某種共通之處，某種……

八坂的喉嚨發出咕嚕一聲，接著望向正在爭論蒼月之君的篠宮和綾女。

「……庫魯病。」

「你說什麼？」兩人異口同聲問道。

「蒼月之君和宍戶家的長男，都是死於庫魯病。」

「庫魯？那是什麼？」

「那是克雅二氏病的一種。普里昂蛋白會侵入腦內，讓腦組織漸漸空洞化，導致大腦功能發生障礙。症狀有步行困難、肌肉僵硬和發抖、記憶力減退與難以控制情緒。只要一發作，一、兩年內就會死亡。」

八坂翻開描述料理的頁面，逐一檢視書上的每一道料理，覺得事情完全超乎想像。

「我以前寫過報導，應該沒錯。病因之一是吃人肉。」

「吃人……」兩人話到嘴邊，睜大雙眼。

「他們綁架女學生的目的，是要將她們當成食材，才會選擇豐滿的小女孩。當她們長到十七歲時，就殺害吃掉，所以必須定期補充食材。」

綾女兩手捂住嘴，搖搖晃晃起身衝到洗臉台，激烈咳嗽的同時開始嘔吐，發出哽咽聲。臉色蒼白的篠宮和八坂四目相對，那對薄唇顫抖著。

「難、難道佐也子吃了相同的東西？」

「非常有可能。」

「不停說著『好吃、好吃』，成爲從沒看過的法國料理的俘虜，完全不曉得那是柊之會的同伴，不曉得那就是自己和其他人的下場……這太過分、太過分了。」

篠宮眼眶含淚，以襯衫的袖子不停擦著。

八坂的視線落在整理那本書的筆記上。烤兔肉、鴨肉佐茴香醬、白雞肝醬、菲力小羊排、雞肝幕斯、烤帶骨小羊排……佐也子覺得料理味道變差，是因「材料」不一樣。食材用完，改爲一般材料，然而，養成習慣的味覺，無法接受一般材料的味道。蒼月之君應該是在某處迷戀上這種食材。即使將仰慕自己的學妹當成祭品，也無法抗拒「料理」的魅力。

洗臉台傳來響亮的水聲，和綾女的啜泣聲。這本書到底是誰寫的？這個仿製古書，企圖告發這種地獄的究竟是誰？在三人周圍打轉的又是什麼人？現在這個狀況有何意義？

八坂愈來愈混亂，隱約聽見恐懼逼近的腳步聲。

第五章　恐懼是什麼滋味？

1

星期日的鎌倉，遊客多到令人幾乎要昏倒。雖然首都高速道路灣岸線很順暢，但一進到市內，便被捲入車陣長龍，光要開往西邊就耗費許多時間。三人將車停在收費停車場後，爬也似地下了車，各自敲打僵硬的肩膀或伸懶腰，不斷抱怨鎌倉這個觀光勝地。

「不過是坐車卻差點累死，我以後絕對不要在假日來鎌倉，感覺爛透了。」

篠宮盡可能遠離綾女，迅速點起一根準備好的香菸，深呼吸似地大大吸一口菸，朝天空噴出細細的煙霧。

「八坂居然還做飯糰，簡直跟野餐沒兩樣。雖然接下來是要去挖墳啦。」

「什麼挖墳……我知道會塞車，但沒想到會這麼誇張。而且，如果是簡單的鹽味飯糰，妳們應該吃得下。要是在外面的餐廳，一定會有肉類，妳們沒辦法吃吧。」

八坂這麼一說，綾女便遮住嘴，摩挲著胃部。她像在拚命忍耐湧上的噁心感，愣愣凝視著車子的保險桿。黑眼圈和充血的雙眼，都證明她昨晚一夜沒睡。

「妳還好嗎？」

八坂湊近她問，綾女全身僵硬地緊盯著車子不放。

綁架女學生的動機是「將她們當成食材」，八坂的假設完全超出她忍耐的極限。明明光是聽到這件事就會出現拒絕反應，卻還是硬要跟來這一點，實在是一如往常。

「不能開車到房子前面實在很麻煩。私人土地不能開車進去不說，居然還有路障。」

篠宮叼著菸，含糊不清地抱怨。她打開後車廂取，出攝影器材和折疊式的戶外用鏟子。如果八坂得出的結論是事實，宅邸裡一定留有佐也子的痕跡。更重要的是，八坂對自己的假設深信不疑。西鎌倉的舊宍戶家某處，一定囚禁著一群女學生。八坂非常想見她們。

「好了，走吧。」

篠宮揹起裝攝影器材的背包，八坂將鏟子放進大型登山包帶上，簡直像要去挑戰高山的登山隊伍。他看一眼手表，過了下午兩點。面無表情、毫無霸氣的綾女，雖然慌張地表示要幫忙拿東西，不過篠宮說一聲「礙事」拒絕，她便老實地退開。

三人穿過相對較新的住宅區，爬上正要轉紅的丘陵。這裡的紅葉幾乎都屬於染井吉野櫻樹，在陡坡的道路兩旁綿延不斷。鎌倉山本身是沒有特徵的樹林，雖然四周遭住宅和觀光地包圍，這一角卻成功逃過都市開發的魔掌。將要風化的老舊石梯上積滿厚厚的落葉，有種來到毫無人煙的深山野嶺的錯覺。

「這一帶到處都是私人土地，除了沒好好鋪修之外，還有很多死路，似乎只整頓健行路線。」

八坂踩著枯葉開口，走在前面的篠宮頭也不回地應道：

「聽說這裡雖然是初學者的健行路線，其實不好走。不過，這是哪門子不好走，根本只是普通的陡坡。」

「所以才不好走啊。」八坂苦笑，「妳一整年都揹著超過十五公斤的器材四處奔走，身體早就麻痺。」

八坂回頭確認，看見綾女喘著大氣，拚命跟上。她得知要爬小山，似乎特別去買水藍色運動鞋。她一身樸素的打扮，只有運動鞋特別顯眼。總之，看起來應該沒問題，八坂再度朝向前方，提醒篠宮在前面一點的岔路往右走。

比起都心，這裡的風帶著溼氣，十分冰冷，會黏在頭髮和身體上。從高聳的樹木隙縫可窺見七里濱，閃閃發亮的波浪之間可看見一些趴在沖浪板上的遊客。在空中翺翔的黑鳶發出悠閒的叫聲，擦身而過的高齡健行者彼此微笑致意。只有八坂三人破壞晴朗愉快的星期天午後，畢竟他們扛著鏟子，打算去挖出屍體。

當他們沉默地走在路上時，篠宮轉頭望向八坂。

「昨天回家後，我稍微調查了一下。繼承宍戶家的兒子義隆，在那之後完全沒消息，簡直就是憑空消失。」

「確實如此。」

八坂以袖口擦著額頭上的汗，應道：

「如果相信那本書的說法，顯然他的病情惡化了。就算他撐過戰爭，華族制度的廢止應該會是最後一根稻草吧。不繳納高到不可思議的財產稅，所有財產都會以實物支付的名義沒收。即使有存款，也會被限制提款金額。」

「下級華族的沒落嗎？那棟宅邸賣給不知哪裡的地主，包含庭院在內，現在登錄為有形文化財（註一）。」

「對。所以，那些女學生一定還在那裡。」

話聲剛落，有人從後面抓住八坂的登山包，他驚嚇地回頭。

「你、你真的這麼認為嗎？那、那本書寫的都是真的，你、你相信嗎……」

綾女喘著大氣，好不容易說完，又更用力地抓住登山包。

「是、是不是掉頭回去比較好？萬、萬一發生壞事怎麼辦？假、假如是圈套……」

「冷靜一下。妳要是不好好呼吸，會缺氧昏倒。還有，妳不要抓著登山包，看起來就像子泣爺爺（註二）。」

八坂從登山包旁的袋子取出瓶裝水，餵文鳥一般，讓綾女一小口一小口喝下。她全身大汗，劉海黏在額頭。篠宮在上坡途中停下，饒富興味地以手機拍下兩人的互動。

「妳的體力真是差得離譜。沿路的老人家隨便都能笑容滿面地爬上來，妳平常到底是怎麼過日子？」

綾女的汗水弄霧眼鏡，喝水嗆到咳個不停。八坂急忙拍著她的背，這才讓心神不寧

註一：尚未被日本政府或地方公共團體認定的物質性文化財產。
註二：日本德島縣傳說中的妖怪，是有著老人臉孔的嬰兒。

的綾女冷靜下來。

「你、你仔細想想，這超過工作範圍，太不人道。你們根本是被用完扔掉的工具，讓『自行負責』這種字眼騙了。現在還來得及，我們去報案，把事情交給警察處理吧。」

「怎麼突然說這些？所謂自由寫手或記者，實際上都要爲自己的行動負責。而且，我強調過很多次，即使報警也不可能立案。」

綾女摘下眼鏡，用力抓住八坂的法蘭絨格子襯衫。

「我在車上一直想，說不定哥哥來過這裡。和我們走相同的路，從此回不來。眞是這樣，不就太危險了嗎？」

「沒這回事。」

八坂面向不知爲何拚命勸阻他們的綾女。

「我也一直在想。不曉得妳哥哥是在做什麼的，但我不認爲從那本書可以找到這裡。」

「你、你憑什麼這麼說？」

「沒必要這麼做。若不是工作，沒人會花費大把時間和力氣調查那本書。」

「可能有人讀了那本書後感到恐懼，著手進行調查。」

綾女以走調的聲音執拗地反駁，但八坂搖頭：

「會感覺到恐懼的正常人，不可能和這種書扯上關係，我也是此刻才發現這件事。妳剛剛提及，或許會發生壞事，或許是陷阱，或許再也回不來。這些都是妳的恐懼發出的警告。能夠迴避危險的人，一開始就不可能和那種書扯上關係。」

「請等一下。實際上，那本書是在我哥哥的住處找到的啊。」

「是啊，所以我下了結論，根本沒有妳哥哥這個人。」

綾女和八坂四目相對，緩緩鬆開八坂的法蘭絨格子襯衫。她臉上沒有一絲訝異或不安，只有一般緊迫感。篠宮驚詫地半張著嘴，說不出話。

八坂緊盯著綾女問：

「妳到底知道些什麼？」

「我什麼都不知道。」

「我就知道妳會這麼說。」

綾女垂下目光，慢呑呑地重新戴上黑框眼鏡。

「算了，先不追究妳究竟是什麼人，重點是調查宍戶家的房子。我不可能在這裡停手。」

「我也要去。」

「請便，我之後再來追究妳的事。」

八坂低頭看著緊咬下唇的綾女半晌，轉身再次邁開腳步。篠宮站在稍微前面的地方等著八坂。

「這到底是怎麼回事？再怎麼說，我都不覺得綾女是敵方人馬。如果眞的有敵人存在的話啦。」

「是啊。」八坂只回答一句。

綾女眞的完全不知道那本書的事吧，畢竟她爲了那本書的內容如此一喜一憂。聽到庫魯病時的狼狽模樣，及現在的創傷反應都不是假的。然而，八坂認爲綾女很接近幕後黑手。製作出假古書，將八十年多年前發生的案件交織其中，懷有某種企圖的幕後黑手，綾女和那個人很接近。事到如今，八坂仍舊無法理解綾女的意圖，不過她從一開始拚命的程度就很奇怪。只是不可思議地，他從綾女身上感受不到任何惡意，這一點更讓他困擾。

八坂對篠宮使了個眼色，走上滿是泥濘的坡道。岔路的右邊道路通往宍戸邸。從海邊吹來的海風變得強勁，急速奪走汗溼的體溫。太陽西下，烏鴉的叫聲漸漸蓋過老鷹的叫聲。八坂轉頭一看，綾女盯著腳邊，慢慢跟上來。篠宮也擔心地回望，綾女手足無措的模樣令她不停嘆氣。

時間已過下午三點。八坂看一眼手表，稍微加快腳步。他留意著因土質造成溼滑的道路，篠宮重新戴好帽子，回頭問：

「你確定這條路對嗎？愈來愈難走了。」

「沒錯，應該馬上就會到。」

八坂拿出手機確認現在的位置，找到抵達宅邸的最短路徑，就在眼前。他將手機塞進口袋，在勉強算是道路的小徑上前進時，看見前方樹林深處逐漸轉黃。從茂盛的樹木之間竄出，以淺藍色天空爲背景，枝葉描繪出圓形剪影。那是自「蝴蝶廳」可看見的櫸樹。

「那就是舊宍戶邸。」

八坂越過篠宮身邊，將穿出地面的樹根當成繩子，攀上陡坡。在高聳的櫸樹對面，隱約可見一棟白色建築物。看來，他們行經的這一帶，已是舊宍戶邸的範圍。

「好。」聽到這一聲，八坂回頭一看，剛爬上斜坡的篠宮拿出電擊槍，嚇得他後退。篠宮的另一隻手則握著尖銳的樹枝。

「有什麼敵人冒出來，我立刻幹掉他！」

「不能殺人啦。不過，被一百三十萬伏特一電會死人吧，要善後太麻煩。」

「八坂，你打定主意棄屍了嗎？一百三十萬伏特電不死人，只會讓人全身僵硬，動彈不得。在不知敵人企圖的情況下，當然得全力以赴。對敵人親切，就是對自己殘忍。」

爲了確認電擊槍的使用狀況，篠宮拿掉安全裝置，接著按下開關。伴隨著乾燥的破裂聲，冒出刺眼的藍白色火花。八坂祈禱著沒有其他人會來這裡，拉著從剛剛就在和陡坡奮戰的綾女手臂，幫助她爬上來。

三人提高警戒，從遠處接近宍戶邸。沉風吹動的櫸樹發出聲響，高大到令人覺得詭異，枝葉茂盛的程度幾乎要吞掉三分之一左右的建築物。看樣子，附近的烏鴉都在這棵樹上築巢，牠們發出惱人的叫聲朝著櫸樹踏上歸途。

穿過樹林時，八坂注意到腳邊的植物，開口道：

「這就是吉祥草嗎？」

那些植物從根部伸出幾片絲線般的細長葉子，葉子之間開著白花。幾株紫色莖上負載數朵頗有重量的花，結著豔紅刺眼的果實。八坂環視四周，吉祥草似乎是在這座樹林裡自行生長起來，在樹根或晒不到陽光的潮溼處據地爲王，開得遍地都是。跟吉祥草這個名字相反，有著一種和喜事無緣的凋零之感。

八坂沿著樹林繞圈般接近房子，小心翼翼地留意著周遭情況。耳裡只有帶著警告意味的烏鴉叫聲，和風吹動樹木的聲響。宅邸的窗戶全從屋內釘上三合板，完全切斷來自外界的視線，顯得十分異常。綾女似乎被這棟古老建築屋散發出的陰鬱氣氛壓倒，非常膽怯。

「看來管理得還不錯，雖然挺隨便，但周圍的樹木也有固定修剪。」

篠宮放下攝影器材背包，拉開拉鍊。只見她從分隔完善的背包裡，拿出佳能相機的本體，裝上舊型的八十毫米鏡頭。

「窗戶全從裡面釘上木板……感覺好詭異。」

綾女戰戰兢兢地指著窗戶。

「那是爲了避免西晒。話雖如此，屋內應該沒有任何裝潢了吧。這裡也沒開放參觀，應該沒有家具，裡頭大概是空的。」

篠宮開始測光，試拍幾張後，將相機連接上小型筆電，確認傳輸到電腦裡的照片的各種數據。接著，她反戴棒球帽，認眞拍起照片。

八坂迅速環顧四周。鋪著草皮的庭院還算寬廣，不過大概只有五個網球場大，這棟宅邸的占地不如他想像中寬廣。宅邸本身是極爲耗費工夫的石造建築，正面的拱門兩側立著幾根裝飾石柱。以銅板搭起的屋頂經過反覆修繕，看起來像是以綠色系爲主的拼布。

八坂緊盯著二樓東邊角落的格子小窗，依那本書的描述，那裡應該是蝴蝶廳。佐也子從那扇窗戶眺望櫸樹，發現正對面樹林裡盛開的吉祥草。

「一樓是托斯卡納風格，二樓是愛奧尼亞風格，這是非常古典堅實的建築。輪廓使用小松石來強調曲線，相當有品味。雖然多少經過一些修繕，但基本上沒什麼損傷，是充滿力量又優雅的房子。」

面對最喜歡的建築物，篠宮比往常花費更多心思在攝影上。她將頂端有烏鴉盤旋的櫸樹加入拍攝對象，以帶著憂愁的夕陽爲背景，不斷按下快門。

八坂再次確認四周沒其他人後，走近宅邸玄關。他步上三階樓梯，穿過門廊，站在灰色對開門前。門上和兩邊都嵌有彩繪玻璃，宍戶家紋的浮線蝶大大展開雙翅。玻璃的另一面也從室內釘上三合板。

八坂抓住泛黑的黃銅門把，但門把動也不動，彷彿被水泥固定住，不管推或拉都沒反應。八坂焦躁起來，從裝飾在門旁的細長彩繪玻璃窺看屋內。

「連三合板的縫隙都塞住，眞是戒備森嚴。」

「從外觀看來，至少可知連細節都經過仔細修繕，說不定之後要用來做什麼生意。像是結婚典禮，老洋館也很有人氣。我接過婚禮攝影的工作，文化財等級的建築物預約都是滿檔。」

確實很有可能。八坂帶著緊張到極點的綾女和篠宮繞到宅邸後面。T字形的細長走廊延伸出去，疑似廚房的地方有煙囪和壞掉的換氣扇。雖然窗戶頗多，不過都塞得非常嚴密，完全沒有可窺探室內的地方。三人若發現門把，便立刻轉動看看，也逐一確認有沒有能打開的窗戶。然而，這棟宅邸強烈傳達出不允許人類靠近的意志，徹底封閉，令他們束手無策。

三人繞著房子轉一圈，回到北側最旁邊的地方。八坂抬頭看著二樓。

「如果有座敷牢，應該設在那裡吧。那麼高的位置，只有一個小窗戶，和那本書的描寫一致。」

「總覺得有人從窗戶偷看我們，害我全身起雞皮疙瘩。反正我們已擅闖私人土地，不如破門而入吧？」

「篠宮小姐，不能這麼做，我有不祥的預感。」

綾女高聲阻止。她的聲音反彈到牆上，震動周遭空氣。

「如果裡面有陷阱，怎麼辦？不，搞不好根本就有人在裡面，太危險了。」

「眞是莫名其妙。難道這是大門一打開箭會飛出來、天花板會掉下來的忍者屋嗎？綾女，妳到底知道什麼？我不會生氣，妳老實交代吧。」

「我什麼都不知道，千眞萬確。我只是擔心篠宮小姐和八坂先生的安危。既然這裡發生過殘酷的案件，我怎麼可能默不作聲？」

「是啊。妳大概不知道書的事，所以什麼都不能說，只是這樣而已吧？」

即使八坂口氣平淡地揭穿，綾女仍拚命維持好勝的表情。

「之後再請妳老實交代。動作不快一點，天就要黑了。還有，我沒打算進去屋裡。」

篠宮理解地點點頭。

「爲了計算出正確的資產價值，從天花板到地板下一定毫無遺漏地經過測量，畫出平面圖。要是眞有十一個女學生，一定會立刻發現。如果凶手沒將屍體藏到牆壁裡啦。」

「牆壁裡……」

綾女似乎想像著那悽慘的場面，臉頰抽動的同時還捂住嘴。

「話雖如此，這座森林簡直是棄屍天堂。我還比較希望屍體是在屋裡。」

「應該不是這樣。就算這裡到處都是樹，也不能隨便找地方埋。換成是我，會將屍體集中在一處，把她們埋在一起。」

「你這麼講，一點也沒安慰到我。畢竟要從這個大小的占地裡找出屍體，接下來每天都得來挖墳啊。等一下，這對話眞是愈來愈詭異……」

篠宮將相機背在肩上，鬱悶地抬頭望著夕陽染紅的天空。八坂很清楚，篠宮冷淡的態度下，其實打心底害怕這個委託，對綾女也抱著超出普通委託人的情感。不知不覺間，她已認爲和綾女一起行動是理所當然的。儘管沒說出口，但她應該不想下任何結論，不想看見整件事的終點。

八坂深吸一口充滿青草味的空氣，轉換心情。從抵達這裡開始，他便一直反覆回想那本書的全部內容。佐也子的手記，一定是知道整個案件眞相的人所寫。既然如此，一定有關於女學生所在處的提示。八坂催促兩人繞到宅邸正面，穿過積滿落葉的池子。

「犯人監禁著綁架來的少女，讓她們過著高水準的生活。除了不准她們自由外出之外，不管是飲食、興趣、衣服，他盡可能滿足她們的期望。等時候一到，就把她們當成食材。」

八坂重新整理截至目前爲止知道的事實。

「簡直就是漢賽爾與葛麗特（註）。」

「確實如此。總之，犯人一定耗費極大工夫。要將生物當成食材，需要很仔細地進行事前處理才行。」

聽到八坂如此直接的說法，綾女顫抖著別過臉。

「這項工作應該是那個僕人負責的吧。所有的髒活都是黑炭鬼做的，從下手殺害、支解，到棄屍爲止。佐也子這麼寫過：『連白樺樹林都會出現黑炭鬼揹著蔬菜袋的身影，令人厭煩。』那是她在蝴蝶廳寫作時，可看見的白樺樹林。」

八坂指著前方某處。在暗沉色調爲主的樹林中，看得見明亮的白樺樹群。

「如果總是在相同的地方棄屍，有個印記會比較好找。」

「所以是白樺……」篠宮話沒說完，像是要提振精神似地嘖一聲，拿好相機按下快門。

八坂看一眼手表，過了四點。距離天黑還有一小時左右，如果他的推論正確，馬上就會見到佐也子。八坂踏過枯黃的草坪，朝白樺林跑去。他放下提包，撥開地上盛開的吉祥草。篠宮拍攝完周邊，也來到白樺林。不過，不需要她幫忙，八坂立刻發現目標。

宛如藏在吉祥草的細長葉片下，出現十五公分左右的石柱。那是類似里程標的三角柱，褪色發白之外，還爬滿地錢，看起來十分老舊。

註：童話故事〈糖果屋〉的主角。

八坂從提包裡拿出戶外用的鏟子組裝好，篠宮沉默地放下相機，拿出工具。當八坂將鏟子刺入地面的瞬間，手機鈴聲響起，篠宮嚇得尖叫一聲，整個人跳起來。

滿臉蒼白的綾女的開襟外套口袋裡，彷彿響起劈開空氣的聲音。綾女表情僵硬，戰戰兢兢地低頭，盯著從布料透出亮光的手機。她吞下唾沫，拿起手機放到耳邊。幾秒後，她倒抽一口氣，手機掉了下來。

手機落在吉祥草之間，閃爍著通話中的亮光。八坂撿起手機，確認對方的狀況。除了在櫸樹上喧鬧的烏鴉叫聲之外，沒有其他聲音傳入耳中。八坂環顧四周，警戒地開口問道：

「你是誰？」

某人的氣息如電流般傳進八坂耳朵深處。

「你有什麼目的？」

這麼一追問，對方便掛掉電話。八坂將手機遞給綾女，但綾女害怕到不敢接下。八坂將手機放進她的外套口袋，和眼眶含淚的她四目相對。

「對方說什麼？」

綾女拚命搖頭，綁起的頭髮晃個不停，只回答「笑……笑聲」。八坂再次環顧周遭的樹林。篠宮一臉嚴肅，從工作褲口袋裡拿出電擊槍，讓綾女握在手上。

「聽好，有人來就用這個。我改造成可連續放電十次，所以不要猶豫。我相信妳，才交給妳，明白嗎？」

綾女抿緊雙唇，企圖恢復面無表情，但一看就知道她已瀕臨極限。她忽然皺起臉，哭了出來。她汩汩流淚，不斷說著「對不起、對不起」，握緊電擊槍。

照理說，應該立刻離開。不過，既然已遭監視，待在家中也一樣。縱使逃避這一切，只要沒得出結論，事情就不會結束。篠宮似乎也是同樣想法，即使害怕到表情扭曲，仍率先挖掘地面。

強烈的夕照射進樹林，將三人的臉孔染成紅色。八坂將傳說能招來喜事的花朵連同溼潤的土壤挖起，在周圍堆成小山。滿頭的大汗沿著太陽穴，從長長的劉海前端不停往下滴。當他用襯衫袖子擦汗，將身體重心壓在鏟子上時，傳來一股堅硬的手感，於是停下動作。

「下面有東西。」

他急忙繼續挖土，看見一個黑色物體，像是腐爛的木板。篠宮抿緊雙唇，從背包取出手電筒，照向不算太深的洞穴。八坂半跪著碰到木板邊緣，立刻知道這個箱子的大小。不足一公尺的長方形箱子……

「是舊茶箱。」

木板腐朽變軟，成爲無數紅螞蟻的巢穴。雖然箱子狀況很糟，但八坂像終於拿到期待已久的禮物的小孩，內心激動萬分。他看篠宮一眼，篠宮也以「打開吧」的鼓勵眼神回望他。這時的綾女仍哽咽著。

八坂從蓋子的角落施力，試圖將蓋子掀開。因爲土壤重量變形的蓋子，彷彿要抵抗到最後似地難以打開。不過，這也是無謂的抵抗，朽木的碎片陸陸續續掉下來，箱子裡的東西終於見光。篠宮的手電筒照出色彩鮮豔的物品。

茶箱內側是銀色鐵皮，多年來保護收容的物品不受傷害。茶箱裡塞滿許多以布料包裹的小箱子。篠宮雖然喘個不停，仍抱持著專業意識，拿起相機不斷拍攝。

「終於見面了。」

八坂忍不住脫口而出。小箱子各自用不同的布料包著，那些都是和服的碎片。黑色布料上是垂枝櫻花的圖樣，屬於三奈。紅色花籃圖樣屬於千壽子。八坂驚訝地盯著保存狀況良好的和服，取出淡綠色布料包裹的箱子。那是裏葉柳的顏色。雖然上頭有許多蟲咬的痕跡，但顏色幾乎維持在當時的狀態。

篠宮按下快門的聲響和綾女的哭聲、樹林的喧鬧混在一起。八坂愼重地解開裏葉柳色的布料，出現一個二十公分大小的四方形木箱。他急忙掀開一看，純白色物體發出喀啦喀啦聲，那是燒過後碎掉的頭蓋骨殘骸。

綾女摘下眼鏡，放聲大哭。篠宮拿著相機陷入茫然。八坂看著失去原型的骨骸，深深吸一口帶著土味的空氣。佐也子在這片吉祥草盛開的樹林中，等待他前來。

「出大事了……」

篠宮擠出沙啞的話聲。

他們證明書中一切都是事實，然而，實際上沒有解開任何謎團。八坂將遺骨放回茶箱，拿出手機撥打一一〇。

逐漸西沉的夕陽變得鮮紅，將舊宍戶邸的影子拉長到令人覺得詭異，黑暗轉眼來臨，不過也很快響起許多警笛聲。當八坂以電話告知警察位置，揮動手電筒當成信號時，綾女帶著那本不可閱讀的書、八坂整理的筆記和錄音筆，消失無蹤。

2

隔天下午，八坂握著方向盤奔馳在高速公路上。副駕駛座上的篠宮煩躁地確認相機狀態，以化妝刷小心清掉觀景窗蓋子上的灰塵。接著，她謹慎檢查拆下的鏡頭，再以拭鏡布包好。

「很多人愛亂摸一通，會造成發霉劣化啊。」

篠宮抱怨著轉過身，將器材收在後座的相機背包裡。

「就是這樣，我才討厭警察，簡直把我們當成殺人凶手訊問。這個案件發生時，連我父母都還沒出生耶。」

「沒受刑事處罰就好嘍，還好我們都是初犯，只有侵入民宅的緩起訴處分。我眞的很擔心妳的調查情況，萬一警察對妳印象惡劣，除了拘留之外，很可能會判處三年以下的徒刑啊。」

「他們不可能蠢到那種地步啦。不過，十萬圓以下的罰金？我都破產了，怎麼繳得出來？這能向火野總編報帳嗎？」

篠宮轉開保特瓶蓋，喝了口綠茶，不滿地抱怨：

「活到三十六歲，指紋和掌紋終於登記在案。接下來只要一發生事故，在我不知道的地方，就會有人調出我的資料確認。光是我們發現十一個人的遺骨，就該頒發感謝狀給我們吧？」

「在對方看來，只是徒增麻煩吧。現在也不可能把戰前的案件再翻出來。不過，還好綾女把電擊槍帶走。不然，侵入民宅加上十一個人的骨頭，事情會變得更麻煩。」

「八坂，電擊槍是合法的，警察沒理由說三道四。那是女人用來防身的。」

「如果是違法改造，不管男女都不行吧。」

八坂打了方向燈變換車道，超過開得慢吞吞的黃色輕型汽車。東名高速公路開始有點塞車，不過車流仍緩慢前進。八坂盯著前方卡車的煞車燈，試著揣測接下來的發展。

昨天發現遺骨後，馬不停蹄接受訊問直到深夜，兩人不得已，只好在鎌倉住一晚。今天早上又被迫作筆錄，反覆被問著同樣的問題，下午才終於獲釋。

總之，不管警方怎麼問，他們都只能給出毫無現實感的答案。聽到他們在調查一本讀完會發瘋的書，最後居然眞的挖出被害者，就算是警方也不知該怎麼應對吧。證物的那本書不見，委託人綾女逃走，又沒有向警方報案哥哥秋彥失蹤。而且，池袋秋彥的公寓，根本是和綾女毫無關係的人的住處。八坂他們只是把照片上不知名的男人，當成綾女的哥哥，侵入屋主外出的公寓，堂而皇之地交換意見。

這麼一來，就算被懷疑是腦袋有問題的人的妄想也沒辦法。老實交代華族的食人嗜好、參與綁架S的女學生，只會被當成可能嗑藥，抓來驗尿的理由。畢竟只有八坂讀過那本書，篠宮不過是聽八坂的轉述。然而，挖出十一人份的白骨是事實，爲了釐清狀況，恐怕今後仍會被找去問話吧。

八坂稍微開一點窗，滿是塵埃的空氣飄進車裡。那本書離開身邊後，他有種從漫長的噩夢醒來的感覺。當年家族分崩離析之際，也是相同的感覺。安心與虛脫，然後不相信一切會就此結束，始終提防著最糟糕的情況過日子。

「綾女到底去哪裡？」

篠宮直視前方，脫口而出。她從昨天起，腦中一有空檔便會冒出這句話。

「所有事情都變得曖昧不明，毫無現實感，我甚至懷疑眞有綾女這個人嗎？」

「是啊。不過，她昨天就從之前住的四谷商務旅館退房，應該一切都按照計畫進行吧。雖然不曉得到底是什麼計畫。」

「我們著手挖土時的那通電話，現在回想，應該是要她撤退的信號。」

「對啊，然後有人透過三合板的縫隙，從屋子裡監視我們。」

搭檔輕輕嘖一聲，皺起眉頭說「實在太低級了」。

「我從昨天就一直想，綾女明明不會看場合說話，只有逞強是唯一的優點，居然會那樣號啕大哭。在途中拚命鬧著要我們住手，之前也說過要保護你，結果這是怎麼回事？她那話到底是認眞的，還是演出來的？她對我們有惡意嗎？」

八坂心想，惡意隨便就能隱藏起來，看弟弟就知道。刻意表露弱點，接近對方，籠絡後進行操控，享受著對方的依賴的同時，再忽然將對方推入谷底。因爲表現得太過自然，被操控的人甚至會錯覺自己有問題。八坂不認爲綾女是這樣的人，但現在他覺得綾女的格格不入是一種欺敵策略。

「看不出綾女樂在其中。她瀕臨崩潰的模樣實在可憐，不過也不能說她完全沒惡意。畢竟她確實欺騙我們後逃走，所以她的確打算這麼做。只是，她一個人沒辦法順利完成任務。」

「她會不會是遭到威脅？」

「爲了什麼？」

最後，她選擇消失不見。

「爲了讓我們知道消失的女學生的下場？應該不是，眞正的目的一定不僅如此。」

「不過，我們確實發現被害者。雖然從燒過的骨頭上很難採取DNA，不過警方應該會把該做的事都做一遍吧。」

「他們理當會調查骨頭的年代，但事到如今，我懷疑警方會願意追查這些遺骨的血統。不光是超過時效，還是戰前的事。」

雖然遺族可能會提出個人鑑定的委託，但一切都沒有確鑿的證據，時間也經過太久。

「到頭來，高興的人只有火野總編嗎？他交代不要管警察，找出失蹤案件的後裔，確定眞假就好。然後，去潔癖博士的鑑識科學中心進行鑑定，不管有沒有結果，都是大獨家。把綾女塑造成無法成佛的女學生亡靈就行，實在是腦袋有問題。」

果然是火野才會有的想法。把警察牽扯進來，事情鬧得愈大愈好，這樣一來，那本不可閱讀的書的威力和價値就會三級跳。如果八坂也發瘋，他一定會更高興吧。雙眼發亮地說著這是上好的大獨家，火野的直覺準確地實現。

「可是，那本書究竟是用哪裡的情報寫成的？既然這麼眞實，果然還是當時宅邸裡的傭人吧？像是代代祕密傳承的禁語之類的。」

「如果是傭人的角度，不可能這麼清楚姊妹關係和被害者的內情。情報來源絕對是女學生，被害者。」

「等一下，如果那些骨頭是十一個被害者，表示失蹤案件的少女都死了。」

「不是有一個行蹤不明嗎？」

八坂朝世田谷方向轉動方向盤，接著朝環八（註）開去。副駕駛座上的篠宮盯著八坂一陣子後，才開口：

「那個鄉下女孩道江嗎？」

「就是道江。這是我從包著小箱子的和服布料碎片推測出的，我認爲茶箱裡沒有她的骨頭。」

「很有可能，畢竟沒找到土氣的水仙花紋布料。」

八坂點點頭。

「我認爲，那本書描寫的道江並未經過潤色。手記裡，佐也子花費大量篇幅描寫的女學生只有道江。比起陷害自己的蒼月之君，作者對道江的愛恨更加深切。這一點應該具有某種意義。」

篠宮雙手抱胸，思考一陣，瞪一眼硬要超車的奧迪後，恍然大悟般從座位上直起身。

「……難道登場人物的立場是顚倒的？」

「正是如此。」

八坂看著前方繼續道：

「企圖逃亡的是佐也子，背叛她、叫人過來的是道江。擔任柊之會的領導者，精神崩潰的裏葉柳應該是道江。當時佐也子順利逃脫，眞的走上小說家的道路，寫下那本書作爲底本的內容。」

「很有可能。」篠宮稍微探出身子，以嘶啞的聲音說：「如果她眞的逃走，應該會立刻報警，但又有同伴被綁來。」

「對。事情如何連結起來還不清楚，可是，我認爲能夠寫出那種內容的人，只有待過座敷牢的人。」

八坂往右轉到杉並大道。等通過第一個紅綠燈後，他打開雙黃燈，在路肩停車，緩緩從口袋裡掏出手機。

「我一定要弄清楚當時的狀況，我需要能確實證明我們已深入核心的說法。」

「你又要去問摩登女郎民代嗎？」

「畢竟還活著的證人只剩她。」

八坂搜尋位在成城的老人安養院的電話後，立刻撥號過去。他向總機報上名字，拜託對方轉接給勝浦民代的看護。他心想可能會有點麻煩，不過電話很快便轉到對方手上。

「八坂先生嗎？前陣子非常謝謝你。」

在八坂開口前，從電話另一端傳來平穩的話聲。

「很抱歉，忽然來電。我才要謝謝您上次的幫忙。」

看護接著問他有什麼事，八坂開門見山地說：

註：東京都道三一一號環狀八號線，從羽田機場開始，經過世田谷區、杉並區、練馬　、板橋區，抵達東京都北區赤羽的環狀線，是東京都內的主要幹道。

「方便把電話轉給勝浦女士嗎？我上次漏掉事情忘記問了，因爲非確認不可，能給我一點時間嗎？」

「可以喔。」

她出乎意料地乾脆答應，和之前一樣提醒八坂不要拖太長，便將電話交給民代。看來，民代是待在那間以南法風格裝潢的房裡。八坂翻開記事本，聽到另一端傳來老婦人細微的招呼聲。

「您好，我是自由記者八坂，前陣子去向您採訪過關於女學校的事。」

「八坂先生？青葉女學館的？」

「不，我是請教您在女學校就讀時的事，像是摩登女郎、去舞廳，還有赤坂的『佛羅里達』等等。」

「是啊，佛羅里達。那是很高級、非常要求禮儀的舞廳。」

民代再次將八坂之前聽過的內容重覆一遍，開心地笑著說大家都違反校規。上次，老婦人完全想不起失蹤案件，恐怕重提舊話，還是一樣的反應。八坂如此尋思著，愼重地開口：

「勝浦女士，您讀小說嗎？」

「小說？是啊，以前會讀，不過現在都忘光了。」

「勝浦女士的朋友中，有沒有當上小說家的女性？」

「小說家？你想知道我有沒有和文人跳過舞嗎？」

「不，我想請教女學校裡有沒有當上小說家的人？」

民代談起讀過的小說內容。只要她一離題，八坂就很有耐性地修正問題。這樣反覆一陣子後，民代吐露幾個朋友的名字，沒有聽起來像是佐也子的人。但老婦人知道蒼月之君，一定和被害者有過接觸。八坂看著手表，思索著可能讓民代恢復記憶的契機，換了個問題。

「勝浦女士的學妹裡，有沒像是混血兒的女孩？眼珠帶著一點紅色，梳著庇髮的長髮是褐色。外貌搶眼，不過不太會打扮。」

「哎呀，聽起來好像小夜。」

八坂反射性地從駕駛座上直起身。

「小、小夜是怎樣的人？」

「小夜是個大美人，頗像電影女星。比我小兩屆，我曾邀請她加入我們的團體。如果剪短頭髮，她一定很適合摩登的洋裝。而且，我想告訴她打扮是很有趣的。她總是看起來土里土氣，實在太可惜。我到現在都還記得她的長相。」

「您記得她姓什麼嗎？」八坂繼續問。

「這個嘛……嗯……這個嘛，我不知道。她念到一半就離開女學校，一聲不吭就不見。」

八坂用肩膀夾住手機，在方向盤上攤開記事本，雜亂地記下民代的話。

「她爲什麼離開？」

「離開哪裡？」

「小夜離開女學校的原因？」

「是家裡的關係吧，很多人付不出學費離開了。小夜的父親在帝京計程車公司工作。他好像是東北出身，被提拔爲分店長。」

帝京計程車……原來是這樣嗎？八坂望向緊張地豎起耳朵的篠宮。

「我記得帝京計程車集團的老闆，是宍戶響子的父親。」

「宍戶響子？啊，那是宍戶學姊。你眞清楚。」

「宍戶響子就是蒼月之君，對吧？」

「對，很多人都非常憧憬蒼月之君。」

擔任那本書敘述者的佐也子，其實是道江，而道江的朋友便是民代嗎？稱呼宍戶響子爲蒼月之君，告訴民代自己和蒼月之君的姊妹關係的是道江。雖然有太多想問的，但老婦人的記憶開始支離破碎，八坂便結束通話。

八坂在記事本上寫下「小夜」這個名字，用力圈起來。

「都連起來了。」篠宮的語尾顫抖。

「書中出現的道江是佐也子，也就是小夜。那個土里土氣、根本不會搭配和服的少女，等待著逃脫的機會，最後終於採取行動。」

八坂雀躍不已，久違地心跳加速。寫下那本書的少女不甘心這麼死去，甚至果斷採取行動逃出來……實在太棒了。

「恐怕是宍戶家動用力量把事情壓下來。小夜應該想報警，但父親的僱主是蒼月之君的父親，宍戶集團的經營者。讓女兒離開女學校，以地位和金錢迫使父親保持沉默，宍戶集團應該辦得到。」

「那麼一來，區區計程車公司的分店長，不可能和華族子爵及宍戶集團爲敵。他們應該做得更決絕吧，像是放話「敢說出去就殺了你們全家」之類的。」

「爲了守護自身的地位，大概眞的會這麼說吧。何況，之後太平洋戰爭爆發，國家陷入混亂的關頭，不論什麼騷動都沒人理會。」

八坂打開手機的瀏覽器，登入國會圖書館的搜尋系統。將年代、小夜和兔書館當關鍵字檢索後，立刻出現幾本書。看到結果，八坂呻吟一聲，手機差點滑落。

「小夜的名字出來了嗎？喂，找到了嗎？」

八坂抓住篠宮的手腕，將她拉近手機畫面。篠宮湊近一看，渾身一震，不禁睜大雙眼。

「火野小夜……」

八坂要自己冷靜下來，卻無法辦到。這裡出現的姓氏，不單純是同姓吧。佐也子的後代是火野總編？他是在知道眞相的情況下，要八坂和篠宮去調查嗎？目的是什麼？

「等、等一下？這是火野總編吧？爲什麼他會出現在這裡？難道他是爲了替親人報仇雪恨，才欺騙我們，搞出這一齣戲嗎？」

「不是。」

八坂擠出聲音，事情沒這麼簡單，應該更惡質。八坂想起火野說過的話，終於理解事情的眞相。瞬間氣血上湧，全身發燙。

火野的目標是他。爲了讓他閱讀，才做出那本禁止閱讀的書。八坂現在知道綾女的角色了，和他一樣。

八坂不禁覺得自己過得太安逸，原以爲自己是個謹愼小心的人，根本糊塗至極。心跳異常加快，八坂嘴邊卻浮現微笑。搞出這一齣戲的人，眞是大膽。

「八坂？」

篠宮不安地湊近，八坂深吸一口氣，盯著搭檔那對顏色極淺的眼睛。

「篠宮姊，抱歉，可以幫我還車嗎？之後再打電話給妳。」

說完，八坂便下了車，走向熙來攘往的人行道。

3

八坂在丸之內線的淡路站下車，一口氣從地底的樓梯衝上去，接著直接走向位在神田鍛治町的住商混合大樓。他在老舊的自動販賣機旁停下腳步，拿出手機撥號後，放在耳邊。

「喂。」

電話馬上接通。都市傳說發起人臼井像要咳出痰似地連咳好幾聲，接著電話另一端傳來交談聲。八坂聽見幾隻黏在一旁的貓叫聲，知道臼井在餵貓吃飯。

「我是八坂。很抱歉，忽然打給您。」

「原來是八坂老弟啊。我看到今天早上的報導了，不是在鎌倉挖出大量人骨嗎？眞是豪氣。第一發現者，三十四歲的自由記者是你吧？」

「您消息眞快。那我就開門見山地問，您和這件事情有關嗎？」

「當然無關啊。」

「可是您知道些什麼。」

「就是不知道，我才忠告你要綜觀全局。」

臼井對貓說「慢慢吃啊」，又咳了好一陣子。

「那我換個問題，您爲什麼跟火野總編分道揚鑣？聽說你們在這個業界，是無人能出其右的。」

「我之前不是說過？我們個性不一樣啊。火野雖然有一眼看出什麼會賣的能力，但他的欲望是個無底洞，完全不曉得什麼叫見好就收。爲了錢，他能隨便毀掉別人的人生。大家都被他的斯文外表欺騙，他無情得很。」

「你不也是嗎？你靠著操弄情報誘導他人，大賺了一筆，不是嗎？」

臼井哼笑一聲。

「事到如今，你在說什麼孩子氣的傻話？生意就是這麼一回事，全是情報戰啊。靠著搾取對這種事一無所知的人，世界才能運作。只是下手要有分寸，不能一次全搾乾。火野就是不會拿捏分寸，他是那種一口氣把對方掐死，打焦土戰的天才。」

八坂至今還是不瞭解臼井，乍看和火野很像，其實正好完全相反。每次見面八坂都會對他提高警戒，然而八坂不討厭臼井充滿力量的話語。他隱約覺得火野是害怕臼井，才和他保持距離。

獨眼的男人發出「嘿咻」一聲，似乎在椅子坐下。

「聽好，情報如果不追根究柢就沒意義。比如，你一到車站發現電車停下，似乎有人按緊急停車鈕。爲什麼？有人摔到鐵軌上。爲什麼？被人推下去。爲什麼？月台很擠。爲什麼？別班電車停下來，乘客將月台擠得滿滿的。爲什麼？別的鐵軌也發生意外。爲什麼……絕大多數民眾只要知道有人按下緊急停車鈕就接受了，完全不思考在這之前的事。就算電車被停下有其他目的，也沒人會發現。」

「其他目的？」

「或許是爲了操縱股價，只要停下電車就能讓幾萬人動彈不得。又或者是某人替重要人士製造不在場證明，才讓電車停下。」

「這根本超出妄想，屬精神疾病的範圍。」

聽到八坂的嘆息，臼井發出和方才相同的笑聲。

「你一定也察覺到自己身上發生什麼事吧。只要說出來，大部分的人都會懷疑你精神有問題，不是嗎？」

八坂陷入沉默，思考著事情應該就如臼井所言。他沒有任何根據，卻深信不疑。

「看到今天早上的報導，我終於明白，那本書一定要你來讀。不是由香里，也不是我，一定得是你。這是你被選上的原因。」

「謝謝，我稍微懂您說『只有一人的戰鬥』的理由了。」

「是嗎？對了，那個長髮女孩逃走了吧。看起來一點也不像在找哥哥，完全不適合戴眼鏡的女孩。」

八坂不自覺地大笑。

「對，她逃了。」

「你是要保護她，才讓她逃走的吧？」

「如果是這樣就太帥了。」

八坂掛掉電話，穿越馬路拐進小巷。

腦筋稍微清楚一點後，對火野的怒火熊熊燃燒。如同綾女說的，火野一定是一開始就抱持用完就丟的心態，才這樣養著八坂。不過，八坂不光為此發怒，他無法忍受《女學生奇譚》這本宛如吶喊的書，被火野用在這種事上。

雖然太陽還高掛天空，但在老舊大樓聳立、毫無活力的這一帶，卻安靜得詭異。別提人車，連一絲風也沒吹過，時間靜止般死氣沉沉的街道。八坂走進位在巷子盡頭、外牆貼著灰色磁磚的建築物，一口氣爬上陰暗的樓梯，上到三樓。穿過雜亂堆著紙箱的走廊，推開貼著公司名稱的紅磚色鐵門。

滯留在室內的香菸煙霧彷彿找到出口，全飄到八坂身上。八坂揮開煙霧，環顧雜誌堆得到處都是，幾乎沒有立足之地的空間。兩個正職編輯都不在，穿著灰格子外套的火野站在窗邊。

「我看到你跑過來，是從淡路町來的嗎？」

火野總編回過頭，熄掉還頗有長度的香菸，拍掉落在鮮紅領巾上的菸灰。他以手梳理混雜白髮的大背頭，露出一如往常的親切笑容迎接八坂。

「我發現火野小夜了。」

八坂劈頭就這麼說。他跨過紙箱前進，在窗邊的火野桌前停下腳步。

「昭和二十六年，小夜在三十八歲時發表處女作，到五十歲去世爲止，總共寫了七部作品。我打算找來讀，但不論哪部作品，似乎都是以女學生爲主題的少女小說。」

火野指向沙發，要八坂坐下，但八坂仍繼續站著說：

「那本不可閱讀的書，描寫當年眞正發生過的失蹤案。火野小夜是你的祖母，所以，你是找到她藏起來的原稿嗎？」

「八坂，你眞是太厲害了。如果這次的取材是委託其他人，大概只會把書看一看，寫出一篇故作神祕的稿子，根本不可能查出那本書是假貨，搞清楚事情的全貌。更別提連犧牲者都挖出來，眞是敗給你。」

火野細長的臉孔上浮現微笑，推一下金屬框眼鏡。

「沒跟你說清楚，我很抱歉。不過，我也不知道究竟是怎麼一回事。我既不知道當時的案件，也不知道祖母和整件事有關。我只是單純覺得，這個看起來很有問題的原稿可以做點什麼。你不認爲那個異常的描述方式頗具特色嗎？爲了不讓你有任何成見，我決定什麼都不告訴你。」

八坂厭煩地搖搖頭。

「火野總編，事到如今，我不會被你那三腳貓的演技唬弄。你不可能什麼都不知道。明明耗費這麼大工夫做假書，還說什麼不希望我有任何成見。」

火野立刻投降，像要安撫八坂似地高舉雙手，輕輕嘆氣。

「我知道在昭和初期，發生被稱爲『神隱』的女學生失蹤案，也知道祖母念的女學校裡有失蹤者，不過眞的只有這樣。我是最近才發現那份原稿的，當然也認爲那是祖母以案件爲藍本寫成的小說。」

聽到如此拙劣的藉口，八坂忍不住要笑出來，但火野毫不害臊地繼續說：

「不過，事情發展遠遠超出我的預料，實在是求之不得。華族與女學生綁架案，而且動機是吃人，這是會震撼世界的大獨家啊，連我都嚇一大跳。舊華族宍戶家已沒落，但蒼月之君，也就是響子，她的後代仍是帝京集團的經營者。現今是東京都內數一數二的大企業，完全可以從他們身上大撈一筆。如果把不可閱讀的那本書當成題材，增添一些不可思議的現象，我們雜誌的讀者絕對能接受。不，不光如此，一定會大大暢銷，然後看準時機出版祖母留下的《女學生奇譚》。這樣一來，上流階級的醜聞、詭譎、異常，再加上悲壯感，沒有比這個更棒的。」

火野的漆黑的瞳孔放大，眨也不眨地表現出興奮與激動。

這個男人或許眞的不知道事情的全貌。他應該作夢也沒想到，事情居然會和眞正的華族有關，甚至還有吃人這回事，恐怕也不認爲會被查出火野小夜就是他的祖母。他始終將八坂當成只會接搬不上檯面的工作的便宜寫手。八坂想到自己居然一直對這個粗心大意的男人另眼相看，便覺得無法忍受。眼前的男人根本不是什麼策士，不過是個會玩弄小聰明的守財奴罷了。

八坂緊盯著說起未來規畫的火野：

「人如果想要隱瞞什麼事情，就會變得特別多話。」

火野瞬間陷入沉默，從眼鏡上方回視八坂。

「竹里綾女的來歷。在我們去的地方，現實和書裡內容發生關聯。我的信箱被搜過，然後我看到有人跳樓的幻覺。連襲擊篠宮都是計畫的一部分，對吧？你剛剛的話，完全沒有說明這些事。」

「竹里小姐和哥哥的失蹤，都是爲了提高書的眞實性的演出。這麼說是有點不正當，不過她是爲了讓你認眞起來，我僱用的打工人員。至於其他的事，我就不知道了。」

「如果是打工，應該有更優秀的人選吧。那種完全無法隱藏情緒的傻女人，完全派不上用場。她總是很拚命，像要被罪惡感壓垮，一臉左右爲難。有時不留神還會關心起我和篠宮，眞的是完全不行。」

八坂想起綾女那樸素過頭的外表，心頭湧起一股不合時宜的笑意。那也是她的僞裝吧，只是別說過時，反倒更引人注意。八坂回想著她總是欲言又止的模樣，注視叼著菸、拿出打火機的火野。

「我以前讀過行爲科學的論文。嫌惡控制、選擇行爲、刺激控制、合作行爲、暗示效應，本來很多領域就會利用行爲實驗進行深入的分析，目的是找出人類行爲的法則，然後應用在實際社會中。」

火野吸一口菸，以眼神示意八坂繼續。

「你在確定那不是古書時，說接下來就是第四階段。我們是實驗對象，對吧？」

「你這話眞是沒頭沒腦，跳得太遠了。難道你想像的是什麼國家級的謀略嗎？沒有本人許可擅自進行行爲實驗，在這個時代會引發大問題。」

「是嗎？這又不是治療，只要小心進行，就能在本人根本沒發現時結束實驗。而且行爲實驗早就悄悄滲透到整個社會，只是大家不知道罷了。」

火野受不了似地笑著。

「很奇怪嗎？眾所皆知，美國和俄羅斯的情報機關，將跟蹤一般人當成訓練的一部分。將某人視爲目標，把對方的生活瑣事到嗜好全挖出來，甚至連性癖、早上吃幾顆蛋都是調查內容。與其說是收集個人情報，不如說是收集人性本身。」

「八坂，你這種將人放進某大型操縱實驗裡的想法很危險，小心和臼井一樣走上歪路。不要用妄想逃避人生，要面對現實。」

八坂沒看漏火野夾著香菸的指尖正微微顫抖。八坂繞過桌子，站在刻意維持平靜的男人面前。在這種時候想起弟弟的話，實在太過諷刺。一個行動經常會被別的行動所包圍。

「選我當實驗對象是有意義的。這不是單純的行爲實驗。這是針對皮膚黏膜類脂沉積症患者，也就是感受不到恐懼的人的心理行爲實驗。」

八坂逼火野直視自己。這個男人知道他的病情，也知道弟弟的存在，當然很清楚他做過什麼。火野發現祖母撰寫的原稿時，一定曾計算原稿搭配什麼能獲得最大的利益。比起單純調查過去，出成一本書，不如同時販賣八坂的特殊狀況更有利。

「有研究顯示皮膚黏膜類脂沉積症，或許能應用在治療ＰＴＳＤ上。若是能夠解開恐懼的感受路徑，就能夠治療心理上的外傷。雖然有不少關於杏仁體機能和構造的研究，但在行爲方面仍有許多不清楚的地方。而且，我還能和染上反社會思想的弟弟加以比較，眞是再適合不過的實驗對象。」

火野在菸灰缸裡緩緩按熄香菸，八坂瞪著他。

「今年有五個新的心理治療師進到我弟的牢裡，你認爲是巧合嗎？」

「要把這些事一件一件連結起來，會沒完沒了。」

八坂盯著火野，步步近逼。

「幕後黑手是什麼人？」

「我實在跟不上你說的。稍微冷靜一下吧，你和那個異常的弟弟不一樣啊。」

聽到這句話的瞬間，八坂抓住火野胸口，將他拖近。背後陣陣寒意竄過，八坂臉上露出毫無意義的笑容。男人的眼鏡反射出八坂的臉孔。那是張掛著愉快笑容，卻沒任何表情的臉孔。

「你知道我們是同卵雙胞胎嗎？如果我弟弟是異常的殺人魔，那麼我也有相同的基因。我不殺人，只是覺得沒好處。我不過是在很久以前，將課本裡的倫理道德觀念背起來罷了。你認爲對我這種人善惡有任何差別嗎？我呢，光是想像你渾身浴血的樣子就興奮不已。我現在就想慢慢將你凌遲致死。」

「放、放開……」

「生命遭到威脅的恐懼，是什麼感覺？你不是說這種恐懼太常見，根本不值一提嗎？」

火野全身抖個不停，八坂這才放開他的衣領。一直以來，八坂不願和家人坦誠相對，只是僞裝成受害者，卻將這個男人當成父親仰慕，無視他的本質，只曉得老實等待他的指示，實在太愚蠢。

「綾女也是實驗對象吧。她雖然負責寫下我的觀察日記，實際上是被當成祭品送來。考量到我弟弟的犯罪史，在無法確認我的病狀的情況下，像她那樣可有可無的人是最佳人選。警告紙條是爲了自我暗示。有那張紙條，事情會變得更嚴重。聽好，我一定會找出眞相，給我等著。我會把和這事有關的人一個一個挖出來。不要忘記我隨時都在監視你，接下來才是眞正的第四階段。」

八坂激動地低頭看著拚命隱藏恐懼的火野，半晌後才踹開鐵門，揚長而去。

4

八坂關掉爐火，替砂鍋覆上蓋子開始悶煮。滿屋子瞬間飄散著鮮味，八坂用力大吸一口蒸騰的熱氣。如此濃厚的香氣，證明材料的品質和八坂廚藝的高明。他接著用木匙攪拌瓦斯爐上正在燉煮的料理，同時以淡醬油和鹽巴調整另一鍋裡的清湯。他俐落地試一下味道，說聲「很好！」。這味道太棒了。正當他自吹自擂之際，傳來敲門聲。八坂在直線花紋的圍裙上擦手，走向玄關。

「在走廊上就聞到很香的味道。今天是和食吧，而且是海鮮。」

他一打開玄關大門，篠宮便遞出紙袋。

「土產。信州的蕎麥粉，說是新上市的，我就買了。」

「是嗎？蕎麥分成夏蕎麥和秋蕎麥，十二月上市的秋蕎麥味道是最好的，口感、香味、顏色都是第一級。」

八坂接下篠宮手上的袋子，立刻確認裡面的東西。看顆粒大小和顏色就知道是好貨，他對蹲著脫下軍靴的篠宮笑道：

「這不是用石臼磨的嗎？這下可得好好地來揉一揉，謝謝。」

「連蕎麥麵都可以自己來，你到哪裡都活得下去。」

篠宮高挺的鼻頭泛紅，抱怨著「連東京都這麼冷」，然後扛起大行李，移動到客廳，再將相機包放在窗畔。而後，她脫下黑色棒球帽和軍裝外套，粗魯地丟到行李旁邊。

「八岳山冷斃了，根本不是十二月該去的地方。我去拍手工小木屋，很粗糙的外行人的作品。」

「妳是去拍觀光協會的介紹手冊嗎？」

八坂走進廚房，在沸騰的清湯裡倒入蛋汁。他看著蛋汁像花朵般在湯裡盛開，輕輕攪拌一下，便關掉爐火。篠宮將裝在餐具裡的蕎麥麵拿到桌上，再取出兩個玻璃杯。

「八坂，你有什麼不會的料理嗎？最近你不是做了土耳其料理，每道都好吃。」

「其實，我經常失敗。每天都在吃那些失敗的菜色。」

篠宮低頭看著桌上的菜色，慢慢拿出手機拍下。她往八坂的杯子倒入無酒精啤酒，自己的杯子裡則倒入眞正的啤酒。乾杯之後，他們喝下帶苦味的飲料，八坂從砂鍋盛一碗炊飯給篠宮。搭檔立刻雙眼發亮，大口吃完整碗飯，馬上要求再來一碗。

「這是什麼？太美味了！是什麼貝類，蛤蠣嗎？」

「是牡蠣啦，妳怎會錯得這麼離譜？」

「不，這眞是太厲害了，味噌風味也很棒。蘿蔔燉烏賊好好吃，南瓜沙拉也好好吃，我都想住在這裡了。不然我們一起開店吧？」

「那要不要就這麼辦？」

八坂總是很享受篠宮說著「好吃、好吃」，大口吃飯的模樣。他時常覺得比起吃飯，更喜歡做菜和看人吃自己做的菜。尤其是篠宮那充滿破綻的笑臉，總是帶給八坂日常的活力。

大吃一頓後搭檔心情好得不得了。八坂趁她還沒醉，把幾張紙遞給她。篠宮瞇起雙眼盯著印滿文字的紙面，將玻璃杯放到桌上。

「這是什麼資料？寫得密密麻麻的。」

「先讀一下吧。妳會英文，不是嗎？」

「是啦……」篠宮抱怨著，視線在紙面上移動。「嗯……吸毒坐牢的十八歲少年出獄後，接受戒毒的團體治療，然後民間慈善團體也參與協助，但因義工不適當的言行，這名少年殺害隸屬這個團體的六十九歲夫婦。」

篠宮以手機檢索不懂的單字，繼續往下讀。

「嗯……熱心指導這名少年的義工是竹內綾乃……咦，等一下，竹內綾乃？」

搭檔抬起臉，和八坂四目相對，立刻再次低頭，以手指追著文章內容。她粗魯地翻頁，最後驚訝得半張開嘴。

「這是怎麼回事？是綾女嗎？她不是說在做協助犯罪者更生的義工？」

「對，這裡提到的竹內綾乃，鼓勵戒毒的少年，希望他改頭換面。可是，她某天無意間對少年脫口抱怨，遭同樣擔任義工的夫妻強烈指責。因爲她輕率的言行，曾被霸凌的少年開始監視那對夫妻。少年是想用自己的方法，保護努力照顧他的女人吧。然而，當他目擊那對夫妻再次欺負女性義工時，大爲激動，出手殺害對方……」

「騙人的吧……」

「之後，受害夫妻的家人，向那名女性義工提出賠償五百萬美元的官司。」

「五、五百萬，等一下，換算過來就是六億圓左右？」

八坂點點頭。

「美國有『懲罰性賠償』這麼一回事，既然遭到控告，也是無可奈何。只是，這個女人實在太不小心，她沒和少年畫清公私界線，不理解自己的立場有多沉重吧。」

「這個被告就是綾女嗎？」

「我這兩個月拚命四處訪查。這次的行動，只能指望綾女給我們新的情報。我把那本書、火野和小夜的背景都徹底調查過，應該不會有什麼新情報。綾女第一天和我們見面時，提過她在當義工。雖然看起來沒什麼自信，不過也不像是撒謊，所以我就把這件事放在心上。」

八坂又將一張紙遞給篠宮，篠宮收下的瞬間發出怪叫。

「這不是綾女嗎！這是怎麼回事？她打扮得這麼漂亮，還化妝！簡直就是另一個人！」

三年前的綾女，是個把燙大波浪的長髮染成褐色，也仔細化妝的現代女性。雖然看來多少有些內向，但與八坂、篠宮相處時相比，還是有著截然不同的活力。

「臼井那老頭說中了！什麼綾女一點也不適合那副眼鏡、那種打扮和髮型，還有說什麼魅力都喪失，就是感覺到這點嗎？」

「應該吧，不愧是臼井。總之，我鉅細靡遺地將美國民間慈善團體調查一遍。這種團體多到離譜，好不容易用頁庫存檔找到這張照片。」

篠宮緊盯著照片，表情非常複雜，像是既懷念又開心，也像哀傷。

「綾女……不，該說是綾乃，她遭到受害者家屬控告，年紀輕輕就背上令人絕望的債務，跌落毫無希望的谷底。」

篠宮一直盯著照片，像是想起什麼似地打開手機裡的照片檔案。那是在前往宍戶邸途中，陷入缺氧狀態、滿臉通紅的綾女。當時八坂正在餵她喝水。那幕景象，怎麼看都非常滑稽。

「她恐怕是要賺賠償費，才自願參加這次的實驗。我認爲主辦單位也是在找爲錢傷透腦筋的人。不，說不定是對方直接找上她，因爲他們需要乖巧老實，沒有退路的日裔來參加。雖然主辦單位在國外，但我認爲這個計畫的首腦應該是日本人。」

「火野總編曾出版幾本關於人體實驗的都市傳說的書。你記得嗎？內容寫得超級深入，很誇張。」

「我記得。那不單純是都市傳說，雖然內容半眞半假，但實驗過程非常學術，他應該有可以取材的對象。恐怕他就是把那本書和我賣給對方了。」

篠宮注視手機畫面上的綾女傻呼呼的臉孔半晌，叫出來電紀錄。

「這是綾女吧？」

螢幕上滿是「未顯示來電」的紀錄，八坂笑了。他最近也經常接到「未顯示來電」的無聲電話。

「在我們去的餐廳裡端出書裡的菜色、在古著店混進女學生穿過的和服、僞裝成跳樓自殺等等，這個實驗團隊在無謂的地方花了很大工夫。不過也可看出，雖然只是要透過實驗對象採取的行動取得資料，他們卻認眞地把實驗對象逼到絕境。到什麼程度我的精神狀態會開始出問題？要做哪些事，我才會變得跟弟弟一樣，甚或感到恐懼？」

「他們眞是太亂來。這群腦袋很好的傢伙，一定收集許多將自身行爲正當化的資料。」

「大概吧。如果他們這麼想分析我，主動送上門應該滿有趣的。」

八坂對著因綾女消失蹤影，始終未能擺脫失落感的篠宮這麼說。他感覺心上有著一根沒拔掉的刺。

「篠宮姊，要不要靠這件事來逆轉人生？」

「逆轉人生？」

「對，不要再繼續放棄人生了。我們要貪婪又有野心地把工作做到極致。挖出世界級的大獨家，讓全世界知道我們的長相和名字。既然對方把一流的題材提供給我們，妳能夠放著不管嗎？」

八坂露出帶著惡意的笑容。

「我們去西雅圖吧，找到把我們騙得很慘後逃走的綾女。不逼她開口交代，沒辦法繼續進行。」

篠宮露齒一笑，舉起裝滿啤酒的玻璃杯。

「好啊。用大獨家來終結那些混帳學者的人生，向進行人體實驗的王八蛋要求賠償，搞不好可從他們身上搾出一輩子不愁吃穿的錢。」

八坂舉起玻璃杯回應篠宮，變得溫熱的液體流入喉嚨。以行爲實驗來說，這是最棒的結束方式吧。八坂下定決心，要全力幫助自己腦內的模擬家庭中，那個任性又自我的小妹妹。

謝辭

執筆之際，獲得山口進先生許多幫助。
在此衷心表達感謝之意。

二〇一六年五月十日 川瀨七緒

參考文獻

《戰前生活 大日本印刷的「眞實生活誌」》武田知弘 著/筑摩文庫
《Modern Girl大圖鑑 大正・昭和的時髦女子》生田誠 著/河出書房新社
《女學生手帖 大正・昭和少女生活》彌生美術館・內田靜枝 編/河出書房新社
《人類行爲學實驗分析的展望》福井至 著/東京家政大
《製本組合百年史》紀念史編纂委員會 編/東京都製本工業組合

恠20／女學生奇譚

原著書名／女學生奇譚
原出版者／德間書店
作　者／川瀨七緒
翻　譯／張筱森
責任編輯／陳盈竹
編輯總監／劉麗真
總 經 理／陳逸瑛
榮譽社長／詹宏志
發 行 人／涂玉雲
出 版 社／獨步文化
城邦文化事業股份有限公司
104台北市中山區民生東路二段141號5樓
電話：(02) 2500-7696　傳眞：(02) 2500-1967
發　行／英屬蓋曼群島商家庭傳媒股份有限公司城邦分公司
104 台北市中山區民生東路二段141號2樓
網址／www.cite.com.tw
讀者服務專線／(02) 2500-7718；2500-7719
服務時間／週一至週五：09：30～12：00　13：30～17：00
24小時傳眞服務／(02) 2500-1900；2500-1991
讀者服務信箱E-mail／service@readingclub.com.tw
劃撥帳號／19863813
戶名／書虫股份有限公司
香港發行所／城邦（香港）出版集團有限公司
香港灣仔駱克道193號號1樓東超商業中心
電話／(852) 2508-6231　傳眞／(852) 2578-9337
E-mail／hkcite@biznetvigator.com
馬新發行所／城邦（馬新）出版集團
Cite (M) Sdn Bhd
41, Jalan Radin Anum, Bandar Baru Sri Petaling,
57000 Kuala Lumpur, Malaysia.
Tel: (603) 90578822
Fax:(603) 90576622
email:cite@cite.com.my
封面設計／高偉哲
排　版／游淑萍
印　刷／中原造像股份有限公司
●2017（民106）10月初版
售價350元

 ISBN 978-986-95270-1-9

國家圖書館出版品預行編目資料

女學生奇譚／川瀨七緒著；張筱森譯．–
初版．– 台北市：獨步文化，城邦文化
出版：家庭傳媒城邦分公司發行，民
106.10
面　；公分. --（恠；20）
譯自：女學生奇譚
ISBN 978-986-95270-1-9
861.57　　106014753

獨步文化
APEX PRESS

廣告回函
北區郵政管理登記證
台北廣字第000791號
郵資已付，免貼郵票

104台北市民生東路二段 141 號 2 樓

英屬蓋曼群島商家庭傳媒股份有限公司

城邦分公司

請沿虛線對摺，謝謝！

獨步文化
APEX PRESS

書號：1UT020X　**書名**：女學生奇譚　**編碼**：

請於此處用膠水黏貼

獨步文化 APEX PRESS

讀者回函卡

謝謝您購買我們出版的書籍！

請費心填寫此回函卡，我們將不定期寄上城邦集團最新的出版訊息。

姓名：________________ 性別：□男 □女

生日：西元________年________月________日

地址：________________________________

聯絡電話：________________ 傳真：________________

E-mail：________________________________

學歷：□1.小學 □2.國中 □3.高中 □4.大專 □5.研究所以上

職業：□1.學生 □2.軍公教 □3.服務 □4.金融 □5.製造 □6.資訊

□7.傳播 □8.自由業 □9.農漁牧 □10.家管 □11.退休

□12.其他________________

您從何種方式得知本書消息？

□1.書店 □2.網路 □3.報紙 □4.雜誌 □5.廣播 □6.電視

□7.親友推薦 □8.其他________________

您通常以何種方式購書？

□1.書店 □2.網路 □3.傳真訂購 □4.郵局劃撥 □5.其他

您喜歡閱讀哪些類別的書籍？

□1.財經商業 □2.自然科學 □3.歷史 □4.法律 □5.文學

□6.休閒旅遊 □7.小說 □8.人物傳記 □9.生活、勵志 □10.其他

對我們的建議：________________________________

____

____

為提供訂購、行銷、客戶管理或其他合於營業登記項目或章程所定業務需要之目的，家庭傳媒集團（即英屬蓋曼群島商家庭傳媒股份有限公司城邦分公司、城邦文化事業股份有限公司、書虫股份有限公司、墨刻出版股份有限公司、城邦原創股份有限公司），於本集團之營運期間及地區內，將以mail、傳真、電話、簡訊、郵寄或其他公告方式利用您提供之資料（資料類別：C001、C002、C003、C011等）。利用對象除本集團外，亦可能包括相關服務的協力機構。如您有依個資法第三條或其他需服務之處，得洽詢本公司服務信箱cite_apexpress@cite.com.tw請求協助。相關資料不提供亦不影響您的權益。

□我已詳讀權利義務之相關條款，並同意遵守。

請於此處用膠水黏貼